숨애별

순애보

초판 1쇄 찍은 날 § 2006년 11월 23일
초판 1쇄 펴낸 날 § 2006년 12월 3일

지은이 § 안화령
펴낸이 § 서경석

편집장 § 문혜영
편집책임 § 이종민
편집 § 한지윤

펴낸곳 § 도서출판 청어람
등록번호 § 제1081-1-89호
등록일자 § 1999. 5. 31
어람번호 § 제5-0116호

주소 § 경기도 부천시 원미구 심곡1동 350-1 남성B/D 3F (우) 420-011
전화 § 032-656-4452 팩스 § 032-656-4453
http://www.chungeoram.com
E-mail § eoram99@chollian.net

ⓒ 안화령, 2006

ISBN 89-251-0418-0 03810

순애보

• 안화령 지음 •

도서
출판
청어람

프롤로그 ―그의 결혼식

—주말을 앞두고 전국에 소나기 소식이 있습니다. 오늘 밤과 내일은 천둥번개를 동반한 소나기가 내리는 곳이 많겠습니다. 내리는 비의 양은 5~30㎜로 많지는 않지만…….

멍하니 뉴스에서 나오는 일기예보를 듣고 있던 영진은 팔을 괴고 있던 쿠션을 내려놓고 창가로 걸어갔다. 하루 종일 굳게 닫혀 있던 창문을 열어젖히자 시원한 저녁 바람이 방 안으로 그득하게 스며들었다.

'내일 정말 비가 올까? 그러면 안 되는데.'

걱정스러운 마음에 하늘을 올려다보자 달무리가 잔뜩 낀 초승달이 처량하게 떠 있었다.

RRR— RRR—

영진은 뒤를 돌아 시끄럽게 울려대고 있는 전화기를 바라보았다. 누굴까?

'혹시…… 상헌 선배?'

터무니없는 생각 끝에 저도 모르게 허한 웃음이 터져 나왔다. 그럴 리가 없는데, 도대체 무슨 생각을 하는 건지. 한 번도 사적인 일로 자신에게 전화를 걸어온 적이 없던 사람이, 결혼 준비로 한창 바쁠 오늘 같은 날 굳이 전화를 해올 까닭이 없는데.

옅은 한숨을 뱉어내며 그녀는 한 걸음을 떼어놓았다. 여태껏 끊지 않는 걸 보니, 누구인지는 모르지만 꽤 끈질긴 사람이다.

"여보세요."

[나다. 뭐 해?]

익숙한 음성이 들려오자 영진의 입가에 희미하게 미소가 번졌다.

"태진 선배?"

[그래. 저녁 먹었어?]

"아직요. 선배는요?"

[나야 뭐, 상헌이하고 먹었지.]

"……그래요?"

그러면 안 되는 걸 잘 알고 있는데 자꾸만 목이 멘다. 영진은 가볍게 심호흡을 하며 전화기 선을 손가락으로 배배 꼬았다.

[영진아.]

"네."

[내일…… 올 거야?]

"그럼요. 상헌 선배 결혼식인데 당연히 가야죠."

[……]

태진은 말이 없었다. 그가 왜 그런 질문을 했는지 너무 잘 알고 있어서 영진 역시 더 이상 다른 말을 할 수가 없었다. 소리 내어 입 밖으로 말하진 않았지만 두 사람은 공통된 생각으로 한참을 침묵했다.

[알았다. 그럼 내일 보자.]

"내일 봐요."

가만히 전화기를 내려놓는 영진의 얼굴이 먹장구름처럼 한껏 흐려졌다.

여전히 혼잣말만 늘어놓는 TV를 끄고 그녀는 창가 쪽 벽에 등을 기대고 스르르 주저앉았다. 가슴이 너무 아파서 숨을 쉴 수가 없었다. 애초에 그의 옆 자리를 욕심내어 본 적도 없는데, 결혼한다는 소식에 축하한다며 환하게 웃어주기까지 했는데, 끈질기게 남아 있던 터럭만한 미련이 자꾸만 그녀를 아프게 했다.

"신랑 입장!"

우렁찬 사회자의 외침에 영진은 억지로 고개를 돌렸다. 그가 걸어오고 있다. 짙은 눈썹과 시원스런 눈매로 인해 늘 차가운 인상을 풍기던 그가 오늘만은 여유로운 미소를 머금은 채 자신만만한 걸음걸이로 예식장을 가로지르고 있었다. 영진은 하얀색 턱시도를 입은 상헌에게서 눈을 뗄 수가 없었다.

'렌즈를 꼈구나.'

그에게 썩 잘 어울리던 무테안경 대신 렌즈를 낀 모습을 보며 영진은 흐릿한 미소를 지었다.

"신랑이 정말 잘생겼네요. 장 회장님이 사윗감 하나는 진국으로 골랐나 봐요."

"그렇게 따지면 이 회장댁도 마찬가지지. 아까 슬쩍 보니 신부 인물도 출중하던데."

"선남선녀가 따로 없겠네요."

사람들의 웅성거림이 귓가를 아프게 때렸다. 감기에 걸린 것처럼 목이 따끔거리고 머리 한쪽에서 저릿한 통증이 몰려왔다. 그러는 와중에도 그녀의 눈은 주례 앞, 신랑이 설 자리에 당당하게 자리를 잡고 선 상헌에게 머물러 있었다.

"다음은 신부 입장이 있겠습니다. 신부 입장!"

웅장한 결혼행진곡이 울려 퍼지자 새하얀 드레스를 입은 현경이 모습을 드러냈다.

'예쁘다. 정말 예쁘다.'

어쩌면 저렇게 아름다울까. 영진은 선망 어린 눈으로 현경의 면면을 훑어내렸다. 길고 시원스런 목선에 하늘하늘하게 흘러내린 머리카락과 뚜렷한 이목구비를 더 돋보이게 하는 화사한 신부 화장으로 인해 오늘의 신부는 그 어떤 신부보다 시리게 아름다웠다.

상헌이 동아리 후배들에게 현경을 처음 소개시켜 주던 날, 환하게 웃는 두 사람의 모습을 보며 영진은 절망과 부러움을 동시에 느꼈었다. 상헌이 자신과는 어울리지 않는 사람이란 걸 다시 한 번 자각했기 때문에 절망했고, 자신은 눈도 제대로 마주치지 못할 만큼 어려워하는 사람과 너무도 자연스럽게 눈빛을 주고받는 현경의 모습에 한없이 부러움을 느꼈다.

상헌과 현경을 볼 때면 그 누구도 두 사람의 사랑을 훼방 놓아서는 안 될 것 같은 고결한 느낌이 들었다. 그래서 영진은 행복해하는 그들의 모습을 곁에서 조용히 지켜보기만 했다. 처음부터 자신이 비집고 들어갈 틈이 없다는 걸 이미 알고 있었으니까.

마치 꿈속을 헤매는 것처럼 몽롱한 가운데 예식이 시작되었다. 신랑신부의 혼인서약과 주례의 장황한 주례사가 이어지는 동안에도 영진의 눈은 두 사람에게서 떠날 줄을 몰랐다. 얼마나 예쁜 커플인지, 또 그들이 얼마나 아름다운 사랑을 하고 있는지 익히 알고 있기에 그녀는 쿡쿡 쑤셔대는 가슴의 통증을 억지로 참아 넘겼다.

예식이 끝나고 모두의 축복을 받으며 신랑신부가 행진을 했다. 그들 틈에서 영진 역시 진심 어린 박수를 보냈다.

'행복하세요. 상헌 선배도, 그리고 현경 언니두요. 꼭 행복하

게 잘사세요.'

손바닥이 아플 정도로 박수를 쳐대는데 누군가 그녀의 팔을 슬며시 잡아당겼다.

"밥 먹으러 가자."

"벌써요? 아직 친구들 사진도 찍어야 하고……."

"촌스럽게 그런 거 일일이 참석할 필요 없어. 그저 사람들 덜 붐빌 때 밥 먹는 게 최고야. 얼른 가자."

태진은 그녀를 마구잡이로 잡아끌었다. 상헌의 둘도 없는 친구인 그가 굳이 이렇게까지 빨리 식장을 벗어나려는 이유는 단 한 가지밖에 없었다. 쓰린 영진의 가슴을 조금이라도 다독여 주려는 지나친 배려, 오히려 그게 더 그녀를 민망하게 하는 걸 그는 모르는 듯하다. 조금 더 버텨보려다 영진은 그냥 포기하고 말았다.

"알았으니까 천천히 가요. 누가 보면 며칠 굶고 결혼식장 온 줄 알겠어요."

종종걸음을 치던 영진은 미련을 채 거두지 못하고 다시 뒤를 돌아보았다. 가족들과 기념촬영을 하는 상헌의 얼굴이 참 행복해 보였다. 그리고 그의 곁에 선 신부도.

"얼른 가자니까."

갑자기 눈앞이 새까맣게 변했다. 태진의 두툼한 손바닥이 그녀의 시야를 가려 버린 것이다.

"답답한 녀석아, 쳐다봐 봤자 속만 쓰린데 왜 자꾸 쳐다봐?"

"예쁘잖아요, 두 사람."

반쯤은 부럽고 반쯤은 속상한 마음으로 읊조리다 그만 목이 꽉 막혀 버렸다.

혼자만의 감정에 취해 질척대는 못난 모습은 보이지 않으려 했는데 상헌의 곁에 선 현경이 너무 아름다워서, 그런 그녀를 바라보는 상헌의 눈빛이 너무 따스해 보여서 미련하게도 또 울컥해 버렸다. 남모르게 가슴속으로만 품었던 질긴 외사랑도 오늘로 끝내야 했다. 이젠 그것조차도 허락되지 않을 테니까.

태진의 손에 이끌려 북적이는 사람들 틈을 비집고 걸으며 영진은 오늘이 며칠인지 새삼 헤아려 보았다.

2003년 5월 25일 오후 1시. 그를 만난 지 정확히 2605일이 되는 날.

그는 결혼을 했고, 그녀는 혼자만의 아픈 이별식을 치렀다.

1. 그에게 건네는 커피 한 잔,
그리고 기억 한 토막

삼년 후.

오늘도 지하철 안에서 만나는 사람들의 얼굴은 마치 드라마의 재방송처럼 익숙했다. 늘 같은 시간, 늘 같은 교통수단으로 출근을 하는 사람들이 왠지 가깝게 느껴졌다. 이름도, 나이도 알지 못하는 사이지만 그저 '낯이 익다'는 단 4음절로 그들과의 인간관계가 성립된 듯하다.

겨우 이 년간 마주친 사람들에게서 느껴지는 이런 낯익음은 꼬박 십 년째 한눈 한번 팔지 않고 봐온 사람에게서 느껴지는 서걱대는 낯설음을 더욱더 씁쓸하게 만들었다. 상헌을 떠올릴 때마다 느껴지는 이런 아릿함은 도대체 언제쯤이면 치유될 수 있을까.

"후우."

한숨 소리. 누가 들어주길 바라지 않는 혼자만의 넋두리다. 그저 한숨을 내쉼으로 인해서 묵직한 가슴이 조금은 가벼워지길 바라는 헛된 노력일 뿐이었다.

—다음 역은 삼성역, 삼성역입니다. 내리실 분은……

삼십 분간 같은 공간에 머물던 이들과 이제 헤어질 시간이다. 영진은 무릎 위에 곱게 올려두었던 가방을 오른쪽 어깨에 들쳐 멨다. 그리고 습관처럼 목에 걸린 MP3의 스캔 버튼을 꾹꾹 눌렀다. 신나는 노래, 머릿속이 울릴 정도로 경쾌한 노래를 들으며 그녀는 지하철에서 내려섰다.

북적이는 사람들 틈을 빠져나와 지상으로 올라가는 계단을 밟으며 그녀는 지난 이 년간 그래 왔던 것처럼 지갑 안에 든 테이크아웃(take—out) 커피 전문점 포인트 카드를 확인했다. 쇠가 자석에 붙듯 손에 착 달라붙는 카드를 꺼내 들고 그녀는 지하철 입구를 벗어났다.

아기가 엄마에게 매달리듯 목에서 달랑거리는 MP3에서는 고막이 터질 정도로 요란한 음악 소리가 울렸다. 흥얼흥얼 노래를 따라 부르던 그녀는 이미 이 년 전부터 단골이 된 '스위트 미팅'의 문을 시원스레 열어젖혔다.

"어서 오세요."

늘 그렇듯 아르바이트생인 현우가 그녀를 반갑게 맞았다.

"좋은 아침. 에스프레소 마끼아또 TALL 한 잔하고, 모카라떼 하나 줘."

"네."

음악을 들으며 가볍게 몸을 흔들고 있던 현우의 손놀림이 바빠졌다. 영진은 간이의자에 엉덩이를 걸치고 앉아 창밖으로 지나가는 사람들을 바라보았다. 저 인파 속 어딘가에 상헌이 있지 않을까 헛되이 눈을 굴리다 말고 영진은 이내 고개를 저었다.

그는 절대 저 사람들과 섞여들지 않을 사람이었다. 지하철같이 번잡스러운 대중교통을 이용할 줄 모르는 사람이니, 회사 주차장에 그의 애마인 렉서스 RX350을 세우고 겨우 몇 걸음 걸어서 회사로 들어갈 것이다. 그녀가 애용하는 지하철과는 절대 어울리지 않는 사람이니까.

영진의 입가에 씁쓸한 미소가 번졌다. 그와 자신의 생활공간 중 교집합은 겨우 사무실 하나뿐이었다. 그리고 매일 아침 그녀가 건네는 에스프레소 마끼아또 한 잔만이 그와 그녀를 연결해 주는 유일한 매개체였다.

"참, 어제 회식하셨어요?"

"응?"

"어제저녁에 'SHK인테리어' 사람들 모두 우르르 몰려가는 거 봤는데, 한 기사님은 참석 안 하셨어요?"

"난 어제 일이 좀 있어서."

손으로는 커피 만들랴 입으로는 말하랴 현우에게는 이 아침이 참 바쁠 것 같다는 생각이 문득 들었다. 벽에 걸린 시계를 보니 여덟 시 삼십 분이 막 지나고 있었다. 그 사람이 회사에 도착할 시간이다. 마음이 조급해졌다.

"아직 멀었어?"

"아뇨, 다 됐어요. 여기 있습니다. 현우표 특제 에스프레소 마끼아또와 모카라떼 대령했습니다."

현우에게서 두 개의 컵을 받아 들자 손바닥이 따뜻해졌다. 잠시 동안이지만 이 온기를 품고 싶었다. 그의 마음속을 꽉 채우고 있는 서늘한 냉기도 이 작은 온기로 녹아질 수 있을까?

"고마워. 돈은 여기 있고 나 포인트 카드 꽉 채웠거든. 내일 새 걸로 바꿔갈게."

"네, 그러세요. 즐거운 하루 되세요."

언제나 그랬던 것처럼 현우는 손수 문까지 열어주는 자상함을 보였다.

한 걸음 한 걸음 회사가 가까워질수록 그녀의 손바닥이 뜨거워졌다. 그를 향한 마음이 뜨거워지는 것처럼 손바닥의 열기도 그렇게 자꾸만 뜨거워졌다.

"좋은 아침입니다."

어깨로 두꺼운 유리문을 열고 들어서며 영진은 밝은 목소리로 모두에게 아침 인사를 건넸다. 사십 평이 조금 넘는 사무실엔 이미 하루 업무를 시작한 직원들로 술렁였다. 아침의 이 싱그러운 긴장감이 좋았다. 막상 일을 시작하면 옆 자리에 누가 있는지조차 인식하지 못하는 경우가 다반사라 아침에 이렇게 잠깐 눈인사를 나누는 시간이 그녀에게는 굉장히 소중했다. 책상 위를 온통 점령하고 있는 도면들을 한 팔로 밀어내고 난 후 영진은 들고 온 종이컵 두 개를 조심스럽게 내려놓았다.

"한 기사, 좋은 아침!"

그녀의 십년지기 친구이자 회사에서는 상사인 경일이 인사를 건넸다. 영진은 웃으며 눈인사를 한 후 실장실 쪽을 바라보았다. 문이 조금 열려 있는 걸 보니 상헌은 이미 출근을 한 모양이다.

놓아두었던 종이컵 중 조금 큰 쪽을 집어 들고 그녀는 실장실로 향했다. 두근두근, 이 울렁증은 도무지 면역이 되질 않는지 매일 아침 꼭 멀미를 하는 것처럼 어지럽다. 살짝 열려진 문틈으로 안을 들여다보니 상헌은 벌써부터 일에 빠져 있었다. 영진은 발소리가 들리지 않게 조심스레 실장실로 들어섰다.

현경과 이혼한 일 년 전부터 그는 밥 먹고 자는 시간을 빼고는 늘 저런 모습이었다. 적당히 살이 올라 보기 좋던 얼굴은 이제 날카로움이 느껴질 정도로 메말랐고 깊게 가라앉은 눈빛은 서늘함을 넘어서 냉담해 보이기까지 했다.

"커피 내려놓고 잠깐 앉아라."

잠시 딴생각에 빠져 있던 영진은 상헌의 권유에 정신을 차렸다. 그의 몫인 에스프레소 마끼아또를 책상 한쪽 구석에 내려놓고 그녀는 딱딱한 의자에 조심스럽게 주저앉았다. 실장실의 가구들은 상헌의 성격을 그대로 보여주듯 하나같이 딱딱하고 지나치게 차가운 이미지의 것들뿐이었다. 그래서 늘 이곳에 들어오면 자신도 모르게 주눅이 들었다.

영진이 자리를 잡고 앉자 상헌은 보고 있던 도면에서 눈을 떼 그녀를 바라보았다. 투명한 안경 렌즈 너머 그의 눈이 서늘하게 빛났다.

"누가 멋대로 회식 빠지라고 했니?"

"저, 급한 일이 있어서……."

"회식은 그냥 놀고 먹는 자리가 아니야. 일의 연장선이란 말이다. 다른 회사는 어떤지 모르겠지만 적어도 내 회사에서는 그래. 이해하니?"

"……네. 죄송합니다."

"다음부터는 그러지 마라. 갑작스럽게 정한 일도 아니고 일주일 전부터 얘기했잖아."

"알겠습니다."

"나가봐."

상헌은 다시 도면으로 고개를 돌렸다. 그의 앞에 있으면 마치 일곱 살 어린아이가 된 듯한 기분이다. 이해력이 부족한 아이에게 설명하듯 그는 늘 영진을 대할 때면 그런 말투를 썼다. '이해하니?'란 말이 오늘처럼 가슴에 콕콕 와 박힌 적은 없었다. 넌 그저 나한테 여전히 어린 후배일 뿐이라고 그가 내내 주지시키는 것 같아 속이 상했다. 아직도 자신이 열일곱 살 여고생이라고 여기는 모양이다.

상헌에게 들리지 않게 작게 한숨을 내쉰 영진은 책상 위에 올려놓은 커피를 흘낏 쳐다보았다. 그의 몫으로 사 온 커피는 관심조차 받지 못하고 싸늘하게 식어버릴 듯하다. 따뜻할 때 전해주려고 일부러 경찰한테 쫓기는 도둑처럼 딴 데 눈 돌릴 틈도 없이 잰걸음으로 달려왔는데.

씁쓸한 미소를 애써 되삼키며 영진은 뒤돌아섰다. 막 문을 열고 나서려는데 착 가라앉은 상헌의 목소리가 들려왔다.

"커피, 고맙다."

영진의 입가에 희미한 미소가 걸렸다.

"네. 식기 전에 드시고 일하세요."

"그래."

서운했던 마음이 거짓말처럼 스르륵 녹아버렸다. 지난 십 년간 늘 그랬던 것처럼.

＊

"한영진! 선생님 심부름 좀 해줄래?"

"네, 선생님."

"조금 있다 방송반 선배들이 올 거거든. 네가 12기 대표로 교문에 가 있다가 안내 좀 맡아라."

"알겠습니다."

영진은 들고 있던 신청곡 리스트를 내려놓고 방송실을 나섰다. 산들거리는 봄바람이 짧은 단발머리를 가볍게 흩어놓자 그녀는 미소를 지으며 하늘을 올려다보았다. 구름 한 점 없는 파란 하늘에 어디서 날아왔는지 하얀 풍선이 둥둥 떠다니고 있었다. 손끝으로 풍선의 여행로를 따라가던 그녀는 눈에 보이지 않을 만큼 풍선이 멀어지자 그제야 교문으로 가는 발걸음을 재촉했다.

오늘 시작된 방송제 때문에 근 이 주 동안 정신없이 보냈었다. 입시에 바쁜 3학년 선배들은 제외하고 2학년 선배들과 1학년들이 주축으로 방송제를 준비하다 보니 보충수업을 마친 후엔 내내 방송제 준비에만 매달릴 수밖에 없었다. 그렇게 고생한 결과 성공적으로 방송제를 시작할 수 있었고, 이제 졸업한 방송반 선배들에게 안내만 무사히 마치면 영진의 할 일은 다 끝나는 셈이었다.

사뿐한 걸음으로 교문 쪽으로 걸어가는데 날렵하게 생긴 자가용 한 대가 교문으로 들어서는 모습이 보였다. 혹시나 하는 마음에 영진은 고개를 길게 빼고 차 안을 유심히 살펴보았다. 느린 속도로 오르막길을 올라오던 차가 그녀의 옆에 멈춰 섰다. 그리고 운전석 쪽 창문이 소리없이 내려가면서 핸섬한 남자의 얼굴이 드러났다. 여드름투성이의 또래 남학생들과 달리 영화 스크린에서나 봤음직한 근사한 남자의 외모에 영진은 고스란히 시선을 빼앗겼다.

"말 좀 물을게요."

"네."

"방송제 구경 왔는데 외부인들 주차할 공간이 따로 있는 건가요? 졸업한 지 한참 지나서 잘 모르겠는데."

남자는 엷은 미소를 지으며 영진을 바라보았다.

"저기 건물 뒤쪽으로 가시면 주차장이 있어요. 근데, 혹시 방송반 선배님들 아니세요?"

"어떻게 알았어요?"

"제가 선배님들 마중하러 가던 길이었거든요."

"아하, 잘됐네요. 일단 타요. 주차장까지 안내도 해줄 겸."

"네."

영진은 조심스럽게 뒷문을 열고 차에 올랐다. 주차장까지 가는 짧은 시간 동안 그녀는 운전을 하고 있는 남자의 옆모습을 몰래 훔쳐보았다. 참 잘생긴 얼굴이다. 어디 하나 모난 데 없이 반듯한 옆선이 그녀를 설레게 했다. 멋스럽게 살짝 치켜세운 셔츠 깃과 지적인 이미지에 한몫을 더하는 날렵한 안경이 그를 더 돋보이게 하고 있었다. 꼭 영화배우처럼 생긴 사람을 바로 곁에서 지켜볼 수 있다는 데 놀라워하며 그녀는 살포시 미소를 지었다.

"방송반이면 고2?"

정신없이 남자를 보고 있는데 조수석에 앉아 있던 또 다른 남자가 말을 걸었다.

"아뇨. 전 1학년이에요."

"만나서 반가워요. 난 8기 김태진이고 이쪽은 8기 회장이었던 이상헌."

상헌이 대리석처럼 단단해 보이는 느낌이라면, 태진이라고 자신을 소개한 남자는 부드럽고 사근사근한 인상을 풍겼다.

"네. 저는 12기 한영진입니다. 그리고 말 낮추세요, 선배님."

"그럴까? 하하하."

간단한 인사가 끝남과 동시에 차가 주차장에 도착했다. 마침 비어 있던 공간에 차를 세우고 나서 세 사람은 나란히 차에서 내려섰다.

막 사춘기에 접어든 수줍은 소녀처럼 두근대며 상헌을 바라보던 영진은 때마침 고개를 돌린 그와 정면으로 눈이 마주치자 서둘러 시선을 떨구었다. 자신도 모르는 사이 그를 너무 뚫어지게 쳐다보고 있었나 보다.

"한영진이라고 했지?"

"네."

"반갑다. 우리 정식으로 인사하자."

상헌이 스스럼없이 손을 내밀자 영진은 엉거주춤하게 그의 손을 맞잡았다. 두근거리며 뛰던 심장이 이젠 주체할 수 없을 정도로 세차게 날뛰었다.

"저도 반갑습니다."

"방송반 일까지 하면서 공부하려면 힘들 텐데, 괜찮아?"

"아뇨. 제가 좋아서 하는 일인걸요."

가슴은 미치도록 뛰고 있는데 입으로는 태연하게 말을 할 수 있다는 사실이 스스로 생각해도 대견했다. 영진은 상헌의 감촉이 고스란히 남아 있는 자신의 오른손을 왼손으로 살며시 쓰다듬었다.

"올라가자, 태진아."

"그래. 야, 간만에 학교에 오니까 청춘이 돌아온 것 같네."

"그러게 말이다."

주거니 받거니 이야기를 하는 두 사람의 뒤에서 영진은 종종걸음을 쳤다. 어림짐작으로 봐도 둘 다 키가 180을 훌쩍 넘어 보였다. 여학생치고는 큰 편에 속하는 영진임에도 두 사람의 보폭을 쫓아가기가 버거울 정도였다. 숨이 가쁘게 걸음을 재촉하는데 앞서서 계단을 올라가던 상헌이 뒤를 돌아보았다.

"방송실 어디 있는지 알고 있으니까 그렇게 뜀박질할 필요 없어."

"……네."

"강명섭 선생님이 아직까지 방송반 맡고 계시지?"

"네."

"블랙커피 좋아하시고?"

"네."

"변함이 없으시군."

지난 추억을 떠올리는 듯 그의 입가에 아련한 미소가 번졌다.

그가 다시 계단을 오르기 시작하자 영진은 조금 떨어져서 두 사람을 따라갔다. 이미 방송실이 어디 있는지 알고 있다니 굳이 주인 따라가는 강아지마냥 조바심을 칠 필요는 없을 듯했다.

2, 3m쯤 뒤에서 느긋하게 걸으며 영진은 상헌의 모습을 마음껏 감상했다. 긴 다리를 감싸고 있는 적당히 물이 빠진 청바지가 그에게 썩 잘 어울렸다. 행동 하나, 말투 하나까지 그에게서는 자신감과 여유로움이 그득하게 묻어났다. 8기라면 그녀보다 딱 네 살이 많을 뿐인데 말하는 걸 보면 마치 열 살 이상 차이가 나는 것처럼 어른스러웠다.

머릿속에서 온갖 공상을 하는 중에 두 사람이 먼저 방송실로 들어가 버렸다.

"이게 누구야, 이상헌, 김태진."

"선생님, 오랜만에 찾아뵙습니다."

소란스럽게 인사를 주고받는 소리를 들으며 영진도 방송실로 들어섰다. 강명섭 선생님이 두 사람을 동시에 껴안고 흐뭇하게 미소를 짓고 있었다.

"녀석들, 가끔 전화만 삐쭉하더니 이제야 얼굴 한 번 보는구나. 특히 이상헌, 너! 회장씩이나 했던 녀석이 후배들이 방송반 잘 이끌어가고 있는지 궁금하지도 않았어?"

"선생님이 지도하시는데 당연히 잘해 나가고 있겠죠."

"어울리지 않게 아부는. 지난번에 아버님은 뵀는데 여전히 정정하시더구나."

"안 그래도 말씀 들었습니다. 작은아버님 뵈러 오셨다가 선생님 만나셨다고 하시더군요."

"이사장님 앞에서 내 칭찬을 어찌나 하시는지 민망해서 혼났다. 하하하."

선생님은 기분이 한껏 좋으셨는지 얼굴에서 미소를 지우지 않았다. 아까 상헌이 타고 왔던 고급 자가용을 보고 꽤나 부유한 환경의 사람이겠구나 막연히 짐작했었는데, 이사장님의 조카였나 보다. 흔히 말하는 로열패밀리라는 건 바로 상헌 같은 사람을 두고 하는 말일 것이다. 그가 자신과는 너무 동떨어진 세계에 사는 사람처럼 느껴져 괜스레 주눅이 들었다.

영진은 귀는 여전히 세 사람의 대화에 열어둔 채 신청곡이 정리되어 있는 리스트를 집어 들었다. 오후 방송의 테마는 팝송과 가요의 어울림이었다. 평소 가요보다는 팝송에 관심이 많던 터라 이번 기회에 잘 알려지지 않은 좋은 노래들을 소개해 볼 참이었다.

방송 중간에 들어갈 멘트를 다시 손보고 신청곡 음반들을 정리하는데 불쑥 손 하나가 내밀어졌다.

"그거 오늘 방송에 나갈 노래야?"

놀라서 고개를 드니 태진이 책상에 걸터앉아 손을 내밀고 있었다. 영진은 들고 있던 Radiohead의 음반을 그에게 건넸다.

"어떤 곡 틀 거야?"

"Fake plastic trees요."

"그거 상헌이가 좋아하는 곡인데. 맞지, 상헌아?"

선생님과 얘기를 주고받던 상헌이 웃으며 고개를 끄덕였다.

"누가 선곡한 거야?"

"팝송 쪽은 제가 선곡하구요, 가요는 2학년 선배님이 하세요."

"얼터너티브 쪽 음악을 좋아하는 걸 보니 취향이 상헌이랑 비슷한 모양이지?"

"……."

뜻하지 않게 상헌과의 공통점을 발견한 영진의 가슴이 또다시 콩닥거렸다. 이러다가는 심장에 병이 나는 거 아닌지 모르겠다. 왜 이렇게 제멋대로 널뛰기를 하는 건지. 영진은 쿵쾅거리며 뛰는 심장을 애써 진정시키려 책상 위에 수북이 쌓여 있는 음반들을 공연히 뒤적거렸다.

"너희들 시간 되면 후배들 방송하는 거 한번 봐주고 가라. 잘하고는 있는데 솔직히 너희들 때보다는 유연성이 떨어져."

"그렇게 하겠습니다."

상헌 쪽에서 먼저 대답을 하고 태진을 바라보자 그 역시 고개를 끄덕였다.

"방송 마치고 후배들 데리고 나가서 맛있는 거나 사 먹이지 뭐. 상헌이 너 돈 많지?"

"또 나한테 떠넘기려고?"

"왜 이러시나? 이 학교 이사장님이 너희 삼촌이고, 게다가 너희 아버지는 알아주는 건설회사 회장님이란 걸 꼭 내 입으로 말을 해야겠어?"

"알았다."

상헌은 못 말리겠다는 듯 고개를 설레설레 저었다.

반쯤은 정신이 멍한 상태에서 방송제가 끝나고 방송반 모두 상헌과 태진의 인솔하에 학교 앞 분식점으로 향했다. 같은 학년 여학생들이 상헌과 태진에 대해 조잘거리는 소리를 들으며 영진은 간간이 상헌에게로 눈길을 주었다. 하지만 그의 시선은 언제나 그녀를 빗겨나 있었고, 시간이 갈수록 그녀의 가슴속에는 몹시 생소한 단어만이 동동 떠다녔다.

첫사랑, 혹은 짝사랑……

그날은 그와의 인연이 처음 시작된 날이기도 했고, 십 년 동안 이어질 지루한 짝사랑이라는 병이 처음 발병한 날이기도 했다.

2. 그의 착각

점심시간이 가까워오자 경일이 영진에게 메신저를 걸어
왔다.

〈어이! 한 기사. 점심 뭐 먹을래?〉

〈글쎄, 뭐 먹을까?〉

〈또 나더러 정하라고?〉

〈ㅡ_ㅡ;;〉

경일의 책상 쪽을 쳐다보자 그가 밉지 않게 눈을 흘겼다. 남
자라고는 해도 워낙 오랜 친구 사이라 그런지 그와의 관계는 마

치 동성친구처럼 편했다. 그녀가 이 회사로 옮겨온 궁극적인 이유는 상헌이었지만 경일의 꼬임에 넘어가서이기도 했다.

멀쩡히 자리 잘 잡고 있던 영진에게 자기네 회사에 인테리어 디자이너 자리가 비었다며 이직을 하라고 꼬박 한 달을 졸라댔다. 상헌 때문에라도 기꺼이 옮겼겠지만 그래도 겉으로는 친구 부탁 때문에 어쩔 수 없이 이직을 하는 것처럼 행동했다. 그래야 덜 비참하니까. 상헌이 결혼한 후에도 쉽사리 떨쳐 내지 못한 어리석은 미련의 편린들은 은밀하게 내재되어 있는 지독한 바이러스처럼 그녀가 하는 모든 행동의 이유가 되어 있었다. 이미 남의 남편이 된 사람을 바보처럼 해바라기 하고 있는 집착조차도 그 누구에게도 피해 주지 않고 혼자서만 간직한 짝사랑이니 죄책감 따위 느낄 필요 없다며 애써 합리화를 시킬 정도로……. 그 비겁한 자기타협이 지금까지 그녀의 양심을 쿡쿡 찔러대고 있었다.

씁쓸한 마음에 옅은 한숨을 토해내는데 실장실 문이 열리고 와이셔츠 소매를 팔뚝까지 둘둘 말아 올린 상헌이 모습을 드러냈다.

"주성빌리지 설계 누가 맡고 있지?"

"한영진 기사하고 제가 맡고 있습니다."

경일이 자리에서 벌떡 일어나서 냉큼 대답했다. 군기가 바짝 들린 이등병처럼 뻣뻣하게 굳어진 그를 보며 영진도 덩달아 긴장을 했다.

"그래? 오후 스케줄 어떻게 돼?"

"저 말입니까?"

"둘 다."

"전 오후에 미팅이 잡혀 있습니다."

"한 기사는?"

상헌이 영진 쪽을 바라보았다.

"별다른 일 없습니다."

"그럼 한 기사는 점심 먹고 나하고 같이 주성토건 좀 들이갔다 오지."

"네. 근데 무슨 일로?"

"자재를 좀 바꾸고 싶다는데, 아무래도 담당자하고 같이 들어가 봐야 할 것 같아서. 괜찮지?"

"네."

"설계도면하고 견적서 챙기고."

"알겠습니다."

상헌이 지시를 마치고 실장실로 들어가자 영진은 약하게 한숨을 토해냈다. 아무래도 오늘 점심을 제대로 먹기는 그른 듯하다. 상헌과 단둘이서 주성토건에 가자면 적어도 좁은 차 안에서 왕복 두 시간을 보내야 한다는 소리다. 이렇게 잠시 얼굴을 맞대고 이야기하는 것도 긴장이 되는데……. 그러다 문득 그녀는 자신의 옷차림을 내려다보았다. 오랫동안 입어서 이제는 낡았다는 느낌마저 드는 물 빠진 청바지에 목이 깊게 파인 니트 셔츠가 괜스레 신경 쓰였다.

'뭐 어때. 하루 이틀 이런 모습 보인 것도 아니고. 괜찮아.'

스스로를 다독이며 그녀는 지갑을 챙겨 들었다.

경일과 먹는 둥 마는 둥 하며 점심을 때우고 사무실로 들어오자 상헌은 이미 준비를 끝내고 그녀를 기다리고 있었다.

"가지."

"네."

견적서를 정리해 둔 바인더와 도면통을 챙겨 들고 영진은 상헌의 뒤를 따랐다. 고고한 자태로 서 있는 은빛 렉서스 뒷자리에 바인더를 내려놓고 조수석에 자리를 잡고 앉자 차가 미끄러지듯 주차장을 빠져나갔다.

창밖으로 스치는 아스라한 봄 풍경을 바라보며 영진은 무릎 위에 놓인 도면통을 만지작거렸다. 회사를 출발한 지 이십여 분이나 흘렀는데 그동안 나눈 대화라고는 '점심 드셨어요?'라는 말이 고작이었다. 마음 같아서는 어색하지 않게 이런저런 얘기를 할 수 있을 것 같은데 내내 입 안에서만 웅얼거릴 뿐이었다. 뭐라고 한 마디라도 해야 할 것 같아 눈을 돌리는데 핸들을 잡고 있는 상헌의 기다란 손가락에 시선이 가 멈췄다.

'없다!'

벼락을 맞은 것처럼 머릿속이 텅 비어버렸다. 작년 봄, 상헌은 현경과 이혼을 했다. 속사정이야 어떻든 겉으로는 행복한 부부 생활을 보여주던 그들이었기에 이혼을 하리라고는 꿈에도 생각지 못했었다.

　두 사람 사이에 뭔가 문제가 있는 것 같다는 태진의 언질이 있었지만 그저 단순한 부부싸움이겠거니 했었다. 그런데 그 말을 들은 지 딱 한 달 만에 상헌과 현경은 남이 되어 돌아섰다. 자그마치 팔 년 동안이나 사랑했던 사람과의 헤어짐을 결정하기엔 터무니없이 짧은 시간이었을 텐데, 두 사람은 지인들의 만류에도 불구하고 아무런 미련이 없는 듯 일사천리로 이혼 절차를 밟아나갔다.

　상헌의 이혼 소식이 알려지자 회사 전체가 술렁였다. 오너의 이혼은 직원들에게 충분한 가십거리가 되었고 별의별 요상한 소문들이 다 돌았다. 상헌이 바람을 피웠다, 아니다 현경이 바람을 피웠다, 설왕설래 근거없는 소문들은 나날이 부풀어만 갔다. 그럼에도 상헌은 내내 침묵을 지켰었다. 다행히 두어 달 술렁이다 소문은 잦아들었지만, 그들이 왜 이혼을 했는지 자세한 내막을 알고 있는 사람은 아무도 없었다. 아니, 어쩌면 태진은 알고 있을지도 모른다. 하지만 태진이 친구의 치부를 곧이곧대로 까발릴 사람도 아니니 이혼에 얽힌 미스터리는 여전히 풀리지 않은 셈이었다.

　이혼을 하면 결혼식 때 주고받았던 반지부터 빼버린다는 속설과 달리 상헌은 이혼 후에도 늘 결혼반지를 끼고 있었다. 마치 자신의 이혼을 인정하지 않겠다는 의지를 보여주려는 듯. 그런데 족쇄처럼 끼워져 있던 반지가 소리 소문 없이 사라진 것이다.

"뺐났어. 이젠 그래야 할 것 같아서."

그녀의 눈길을 느꼈던지 상헌이 담담한 목소리로 말했다.

"저기…… 죄송해요."

"후훗, 뭐가 죄송해? 한영진, 왜 그렇게 내 앞에서는 주눅 든 것처럼 행동하니? 다른 사람 앞에서는 또박또박 말도 잘하고 일도 빈틈없이 하는 똑똑한 사람이면서."

"……."

영진은 대답없이 입술만 잘근잘근 씹었다.

"내가 괜한 말을 한 건가?"

"아뇨, 기분 나빠서 그런 거 아니에요. 그냥 딱히 뭐라 대답할 말이 없어서……."

"내 성격이 원래 자상하질 못해. 누굴 챙겨준다거나 살가운 말 건네는 거 익숙하지 않아서 너한테도 매번 무뚝뚝하게 구는 거야. 이해해라."

"알고 있어요."

조그맣게 대답을 하고 영진은 몰래 한숨을 내쉬었다. 뭔가 좀 재밌는 이야기라도 할 줄 아는 능력이 있으면 좋을 텐데, 겨우 몇 마디 하고 나니 또 대화가 끊어져 버렸다. 이제 겨우 이십 분 정도밖에 안 흘렀는데 앞으로 사십 분간 어떻게 더 버텨야 할지 난감했다.

무슨 이야기를 꺼낼까 고민을 하는데 상헌이 먼저 입을 열었다.

"태진이 어떻게 생각해?"

"네?"

"그 녀석 남자인 내가 보기에도 썩 괜찮은 사람이야. 책임감도 있고, 일에서도 성공했고."

"그렇죠."

상헌이 무슨 의도로 그런 말을 하는지 미처 헤아리지 못한 영진은 동조의 뜻으로 고개까지 끄덕였다.

"두 사람 아직까지 그저 선후배 사이로 만족하는 거니?"

"네?"

"이제 지겨울 때도 되지 않았나? 태진이도 그렇고, 너도 그렇고. 둘이 잘 어울릴 것 같은데."

"아뇨. 태진 선배는 단순히 학교 선배일 뿐이에요. 남자로 생각해 본 적 한 번도 없어요."

자신도 모르게 목소리가 딱딱하게 굳어졌다. 다른 사람도 아닌 상헌의 입에서 자신과 태진이 잘 어울린다는 말 따윈 듣고 싶지 않았다. 그가 자신을 좋아해 주는 건 바라지도 않았다. 단지 그녀가 원하는 건, 지금 이 상태 그대로 상헌을 지켜보고, 소박하게나마 마음에 담는 것뿐이었다. 그런데 상헌은 어이없게도 태진과 그녀를 이어주는 메신저 역할을 하려고 했다. 그것이 그녀를 얼마나 서운하게 하는 줄도 모르고.

RRR— RRR—

조용한 차 안에 영진의 휴대전화 벨소리가 요란하게 울렸다.

가방에서 전화를 꺼내 들던 그녀의 얼굴에 난감한 빛이 스쳤다. 타이밍 한번 기가 막혔다.

"네. 선배."

[영진아! 어디야?]

우렁찬 태진의 목소리가 전화기에서 흘러나오자 영진은 어색하게 헛기침을 했다.

"지금 거래처 가는 중이에요. 무슨 일이에요?"

[저녁에 뭐 하니? 별일 없으면 퇴근하고 오피스텔로 와라. 나 내일까지 휴가라서 맘 놓고 술 마실 수 있거든. 올 거지?]

"휴가란 말 없었잖아요."

[어제 갑자기 결정된 거야. 상헌이한테도 전화해서 오라고 해야겠다. 홀아비 자식 내가 구제해 줘야지.]

"지금 실장님과 같이 있어요."

[그래? 그럼 바꿔 줘봐.]

안 된다는 말도 못하고 영진은 머뭇거리며 상헌을 바라보았다.

"태진 선배인데 전화 좀 바꿔달라고 하는데요."

"그래? 운전 중이라 받기 뭐한데. 전화기 귀에 좀 대줄래?"

"네."

영진은 손을 뻗어 휴대전화를 상헌의 귀에 가져다 댔다. 두근두근 심장이 터질 것처럼 뛰기 시작했다. 부드러운 그의 갈색 머리카락이 손끝에 닿자 손이 그대로 녹아버릴 것만 같았다.

"나다. 왜?"

전화기 너머에서 태진이 떠들어대는 걸 묵묵히 듣고 있던 상헌이 피식 웃음을 터뜨렸다.

"알았어. 영진이 데리고 갈게. 이따 보자."

통화가 끝나자 영진은 아쉬운 마음으로 상헌을 향해 뻗었던 팔을 거둬들였다.

'조금만 더 길게 통화하지.'

가끔씩 의도하지 않게 발생하는 이런 가벼운 스침은 쩍쩍 갈라진 땅을 촉촉하게 적시는 한줄기 단비처럼 영진을 한없이 설레게 했다. 비록 그것이 곧 그치고 말 한여름 여우비일지라도.

"저녁에 너하고 같이 오라는데 어때?"

"저는 괜찮아요."

"그럼 주성토건 들렀다 바로 퇴근하도록 하자."

"네."

예기치 않은 저녁 스케줄이 생긴 덕분에 오늘은 상헌과 함께할 시간이 훨씬 더 길어졌다. 하나, 다른 때와 달리 오늘은 무작정 기뻐할 수가 없었다. 그가 태진과 자신의 사이를 그런 식으로 오해하고 있는 거라면 지금에라도 확실히 경계를 그을 필요가 있었다.

복잡한 생각들에 휩싸여 있는 사이 차가 주성토건에 도착했다. 건물 지하에 위치한 주차장에 차를 세워두고 두 사람은 나란히 엘리베이터에 올랐다.

건축공사팀이 위치한 육층에 내려 사무실 안으로 들어서자 정 부장이 웃으며 자리에서 일어섰다.

"어이구, 이 실장님이 직접 오셨군요. 바쁘실 텐데 번거롭게 해드려서 죄송합니다."

"아닙니다. 안 그래도 공사 진행 상황이 어떻게 되어가는지 한번 둘러볼 생각이었습니다."

"그러면 다행이구요. 이 회장님은 편안하시죠?"

"네, 덕분에요."

상헌이 정 부장과 안부를 주고받는 사이 영진은 들고 온 도면을 큰 원형 테이블 위에 펼쳐 놓았다. 급하게 챙겨오느라 번호가 뒤죽박죽 섞여 있는 도면을 순서대로 정리하고 계약 당시 작성했던 견적서와 자재목록까지 말끔히 챙겨놓고 나자 실무자인 김 과장과 현장 박 기사가 회의실로 들어섰다.

영진이 희미한 미소를 지으며 고개를 살짝 숙여 인사를 하자 박 기사는 반가운 기색이 역력한 얼굴로 그녀의 곁에 자리를 잡고 앉았다. 서늘한 상헌의 눈길이 스치듯 두 사람의 모습을 훑고 지나갔다.

회의에 참석할 인원이 모두 모이자 곧 회의가 시작되었다. 오늘 회의 안건은 자재 변경에 관한 문제였다. 애초 설계 당시부터 상류층들을 겨냥해서 설계한 고급형 빌라라 자재를 외국에서 직접 들여와서 쓰는 게 많았다. 그런데 그중 한 자재가 현지에서 문제가 생겨 수급에 어려움이 생겼다고 한다. 급히 대체 자재를 찾아내긴 했는데, 처음 자재보다 단가가 비싸다 보니 시행사 측에서 선뜻 교체 결정을 할 수 없었던 모양이다.

"저희 회사 입장은 조금 손해가 나더라도 대체 자재를 쓰자는 쪽으로 결정이 났습니다. 주 청약고객이 부유층들이니 주변에 입소문이 빠르게 돌 겁니다. 괜히 자재 값 아끼려다 공사 기간만 늦어져 나쁜 이미지를 주는 것보다는 그게 나을 것 같아서요."

정 부장의 설명에 상헌은 고개를 끄덕였다. 하지만 쉽게 결정하기엔 뭔가 개운치 않은 기분이 드는지 그는 영진을 바라보았다.

"한 기사 생각은 어때? 꼭 이 자재로 교체를 해야 할까?"

"제 생각엔 현지 사정을 좀 더 두고 보는 게 좋을 것 같습니다. 처음 청약 때 설문조사 한 걸 보면 아시겠지만 청약하신 분들이 대개 나이 드신 분들이라 이런 무광택 소재는 별로 좋아하지 않으셨거든요. 준공 때까지는 여유가 좀 있으니까 일주일 정도는 더 두고 봤으면 좋겠어요."

"흠."

상헌은 묵묵히 고개를 끄덕였다. 그 역시 영진과 같은 생각이었다. 시간에 쫓겨 섣불리 자재를 바꾸기엔 아쉬움이 남았다. 자재비 차이도 있을뿐더러 원래 의도했던 콘셉트에 맞추자면 시간이 조금 걸리더라도 현지 사정을 좀 더 살피는 게 나을 듯했다.

"제 생각도 한 기사와 같습니다. 일단 저희 쪽에서도 국내에서 동일 자재를 확보할 수 있을지 알아보겠습니다. 일주일만 유예기간을 갖도록 하죠."

상헌이 절충안을 내놓자 김 과장은 현장 실무자들과 따로 의논을 해보겠다며 회의실을 나섰다. 회의가 잠시 소강 상태에 빠져들자 박 기사가 영진에게 말을 걸었다.

"한 기사님, 요즘 현장에 자주 안 나오던데 많이 바빠요?"

"일이 좀 많았어요. 안 그래도 내일쯤 한번 가보려던 참이었어요."

"한 기사님 얼굴을 못 보니까 일할 맛이 안 나요. 바쁘더라도 자주 들러요. 알았죠?"

평상시 느물거리는 박 기사의 성격을 아는 터라 영진은 가벼운 웃음으로 답을 대신했다.

"우리 데이트 한번 해야죠. 전에도 같이 영화 보자니까 그냥 도망가 버리고."

"글쎄요."

서른 초반에 접어든 박 기사는 핸섬한 외모와 화려한 입담을 자랑하는 사람이었다. 그는 영진이 공사를 맡아 처음 현장에 갈 때부터 그녀에게 노골적으로 관심을 표시했다. 그때마다 대충 얼버무리며 사양을 했는데 오늘은 아예 작정하고 치근덕대려 했다. 영진이야 이미 수차례 겪었던 일이라 면역이 되어 무덤덤한데 상헌 눈에는 그게 거슬렸나 보다.

"한 기사, 나 좀 보자."

갑작스러운 호출에 영진은 박 기사에게 양해를 구하고 상헌을 따라 회의실을 빠져나왔다. 앞서서 걸어가던 상헌이 커피 자판기 앞에서 멈춰 섰다.

"커피?"

"네."

상헌은 커피를 뽑아 영진에게 건네며 딱딱한 음성으로 충고했다.

"현장 사람들하고 너무 격의없이 지내지 마라."

"박 기사님은 그냥……."

"네가 여자 기사라고 만만하게 볼 수도 있어. 그리고 너야 별신경 안 쓰고 받아들인다지만 박 기사 생각은 다를 수도 있으니까."

"……네."

영진 역시 그걸 모르는 건 아니었다. 그래서 박 기사의 호의에 한 번도 제대로 응해준 적이 없었다. 그런데 이런 식으로 상헌에게 지적을 받자 헤픈 여자 취급을 당하는 것 같아 억울해졌다. 자신을 향한 그의 절제된 말투와 온기가 느껴지지 않는 냉담한 눈빛에 가슴이 쩍쩍 소리를 내며 갈라졌다.

"회의 끝나고 간단하게 저녁 때우고 태진이 오피스텔로 가자. 빈속으로 가봤자 그 녀석이 애써 저녁 차려줄 것도 아니고."

"그러죠 뭐."

잔뜩 굳어진 영진의 음성에 상헌이 그녀를 힐끗 쳐다보았다. 뭐라 더 말을 할 것 같던 그는 끝내 아무 말 없이 돌아서 버렸고 영진은 착잡한 심정으로 그의 뒷모습을 바라보았다. 언제나 보게 되는 그의 뒷모습인데 오늘따라 더 아프게 느껴진다. 어째서 자신에게는 그의 앞모습보다 뒷모습이 더 눈에 익은지, 왜 상헌 앞에서는 자꾸만 움츠러들게 되는지…….

"후우."

영진은 허공을 향해 묵직한 한숨을 토해냈다. 그를 처음 만난 날 느꼈던 은근한 열등감은 선뜻 뛰어넘을 수 없는 장애물이 되어 내내 그녀를 주춤거리게 했다. '제 일은 제가 알아서 하겠습니다'라고 당당하게 말했어야 했는데, 그것조차 하지 못한 자신의 소심함이 영진을 몹시 우울하게 만들었다.

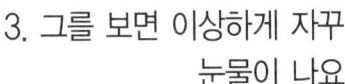

3. 그를 보면 이상하게 자꾸
눈물이 나요

"입에 안 맞아?"

"아뇨. 그게…… 제가 회를 못 먹어요."

부지런히 젓가락을 놀리던 상헌의 눈이 살짝 치켜 올라갔다.

"그럼 미리 말을 했어야지."

"실장님은 좋아하시잖아요."

"너란 애는 도대체……."

말을 하다 말고 그는 고개를 절레절레 저었다. 어쩜 이 아이
는 이렇게 변하지를 않는지. 십 년 전이나 지금이나 눈 한 번 제
대로 마주치지도 못하면서 자신에 관해서라면 어느 것 하나 빠
짐없이 모두 알고 있는 사람이다. 단정했던 단발머리가 우아하

게 웨이브진 스타일로 변하고, 제법 통통했던 얼굴이 갸름한 달
걀형으로 변하는 동안에도 진지하게 자신을 바라보는 영진의
눈빛만은 여전히 그대로였다. 단지 그 색깔이 조금 바뀌었을
뿐.

아마 제대 후였을 것이다, 영진이 자신을 단순한 선배가 아닌
남자로 보고 있음을 막연히 느끼게 된 것이. 동아리방에서 누군
가의 시선이 느껴져 무심코 고개를 돌리면 늘 영진의 맑은 눈과
마주쳤고, 뭔가가 필요해 주위를 두리번거리면 마치 기다렸다
는 듯 영진은 그가 필요로 하는 물건을 말없이 내밀곤 했다.

처음엔 그저 우연일 거라고 생각했지만, 그런 우연이 자꾸 반
복되자 긴가민가한 생각이 들었다. 하지만 상헌은 굳이 그 감정
의 실체를 분석해 내려 하진 않았다. 괜히 들춰내서 영진과 어
색한 사이가 되고 싶지 않았던 것이다.

상헌은 지난 십 년간 꾸준히 보아왔던 영진의 얼굴을 새삼스
레 바라보았다.

'언제 이렇게 변했었나.'

특별한 화장술 없이도 선명하게 드러나는 또렷한 이목구비
덕분에 영진은 한 듯 안 한 듯 자연스러운 화장을 하고 있었다.
일할 때를 제외하고는 늘 자연스럽게 늘어뜨리고 있는 매끄럽
고 풍성한 머리카락과 길고 가는 목덜미, 그리고 늘씬한 체형으
로 인해 남자라면 누구나 한 번쯤 돌아볼 만큼 근사한 미인으로
변했음에도 그는 여전히 영진을 어린 후배로만 보고 있었다. 아

니, 의식적으로 그렇게 보려고 애를 썼다.

"그만 일어나자."

"괜찮아요. 전 별로 배고프지도 않았어요."

자리를 털고 일어서는 상헌을 보며 영진은 당황해서 중얼거렸다. 하지만 그는 이미 벗어두었던 재킷을 입고 있었다.

"너 맛있는 거 사 먹이려고 일부러 여기까지 온 거야. 내가 먹으러 온 게 아니라."

"……"

영진은 거하게 차려진 상과 상헌을 번갈아가며 쳐다보았다. 주문할 때 보니 가격도 만만찮던데, 그냥 버리고 가기엔 아까웠다.

"이거 혹시 포장도 될까요? 태진 선배도 회 좋아하는데."

"그러든지. 일단 나가자."

종업원에게 회를 포장해 달라고 부탁한 후 두 사람은 카운터 옆에 놓인 긴 주물의자에 나란히 앉았다. 그에게서 익숙한 켈빈 클라인의 향이 은은히 풍겨져 나왔다.

"일 많이 힘든 건 아니지?"

"네. 재미있어요."

또 침묵. 상헌과의 대화는 늘 이런 식이다. 뭔가 이어질 듯 이어질 듯하면서도 그냥 끝나 버리는, 아쉬움이 많이 남지만 그렇다고 뭔가를 더 기대하기에는 그와의 거리가 너무 멀었다. 대화를 이어갈 주제를 찾느라 머릿속을 복잡하게 헤집고 있는데 종업원이 하얀 종이 가방을 내밀었다.

"여기 있습니다."

"네. 감사합니다."

종이 가방을 받아 든 상헌이 먼저 일식집을 나서자 영진도 묵묵히 그의 뒤를 따랐다. 이미 어둠이 짙게 내린 거리엔 가로등이 드문드문 켜져 있었다. 시원한 저녁 바람을 맞으며 천천히 걷는데 가로등에 비친 상헌의 그림자가 그녀의 발끝에 채였다.

자박자박.

영진의 입가가 장난스럽게 벌어졌다. 그녀는 그의 그림자를 잃어버릴까 봐 종종걸음을 쳤다. 그림자라도 닿아 있는 게 마냥 좋아서.

그때 상헌이 갑자기 걸음을 멈췄다. 그리고 뒤를 휙 돌아보았다.

"너무 많이 밟지는 마라. 아프다."

"네?"

내내 단단하게 굳어져 있던 상헌의 입가에 흐릿한 미소가 감돌았다.

"너 아까부터 나 밟고 있었잖아. 직원들 노동력 착취하는 악덕 사업주는 아닌 것 같은데, 너무 많이 밟는 것 같아서."

"아— 죄송해요."

영진은 자신의 발밑에 깔려 있는 상헌의 그림자에서 서둘러 물러서며 계면쩍게 웃었다. 진짜 그를 밟기라도 한 것처럼 당황하는 그녀를 보며 상헌은 좀 더 크게 웃었다.

"하하하. 녀석, 순진하기는……."

부드럽고 기다란 손가락이 그녀의 머리를 가볍게 쓸고 지나갔다. 마치 귀여운 조카를 쓰다듬듯이 그는 그녀의 머리를 쓰다듬었다. 그 작은 접촉에 영진은 그만 바보처럼 멍해지고 말았다.

"그만 가자."

그는 아무렇지도 않게 돌아섰다. 하지만 영진은 발을 떼어놓을 수가 없었다. 그의 손길 한 번에 마치 못이 박힌 것처럼 굳어진 채로 그녀는 멀어지는 상헌을 바라보고만 있었다.

한참이나 앞서 가던 상헌이 그녀가 따라올 기미를 보이지 않자 의아한 얼굴로 돌아섰다.

"뭐 해, 얼른 안 따라오고?"

"아, 네. 갈게요."

십 여분쯤 걸어서 오피스텔 로비에 들어서자 엘리베이터 앞에서 뭔가를 주워 담고 있는 태진의 모습이 보였다.

"태진 선배 아니에요?"

"그런 것 같은데."

상헌은 고개를 갸웃거리며 태진에게로 걸어갔다.

"뭐 하냐?"

"잠깐만, 거의 다 됐어."

휴지로 바닥에 흐른 갈색 액체를 열심히 닦아내던 태진이 가늘게 한숨을 내쉬며 몸을 일으켜 세웠다.

"선배, 청소해요?"

영진이 의아해하며 묻자 태진은 어깨를 으쓱했다.

"응, 그렇게 됐어."

"네가 왜? 여기 청소하는 사람이 있을 거 아니야? 관리비는 그래서 내는 거 아닌가?"

"내가 뭘 좀 실수해서 그래. 자, 올라가자."

태진은 감시하듯 이쪽을 쳐다보고 있던 경비에게 꾸벅 인사를 하고 두 사람을 엘리베이터로 마구 밀어 넣었다.

"네가 자꾸 실없이 웃고 다니니까 사람들이 너를 우습게 보는 거야."

상헌이 무뚝뚝하게 한마디 하자 태진이 피식 웃었다.

"알았어, 인마."

"선배가 안 웃으면 전 오히려 이상할 것 같아요."

태진이 민망해하는 것 같아 영진은 일부러 두 사람의 대화에 끼어들었다.

"역시 영진이가 알아주는구나. 너밖에 없다."

그녀의 어깨에 팔을 걸치며 태진이 호탕하게 웃었다. 낮에 상헌이 했던 말이 떠올라 슬며시 옆으로 비켜서는데 아니나 다를까, 상헌의 눈은 이미 그녀의 어깨에 걸쳐져 있는 건장한 태진의 팔에 쏠려 있었다.

'이게 아닌데.'

난처함에 영진은 억지로 태진의 팔을 어깨에서 떨쳐 냈다. 마침 엘리베이터가 십이층에 멈춰 섰고 세 사람은 동시에 엘리베이터에서 내려섰다.

도어록의 비밀번호를 누른 후 집으로 들어서던 태진이 상헌을 힐끔 쳐다보았다.

"차는?"

"지하주차장에 세워두고 영진이하고 근처에서 저녁 해결하고 오는 길이다."

"잘했네. 그나저나 둘이 나란히 오는 거 보니까 연인 사이처럼 보기 좋다."

짓궂은 농담에 영진은 난감해하며 상헌의 얼굴을 쳐다보았다. 하지만 그는 별다른 표정 변화가 없었다.

"실없는 소리 하지 말고 이거나 받아라."

상헌은 종이 가방을 태진에게 떠넘기고 재킷을 벗어서 소파 등받이에 걸쳐 놓았다.

"술 사놓은 거 있지?"

"그럼. 너하고 영진일 초대했는데 내가 술을 안 사놓겠냐? 냉장고에 가득 채워뒀지."

태진은 여전히 멀뚱히 서 있는 영진의 팔을 끌어다 상헌의 옆에 주저앉혔다. 상헌이 눈치 채지 못하게 그는 영진에게 슬쩍 윙크를 하고 주방 쪽으로 걸어갔다.

"선배, 제가 할게요."

상헌의 옆에 앉아 있는 게 불편해서 그녀는 서둘러 일어서려 했다. 하지만 상헌이 먼저 그녀의 손목을 잡아 세웠다.

"손님으로 왔는데 뭐 하러 일까지 도와? 그냥 저 녀석 차려주는 거 먹어. 그래도 돼."

"그래도……."

"같이 놀 사람 없어서 괜히 바쁜 우리 불러들인 거야. 그러니까 앉아서 상 받아주는 것만도 감지덕지할 거다."

오늘따라 상헌은 좀 달라 보였다. 평상시엔 그리 말을 많이 하지 않는 편인데 오늘은 그답지 않게 농담도 곧잘 던졌다. 생소한 상황이다 보니 어떻게 장단을 맞춰줘야 할지 알 수가 없었다.

"흥! 지 회사 직원이라고 눈꼴시게도 챙기네. 공사 하나 끝낸 후에 느끼는 이 쾌감을 모르는 것도 아니면서, 동종업종에서 일하는 처지에 좀 동조해 주면 안 되냐?"

태진은 불퉁대며 맥주병을 요란하게 쟁반 위에 올려놓았다.

"회 포장해 왔어. 그것도 꺼내라."

상헌은 소파 밑에 아무렇게나 던져져 있던 오디오 리모컨을 들고 전원 버튼을 눌렀다. 순간 요란한 비트의 ROCK 음악이 오피스텔 안을 쩌렁쩌렁하게 울렸다.

"취향 참 독특하다. 나이가 몇인데 아직까지 이런 걸 듣냐?"

"냅둬. 난 그런 게 좋다니까."

음악에 맞춰서 익숙하게 몸을 흔들어대는 태진을 보며 상헌은 끌끌끌 혀를 찼다. 날렵한 몸을 일으켜 세운 그는 오디오 옆 장식장에 주르르 꽂혀 있는 CD들을 뒤적거렸다.

"전에 내가 준 CD 어디 있어?"

"어떤 거?"

"마이클 볼튼 거."

"그거? 영진이가 훔쳐 갔는데?"

"훔쳐?"

"제가 훔친 게 아니라 태진 선배가 안 듣는다고 해서 그냥 가져간 거예요. 여기 뒤봤자 좋은 음반에 먼지만 가득 쌓일 것 같아서."

가만히 있다 도둑놈 취급을 당하게 된 영진이 억울한 눈빛으로 태진을 쳐다보자 상헌이 알 만하다는 듯이 피식 웃었다.

"하긴 할렘가 수준인 태진이 취향을 고상하게 바꿔보려던 내가 어리석었지."

상헌은 CD를 뒤적여 클래식 음반을 오디오에 넣고 난 후 다시 소파로 와서 앉았다. 한데 그가 그녀에게 처음보다 조금 더 가까이 앉는 바람에 영진의 심장 박동 수가 더욱 빨라졌다.

"자, 먹자."

태진이 쟁반을 들고 와 테이블 위에 내려놓았다.

"자고 갈 거지?"

태진의 물음에 상헌은 영진을 바라보았다.

"넌 어떻게 할 거야?"

"전 가봐야죠."

"그래? 그럼 나도 간단하게 마시고 가야겠다."

"뭐야, 약속이 다르잖아. 나랑 밤새도록 놀아줘야 하는 거 아냐? 이런 배신자들 같으니라고."

태진이 씩씩대며 두 사람을 노려보았다.

"주말에 다시 모이자. 우린 내일 출근해야 되잖아. 게다가 영진이 요즘 일 많아. 나야 좀 늦게 출근해도 상관없지만 영진인 그럴 수도 없고. 며칠만 참아라. 주말에는 이 한 몸 희생해서 코가 삐뚤어지게 마시고 장렬하게 전사해 줄 테니까."

"새끼, 직원이라고 어지간히도 챙긴다. 일 못 시켜먹을까 봐 그러지? 약은 놈."

"후훗, 눈치 챘냐?"

"하여간 있는 놈들이 더해. 영진이가 농땡이 좀 피운다고 회사 문 닫을 것도 아닌데 어지간히도 부려먹는다."

"너야말로 영진이 능력을 너무 과소평가하는 거 아니냐? 지금 영진이가 혼자서 하는 일, 다른 직원한테 맡기면 두 명이 매달려야 해. 그만큼 유능한 직원인데 오너 입장에선 당연히 챙겨야 하지 않겠어?"

뜻밖에 그가 칭찬의 말을 하자 영진은 민망함에 공연히 빈 맥주 잔을 만지작거렸다.

"하긴 그러니 네가 영진이 스카우트 하려고 애를 썼겠지."

"실장님이요?"

놀라서 상헌을 바라보자 그는 자신은 모르는 일이라는 양 시큰둥한 표정을 지었다.

　"모르고 있었어? 너 이수건설에 취직했을 때 상헌이가 얼마나 서운해했는지 알아? 저 녀석은 당연히 네가 SHK인테리어 창립 멤버로 낄 줄 알고 있었잖아. 자만심도 어지간하지."

　"이미 지난 얘기 뭐 하러 꺼내?"

　"네가 얼마나 오만한 인간인지에 대해 깊이 고찰해 보려고 그런다. 왜, 떫으냐?"

　"말린다고 네가 말 안 할 것도 아니고, 난 그냥 술이나 마시련다. 술병이나 이리 줘."

　태진은 상헌에게 맥주병을 건넨 후 신이 나서 그의 험담을 늘어놓았다.

　"하여튼 그래서 네 동기, 이름이 뭐더라?"

　"경일이 말이에요?"

　"그래, 경일이. 걔를 아주 못살게 굴어서 끝내는 널 이수건설에서 빼온 거잖아. 그러면서도 자기가 나섰다는 말은 죽어도 안 하지."

　"몰랐어요. 난 그냥 경일이가 워낙 집요하게 권하기에 검사겸사 옮긴 건데."

　슬쩍 상헌의 눈치를 살폈지만 그는 묵묵히 술잔만 비울 뿐이었다.

　"어쨌든 급해서 불러들일 때는 언제고 이렇게 마당쇠 부려먹

듯이 하니 내가 아니꼽지 않겠냐?"

"후후, 그러게요."

"이제 진실을 알았으니 영진이 너도 그렇게 몸 바쳐 충성할 필요 없어. 다른 데서 좋은 조건으로 스카우트 제의 오면 무조건 싫다고만 하지 말고 한번 신중히 생각을 해보라니까."

"잘하는 짓이다. 기껏 놀자고 불러들여서 내 사람 딴 데로 빼돌릴 역적모의나 하고."

"내 사람? 어쭈, 세게 나오는데? 이상헌, 언제부터 영진이가 네 사람이었냐?"

태진의 눈에 장난기를 넘어선 음흉한 음모의 빛이 반짝였다. 그는 영진을 쳐다보며 입꼬리를 슬쩍 말아올렸다.

"너희 두 사람 내가 모르는 사이에 무슨 썸씽이라도 있었던 거야?"

"비약하지 마라. 영진이하고 내가 썸씽이 생길 리가 없잖아."

부푼 기대감이 한순간에 무너졌다. 혹시라도 그가 여지를 조금이라도 남길 말을 할지도 모른다고 생각했는데, 그건 그녀 혼자만의 희망사항이었나 보다. 쓸쓸한 미소를 지으며 영진은 자리에서 일어섰다.

"안주가 너무 부실하네요. 제가 나가서 몇 가지 사가지고 올게요."

그녀에게 마음을 다독일 시간이 필요하다는 걸 눈치 챘는지 태진이 웃으며 말했다.

"하긴 안주가 너무 없긴 하다. 한 살이라도 젊은 네가 좀 다녀와라. 마음 같아서는 내가 가고 싶은데 서른 줄에 접어들면서부터 꼼짝하는 게 귀찮아져서."

"네."

애써 상헌 쪽으로 눈길을 주지 않으며 그녀는 지갑을 챙겨 들고 오피스텔을 나섰다.

현관문이 닫히는 소리가 들리자 태진은 얼굴에서 미소를 싹 지워냈다.

"원래 무신경한 거야, 아니면 일부러 그런 척하는 거야?"

"뭐가?"

"영진이 말이야. 걔가 널 어떤 눈빛으로 보고 있는지 모르지 않잖아. 그런데 면전에서 꼭 그렇게 매정하게 말을 해야겠냐?"

"너야말로 왜 자꾸 영진일 내 옆에 붙여놓지 못해서 안달이야? 내가 원하지 않아. 그러니까 쓸데없이 중매쟁이 노릇할 생각 하지 마."

매섭게 변한 상헌의 얼굴을 보며 태진은 마구잡이로 튀어나오려는 말을 애써 걸러냈다.

"옆에서 보기 딱해서 그래."

"그래서 기껏 생각한다는 게 멀쩡한 애를 이혼남한테 꿰어맞춰? 그건 영진일 위하는 게 아니지."

"그럴 거면 굳이 영진일 네 회사에까지 불러들일 필요도 없었지. 기껏 잘살고 있는 애 굳이 네 옆에 끌어다놓은 거, 내가 아니라 너였어. 단순히 일을 잘해서? 아니면 네 말이라면 뭐든 고분고분하니까 데려다 실컷 부려먹으려고?"

"그만 하자. 영진이 곧 돌아올 거야."

"좋아, 오늘은 그만 하자. 근데 이거 하나는 똑바로 알고 있어라. 너, 한영진을 그냥 단순한 후배쯤으로 생각하는 거 아니야. 적어도 내가 보기엔 그래. 그러니까 앞으로 영진이 앞에서 상처 주는 말 삼가라. 뒤늦게 후회하지 말고."

"……."

속이 타는지 상헌은 그득히 채워져 있던 맥주를 단숨에 비워 냈다.

"안주 거리가 별로 없네요. 그래서 그냥 오징어만 사가지고 왔어요."

때마침 슈퍼에서 돌아온 영진이 까만 비닐봉지를 들어 보였다.

"차라리 밖에서 먹을 걸 잘못했나 보다."

"어차피 많이 마실 것도 아닌데요 뭐."

원래 앉았던 곳이 아닌 태진의 곁에 자리를 잡고 앉으며 영진은 흘러가는 눈빛으로 상헌을 바라보았다. 속상하고 화가 나서 그의 옆에 앉고 싶지 않았다. 상헌 역시 그녀의 의중을 눈치 챈 듯 쓸쓸한 미소를 지었다.

"안주도 늘었으니 본격적으로 마셔봐야지. 자, 건배!"

어색해진 분위기를 바꾸려 태진이 술잔을 높이 치켜들자 영진도 마지못해 같이 술잔을 들었다. 그러다 상헌과 눈이 딱 마주쳤다. 속을 알 수 없는 그의 깊은 눈빛 때문에 가슴속에서 시린 눈물이 솟구쳤다.

✹

진학 상담실이 가까워지자 영진의 걸음이 눈에 띄게 느려졌다. 이미 몇 번이나 진학 상담을 했지만 매번 담임선생님의 반대에 부딪치곤 했다. 그녀의 목표는 건축학과에 진학하는 것인데 담임선생님은 그녀의 적성에 맞지 않는다며 다른 학과에 지원할 것을 종용했다. 하지만 그녀는 목표를 바꿀 수가 없었다. 지난 이 년간 오로지 한 가지 생각으로 공부를 해왔다. 상헌이 공부하고 있는 대학, 같은 학과에 진학하겠다는 일념으로 죽을 애를 쓰며 성적을 끌어올렸는데 지금에 와서 그걸 포기하라니, 절대 있을 수 없는 일이었다.

가볍게 노크를 하고 상담실 안으로 들어서자 모의고사 성적표를 손에 든 선생님이 고개를 들었다.

"왔으면 앉아."

"네."

얌전히 의자에 주저앉으며 영진은 오늘은 또 어떤 말로 선생님을 설득해야 할지 고민을 했다. 자신의 진로를 결정하는 일에 왜 이렇게 다른 사람의 눈치를 봐야 하는지 솔직히 언짢기도 했다.

"모의고사 성적 알고 있지?"

"네."

"지난번보다 더 좋아졌네. 조금만 더 노력하면 한의예과도 도전해 볼 수 있을 것 같은데, 여전히 건축학과에 마음이 있는 거야?"

"네."

모기 소리처럼 작게 대답하며 그녀는 초조하게 손가락을 조몰락거렸다.

"건축학과에 진학하는 것도 나쁘지는 않아. 하지만 내가 보기엔 한의예과가 너한테 더 맞을 것 같다. 너 1학년 때까지는 1지망이 한의예과였다고 적혀 있는데 왜 갑자기 생각이 바뀐 거야?"

"별다른 이유는 없어요. 그냥 실내건축 쪽을 공부해 보고 싶어서요."

'그 사람이 거기 있으니까요.'

영진은 마음속 진실을 감추고 적당히 에둘러 댔다.

"실내건축이라……."

더 이상 영진의 고집을 꺾기 힘들다 여겼던지 선생님은 가는 한숨을 내쉬었다.

"네 생각이 정 그렇다면 어쩔 수 없지. 하지만 아직 원서 쓰기까지 시간이 좀 남았으니까 더 신중하게 생각해 봐. 알았지?"

"그럴게요."

"그만 나가봐."

정중하게 인사를 하고 영진은 개운한 기분으로 상담실을 나섰다. 이제 선생님의 반대는 물리쳤고, 남은 건 엄마다. 그녀가 건축학과를 지원할 거라고 선언한 이후로 엄마는 내내 잔소리였다. 여자가 건축 일 하는 게 얼마나 힘든지 아냐며 시간날 때마다 불퉁거리는 통에 이제는 엄마와 마주치는 시간조차 되도록이면 피하고 싶었다.

"내가 하고 싶은데, 내가 이렇게 간절히 원하는데 언젠가는 이해해 주시겠지."

나름대로 결론을 내리고 그녀는 교실로 향했다.

일주일 후, 영진은 친구 몇 명과 함께 한진대학교로 가는 버스에 올랐다. 자신들이 목표로 하고 있는 대학을 미리 방문해 사기를 높여보자는 그럴싸한 캐치프레이즈를 내걸었지만, 사실 자유분방한 대학생들의 모습을 보며 기분전환을 하자는 의도가 더 강했다. 버스 안에서 친구들과 농담을 주고받으면서도 영진의 신경은 온통 다른 곳으로 쏠려 있었다.

이 년 전 방송제에서 만난 걸 인연으로 상헌과 태진은 가끔씩 학교에 들러 후배들을 격려하고 맛있는 걸 사주곤 했다. 그렇게 만남을 거듭할수록 상헌을 향한 수줍은 첫사랑의 감정은 점점 깊어졌고 이젠 스스로도 어찌해 볼 수 없을 만큼 진지해지고 말았다. 몇 달 전 그가 군에 입대한 후에도 가끔 학교에 들르는 태진을 통해 간간이 소식을 전해 들었었다. 그러다 스승의 날, 학교를 방문했던 태진이 상헌이 며칠 안으로 휴가를 온다는 반가운 소식을 알려주었다. 그날부터 영진의 신경은 온통 한진대학교로 집중되어 있었다. 휴가를 오면 늘 동아리방에 들른다고 했으니 학교에 있을 거라 예상은 했지만 무턱대고 찾아가기엔 그녀 자신이 너무 숙맥이었다. 어떻게든 얼굴 볼 기회를 만들어보려 애를 쓰던 차에 오늘 친구들이 한진대학교에 간다는 말을 듣고 무작정 따라나선 것이다.

영진은 창밖을 바라보며 가볍게 심호흡을 했다. 학교가 가까워질수록 기대감으로 심장이 미친 듯이 뛰놀았다.

"영진아, 빨리 와. 다음 정류장에서 내려야 돼."

다급한 친구의 부름에 영진은 의자에서 벌떡 일어섰다. 그가 다니는 학교에 간다는 사실만으로도 정신이 몽롱해질 만큼 흥분이 됐다. 어쩌면, 정말 운이 좋으면 그를 마주칠지도 모른다. 정말 기적 같은 일이 생길지도…….

자신들이 다니는 고등학교와는 비교도 안 될 만큼 웅장한 대학교 시설들을 보며 친구들이 감탄을 쏟아내는 사이 영진은 동아리 방이 있을 법한 건물을 찾아 두리번거렸다. 하지만 생전 처음 방문한 곳에서 목표했던 뭔가를 찾아내기란 쉬운 일이 아니었다. 길 잃은 미아처럼 여기저기를 기웃거리는데 어디선가 귀에 익은 목소리가 들려왔다.

"한영진!"

놀라서 위를 쳐다보니 그녀와 친구들이 서 있는 맞은편 건물 오층에서 누군가 팔을 휘젓고 있는 것이 보였다.

"누구야, 영진아?"

"글쎄. 나도 잘…… 아!"

영진의 눈이 휘둥그레졌다. 태진이었다. 그리고 그의 옆에 선 짧은 머리의 남자 얼굴을 본 순간 그만 눈물이 울컥했다.

"누구냐니까?"

"졸업한 방송반 선배들."

"그래? 와, 저 선배 잘생겼다."

신이 나서 꺅꺅거리는 친구들의 괴성을 들으며 영진은 어렴풋이 보이는 상헌의 모습을 눈에 담았다. 그가 있다. 정말 기적처럼 그가 그녀를 내려다보고 있었다.

"거기서 기다리고 있어. 우리가 내려갈게!"

우렁찬 외침과 함께 그들의 얼굴이 창가에서 사라졌다.

'우리? 분명 우리라고 했지?'

영진은 태진의 말을 곱씹으며 초조하게 두 사람이 내려오기를 기다렸다. 조금 뒤 태진과 상헌이 건물 입구에 모습을 드러냈다. 자유분방한 옷차림을 한 태진과 달리 상헌은 딱딱해 보이는 군복 차림이었다. 예전보다 많이 그을린 갈색 피부와 짧은 헤어스타일이 그의 강인함을 한층 더 부각시켰다.

"여긴 어쩐 일이냐, 바쁜 고3 수험생들이?"

"그냥 진학하고 싶은 대학 돌아보면서 사기충천하려고요."

"그래? 너도 우리 학교 지망할 생각이었어?"

"……네."

영진은 쑥스러움에 고개를 숙였다. 자신이 왜 굳이 이 대학을 지망하려는지 태진에게 들킨 것 같아 몹시 민망했다.

"잘됐네. 근데 우리 학교 은근히 커트라인 높은 거 알지?"

"열심히 공부하고 있어요."

"당연히 그래야지. 그나저나 너 상헌이 오랜만에 보는 거지? 어때, 군바리 된 상헌이 모습 본 소감이?"

"그냥…… 그래요."

마땅히 대꾸할 말을 찾지 못한 영진은 난감한 얼굴로 얼버무렸다. 그런데 그게 웃겼는지 상헌이 픽하고 웃었다.

"영 못 봐주겠나 보다. 한영진, 그동안 잘 지냈어?"

"네. 선배님은요?"

"보시다시피. 태진이 통해서 네 소식 간간이 들었다."

"그랬구나."

영진은 눈도 마주치지 못하고 반짝거리는 상헌의 군화 앞코만 뚫어지게 쳐다보았다.

"이 아리따운 숙녀들이 다 네 친구들이야?"

장난스러운 태진의 말에 영진의 친구들이 킥킥거리며 웃음을 터뜨렸다.

"학교는 다 둘러봤어?"

"아뇨, 이제 막 온 참이에요."

"그래? 그럼 이 선배님이 학교 소개를 해주지. 상헌아, 너도 같이 갈 거지?"

"어쩌지. 난 현경이 만나러 가야 하는데."

"참, 약속있다고 했었지. 어쩔 수 없지 뭐. 귀여운 후배님들은 내가 다 책임질 수밖에."

"수고해라. 난 먼저 가볼게."

상헌은 태진의 어깨를 툭 쳐주고 영진을 바라보았다.

"학교 잘 둘러보고 공부 열심히 해라. 다음에 또 보자."

"네. 안녕히 가세요."

꾸벅 인사를 하자 상헌이 낮은 웃음소리를 내며 돌아섰다.

"자, 후배님들. 그만 가보자구요. 나를 따르라!"

태진이 씩씩하게 앞서 나가자 영진의 친구들도 엄마 닭을 쫓는 병아리들처럼 쪼르르 걷기 시작했다. 영진도 그들 틈에 섞여 걸으며 조금 전 상헌의 말을 되새김질했다. 현경이라고 했던가? 상헌이 만나러 간다는 사람이…….

"저기 선배님."

가까스로 목소리를 짜내 태진을 부르자 그가 뒤를 돌아보았다.

"왜?"

"저기, 현경이라는 분요. 누구예요?"

"현경이? 누구긴, 상헌이 여자 친구지. 둘이 사귄 지 일 년 조금 넘었지. 왜?"

"아니, 아니에요."

충격으로 온몸이 굳어졌다. 상헌에게 여자 친구가 있었다. 어쩌면 너무 당연한 일인데 미처 그걸 염두에 두지 못했었다. 얼마나 어리석었던가.

영진은 홀린 듯 뒤를 돌아보았다. 바쁘게 오가는 사람들 사이로 막 모퉁이를 돌아가고 있는 상헌의 뒷모습이 보였다. 조금이라도 더 보고 싶은데 그가 너무 빨리 사라져 버려서 마음껏 두 눈에 담아보지도 못했다.

'당연한 일이잖아. 저런 사람한테 애인이 없다는 게 더 이상한 일인데.'

영진은 막막한 심정으로 상헌이 지나간 길을 바라보았다. 그를 볼지도 모른다는 기대감에 잔뜩 들떠서 찾아왔는데, 그녀에게 남겨진 거라곤 어깨를 축 늘어지게 하는 지독한 허탈감뿐이었다.

4. 망가진 열쇠

"**태**진아, 정신 좀 차려봐. 야!"

"……으음, 내 천사…… 명혜…… 천사."

비몽사몽간에 연신 잠꼬대를 해대는 태진이 웃겨 상헌은 피식 웃었다. 밤새도록 안 놀아준다고 내내 배신자라고 투덜대더니 결국 자기가 제일 먼저 뻗어버렸다. 그것도 겨우 맥주 다섯 병에. 평상시 두 사람이 대작을 하면 맥주 한 상자 정도는 우습게 비워냈는데 오늘따라 태진은 자신의 주량에 절반도 채우지 못하고 녹다운이 됐다. 요 근래 많이 피곤하다더니 아마 그래서인 모양이다.

"김태진, 침대에서 자. 여기서 불편하게 자지 말고."

"이씨, 귀찮아."

태진은 팔을 휘휘 저으며 짜증을 부렸다.

"저랑 같이 옮겨요."

덩치 큰 태진을 혼자 옮기기엔 무리라고 생각했는지 영진이 쭈뼛거리며 다가왔다. 술기운에 조금 붉어진 그녀의 얼굴이 새삼스레 낯설어 보였다.

그의 머릿속에 영진의 이미지는 늘 한 가지였다. 대학교 2학년 때 우연히 들렀던 모교 방송제에서 처음 만난 그때 그 모습. 방송반 후배라며 자신을 소개하던 영진의 얼굴은 참 맑고 순수해 보였다. 단정한 단발머리에 선명하게 쌍꺼풀이 진 눈, 그리고 작은 코와 약간 창백해 보이는 입술까지 그는 모조리 기억하고 있었다. 떨리는 목소리로 '저는 12기 한영진입니다' 라고 자신을 소개하던 수줍은 사춘기 소녀가 벌써 이십대 중반을 넘어 어엿한 여자가 되어 있었다.

"실장님?"

혼자만의 생각에 빠져 있던 그는 영진의 부름에 퍼뜩 정신을 차렸다.

"어, 일단 옮기자."

영진이 태진의 오른쪽 팔을 잡고 상헌은 영진이 힘들지 않게 태진의 왼쪽 팔을 자신의 목에 감고 소파에서 일으켜 세웠다. 술기운에 축 늘어져 있던 큰 덩치가 가까스로 딸려 올라왔다.

퀸 사이즈의 커다란 침대에 태진을 던지듯이 내려놓고 상헌은 짧게 한숨을 내쉬었다. 이대로 두고 가도 될지, 아니면 곁에 있어줘야 할지 갈등이 생겼다.

"전 그만 가볼게요. 실장님은 여기 남으실 거죠?"

어느새 그의 고민을 눈치 챈 영진이 어깨를 가로지르는 검은 색 크로스백을 메며 그를 바라보았다. 상헌은 벽에 걸려 있는 시계를 흘낏 쳐다보았다.

'열한 시 삼십 분.'

영진 혼자 택시를 태워 보내기엔 너무 늦은 시간이다.

"아니야, 같이 나가자. 저 녀석 아마 아침까지 푹 잘 거야."

그는 엎어져서 자고 있는 태진에게 시트를 끌어다 덮어주고 벗어두었던 재킷을 집어 들었다.

"나가자."

"네."

두 사람은 나란히 오피스텔을 나섰다. 상헌은 자신의 집 열쇠가 달려 있는 키홀더를 꺼내 비상용으로 가지고 있던 태진의 오피스텔 열쇠를 골라서 열쇠구멍에 집어넣었다. 디지털록만 걸어놓아도 별문제는 없겠지만 혹시 몰라서 아래쪽에 있는 자물쇠까지 철저히 걸어 잠갔다.

철컥.

명쾌하게 자물쇠 잠기는 소리가 났다. 상헌이 열쇠를 빼서 돌아서자 영진이 문손잡이를 잡고 다시 한 번 제대로 잠겼는지 확인을 했다. 가만히 영진이 하는 양을 바라보던 상헌의 입가에 희미한 미소가 번졌다. 영진은 딱 일곱 글자면 설명이 끝난다.

'전형적인 모범생.'

그가 알기로 영진은 학창 시절 성적이 늘 상위권이었고, 대학 때도 아마 절반 정도는 장학금을 받고 다녔던 것 같다. 어긋나지 않고, 한눈팔지 않고 늘 정도(正道)만 걸어온 사람, 자기 자신보다 주위 사람의 기분을 먼저 생각하는 착하다 못해 가끔 어수룩해 보이기까지 하는 그런 녀석.

상헌은 입가에 드리워진 미소를 지우지 않은 채 천천히 복도를 걷기 시작했다. 때마침 멈춰 선 좁은 엘리베이터에 오르자 영진이 벽 쪽으로 한 걸음 물러섰다. 그와는 일정한 거리를 유지해야 한다는 게 머릿속에 각인이 된 듯 그녀는 늘 두 뼘 정도의 거리를 두고 그의 곁에 섰다. 십 년 전이나 지금이나…….

그 거리를 좁힐 수 있는 열쇠를 가졌던 건 그였다. 하지만 그 열쇠를 망가뜨려 무용지물로 만든 것도 그 자신이었고 이제 그는 자격이 없었다. 씁쓸한 마음 한편에 기이한 아쉬움이 스멀스멀 피어올랐다.

'이기적이야. 내가 어떻게 그런 생각을…….'

얕은 한숨이 목구멍을 타고 넘어와 입속에서 스르르 녹아버렸다. 얼음이 녹듯이, 드라이아이스가 증발하듯이, 사랑이 부서지듯이…….

—Tell me how am I supposed to live without you

Now that I've been lovin' you so long…….

한 곡만 반복재생하게 맞춰놓은 오디오에서는 벌써 여섯 번째 같은 노래가 흘러나오고 있었다. 습관처럼 아침 출근길에는 늘 이 노래를 듣는다. 이 노래와 연관된 한 여자를 지워 버리려 애쓰면서도 차마 이 노래까지는 잊어버릴 수가 없었다. 그냥 자꾸 들어서 면역이 되면 낯선 곳에서 부지불식간에 이 노래를 접하게 될 때 조금은 덜 당황할 수 있을 거라 애써 스스로의 집착을 납득시켰다.

회사 주차장에 차를 세우고 상헌은 조수석에 놓여 있던 노트북을 집어 들었다. 굳이 집에서까지 일을 해야 할 정도로 업무가 산적해 있는 건 아니었지만, 그는 의식적으로 일을 만들어냈다. 딴생각에 빠져서 쓸데없이 자기 비하를 하지 않으려면 끊임없이 일에 파고들 수밖에 없었다.

당겨진 활시위처럼 내내 팽팽하게 긴장되어 있던 그의 입가가 차에서 내려서는 순간 느슨하게 풀어졌다. 사무실에 들어선 후 제일 먼저 그를 반기게 될 '에스프레소 마끼아또'의 은은한 향이 벌써부터 코를 자극하는 듯하다.

'SHK 인테리어'라는 로고가 박힌 두꺼운 유리문을 열고 들어서자 직원들이 일제히 인사를 건넸다. 의례적으로 고개를 끄덕여 주고 그는 실장실로 들어서서 노트북을 책상 위에 내려놓았다. 입고 있던 재킷을 벗어 옷걸이에 걸고 의자에 앉아 노트북을 펼쳐 밤새 작업했던 도면 파일을 열었다. 세심하게 도면을 살펴보던 상헌은 뭔가 이상한 느낌에 마우스를 움직이던 손을 멈추고 멍하니 문을 바라보았다. 고개를 갸웃거리던 그는 자리에서 일어나 문을 열어젖혔다.

"한 기사 아직까지 출근 안 한 건가?"

커피를 마시던 경일이 종이컵을 내려놓으며 대답했다.

"공사 진행 상황 체크하러 주성빌리지 현장으로 곧장 출근했습니다. 오늘은 현장에 있다 바로 퇴근한다고 하던데요."

"그래?"

"네. 실장님, 커피 한 잔 뽑아다 드릴까요?"

"아니, 괜찮아."

문을 닫고 의자로 돌아오던 상헌은 생각을 바꿔 다시 문을 열어젖혔다.

"나 잠깐 나갔다 올 테니까 혹시 전화 오면 금세 들어온다고 해."

"알겠습니다."

엘리베이터 대신 계단을 통해 건물 밖으로 나선 그는 늘 무심히 지나치기만 했던 테이크아웃 커피전문점을 향해 걸어갔다.

딸랑 종소리를 내며 출입문을 열자 익숙한 커피 향이 한꺼번에 몰려왔다.

"어서 오세요. 스위트 미팅입니다."

명랑하게 아침 인사를 건네는 여자를 향해 상헌은 어색한 미소를 지어 보였다.

"주문하시겠어요?"

"에스프레소 마끼아또 부탁합니다."

"가져가실 거죠?"

"네."

"그럼 컵 보증금 오십 원 포함해서 이천오백오십 원입니다."

만 원짜리 한 장을 건네자 여자는 생긋 미소를 지으며 돈을 받아 들었다.

"포인트 카드는 없으세요?"

"네?"

"저희 가게 처음 오세요?"

"그런데요."

"그럼 이참에 하나 만드세요. 한 잔 사실 때마다 포인트 카드에 도장 찍어드리거든요. 열 번째는 공짜로 한 잔 드려요. 만들어 드릴까요?"

여자는 미처 상헌이 대답을 하기도 전에 빈 카드를 꺼내 앙증맞게 생긴 도장을 찍고 있었다. 참 성격 급한 아가씨라는 생각이 들어 상헌은 무심코 여자의 가슴팍에 달린 이름표를 보았다.

'염명혜, 명혜…… 명혜?'

언젠가 태진이 술에 취해 중얼거리던 이름과 똑같은 이름이다. 우연치고는 조금 기이했다. 여자는 이제 겨우 스무 살을 넘어선 것처럼 보였다. 보송보송한 피부에 아직 젖살이 채 빠지지 않은 통통한 볼이 그녀를 더욱 어려 보이게 했다. 속된 말로 '유아티' 가 물씬 묻어나는 여자의 곁에 진중한 태진을 갖다 붙이다 말고 그는 고개를 절레절레 저었다.

'범죄야. 이런 어린애를 상대로 무슨……'

"저기요. 혹시 한 기사님 아세요?"

포인트 카드를 내밀며 명혜가 눈을 반짝였다.

"한영진 기사 말입니까?"

"네."

"저희 회사 직원이죠."

무심히 대꾸하고 창밖으로 시선을 돌리려는데, 명혜가 또다시 말을 걸었다.

"한 가지만 더 물어볼게요."

개구쟁이처럼 생긴 외모에 걸맞게 여자는 호기심도 왕성한 듯했다. 생전 처음 보는 사람에게 뭐가 그렇게 궁금한 게 많은지 모르겠다. 조금 귀찮은 감이 있었지만 상헌은 드러내 놓고 불쾌하다는 내색은 하지 않았다.

"물어보세요."

"한 기사님이 매일 아침 커피 두 잔을 사가셨거든요. 혹시 에스프레소 마끼아또는 손님이 드신 건가 싶어서요."

"아마 그럴 겁니다."

"아하!"

명혜의 입가에 함지박만한 미소가 번졌다. 그가 주문한 커피는 도대체 언제 만들려는지 그녀는 아예 카운터에 몸을 바싹 기대고 섰다.

"싱글이시죠?"

"……."

"어? 아니세요? 그럼 안 되는데."

환하던 얼굴이 또 금세 구겨졌다. 눈앞의 여자는 그야말로 혼자 놀기의 진수를 보여주고 있었다. 원맨쇼를 구경하는 것도 재미있긴 했지만 지금 그는 진한 커피 한 잔이 절실했다.

"커피, 아직 멀었습니까?"

"네? 아참, 잠시만요."

명혜는 그제야 생각났는지 부산히 몸을 움직이기 시작했다. 그러면서도 연신 그를 힐끔거렸다. 매일 아침 영진과도 이런 식의 소소한 대화를 나누었으리라. 그 대화의 주제 중에 자신의 이야기도 포함되어 있었는지 괜히 궁금해졌다.

하루 종일 뭔가 허전한 가운데 일과를 마친 상헌은 집에 돌아오자마자 냉장고에서 맥주 캔을 꺼내 들고 창가로 걸어갔다. 이상하게 오늘은 유독 기운이 없었다. 어디가 특별히 아픈 것도 아닌데 내내 멍한 상태가 이어졌다.

반쯤 남은 맥주를 입 안으로 쏟아 넣은 후 그는 관자놀이를 꾹꾹 눌렀다. 머리가 무거웠다. 단단한 돌덩이가 뇌를 짓누르고 있는 것처럼 뭉근한 두통이 밀려오고, 헛헛한 기분이 자꾸 들었다.

RRR— RRR—

전화벨이 연신 울려댔지만 상헌은 그 자리에서 꿈쩍도 하지 않았다. 지금은 누구와 통화를 하고 싶은 마음이 없었다. 자동 응답으로 넘어가고 나면 굳이 자신이 대답을 해줄 필요가 없었다. 곧 자동응답기가 돌아가는 소리가 나고 잠시 침묵이 흘렀다.

상헌은 전화기를 흘낏 쳐다보았다. 그냥 끊어졌으려니 생각했는데 불쑥 낯익은 여자의 음성이 들려왔다.

[나야. 아직 집에 안 들어온 거야? 여전한가 보네. 후우, 나중에 다시 전화할게.]

그는 천천히 몸을 돌려 전화기를 집어 들었다.

"현경아."

[……]

"말해."

[집에 있었구나. 밥은 먹었어?]

"아직. 넌?"

[나도 아직.]

소파에 주저앉으며 상헌은 자유로운 한 손으로 다시 관자놀이를 눌렀다. 자그마치 팔 년이란 시간을 함께한 사람인데 왜 이렇게 어색한지 모르겠다. 처음엔 조금 더 견뎌주지 못하고 이혼을 종용하는 현경이 원망스러웠지만 이혼서류에 도장을 찍는 그 순간에 그런 감정조차 깡그리 지워 버렸다.

[상헌 씨, 나 밥 좀 사줄래?]

"……."

[나 만나기 싫구나.]

"그런 거 아니야. 어디니?"

[다빈치에 있어.]

"알았다. 지금 갈게. 조금만 기다려."

소파 위에 걸쳐 두었던 재킷을 집어 들며 상헌은 피곤으로 뻑뻑해진 눈을 천천히 감았다 떴다. 적어도 현경 앞에서 피곤에 찌들어 있는 모습을 보이고 싶지는 않았다.

느릿한 걸음으로 현경이 기다리고 있다는 다빈치로 향하며 그는 씁쓸한 기분에 사로잡혔다. 이혼 후 그녀는 가끔 이렇게 불쑥 찾아오곤 했다. 이젠 그와 공유할 수 없는 사소한 일들을 의논하러 오기도 했고, 술친구가 필요하다며 불러내기도 했다. 생판 남보다 못하다는 전 남편을 왜 자꾸 찾아오는지 애써 묻지는 않았다. 현경은 이혼한 전처의 입장이 아닌 오랜 시간 알고 지낸 친구의 자격으로 그를 찾는 것이고, 그건 그 역시 마찬가지였다.

가파른 계단을 올라 스파게티 전문점인 다빈치에 들어서자 창가 쪽에 앉아 있던 현경이 그를 향해 손을 흔들었다. 환한 미소를 지으며 자신을 맞는 그녀의 모습에서 상헌은 기이한 안도감을 느꼈다. 그가 맞은편에 자리를 잡고 앉자 현경이 안쓰러운 얼굴로 중얼거렸다.

"많이 피곤해 보여."

"일이 좀 많았어. 잘 지냈지?"

"응."

종업원이 그의 앞에 물 컵을 내려놓고 갔다.

"그 남자하고 언제 결혼하니?"

"……."

현경은 대답없이 허한 미소만을 지어 보였다. 당장이라도 그 남자와 결혼할 것처럼 이혼을 서두르던 모습은 온데간데없이 그녀는 집요한 그의 눈빛을 피해 창밖으로 시선을 돌렸다.

"무슨 일 있었어?"

"그 사람, 지금 일 때문에 외국 나가 있어."

"같이 나가지 그랬어."

"그럴까 했는데, 그냥 왠지 또 그러기는 싫더라고."

공허한 침묵이 소리없이 두 사람을 감싸 안았다. 언제부터인가 두 사람은 대화를 나눌 만한 공통된 화젯거리를 찾을 수가 없었다. 대학 때는 하루라도 떨어져 있으면 큰일날 것처럼 내내 붙어다녔어도 하고 싶은 말도 많았고, 듣고 싶은 말도 많았었다. 그런데 지금은 근 한 달 만에 보는 건데도 도무지 할 말이 없었다.

"우리 뭐 먹을까? 스파게티 먹을까? 여기 크림소스 스파게티 맛있잖아. 예전에 같이 와서 먹었을 때 상헌 씨도 맛있다고 했었는데. 기억나지? 아니면 해물 스파게티 먹을까? 참, 상헌 씨 그건 별로 안 좋아하지? 그럼 뭘 먹지…….”

“현경아.”

상헌은 횡설수설하는 현경의 말을 단박에 잘라 버렸다.

“너 왜 그래?”

“내가 왜?”

“불안해 보여.”

“아냐. 불안하긴, 내가 불안할 이유가 뭐가 있어.”

억지스런 미소를 지으며 현경은 고개를 저었다. 상헌과 같이
살 때도 서로 트러블이 생기면 현경은 곧잘 저런 표정을 지었었
다. 아무렇지도 않은 것처럼.

“혹시 그 사람하고…….”

“우린 아직도 여전히 사랑해. 단지…….”

“단지?”

“그 사람 부모님이 반대해.”

하긴 어느 부모가 멀쩡한 총각이 이혼녀와 결혼한다는 걸 선
뜻 찬성하겠는가. 그런 건 상관없다며 무조건 이혼해 달라고 조
르던 현경의 모습이 떠올라 상헌은 씁쓸하게 웃었다. 현경 역시
그걸 떠올렸는지 살짝 얼굴을 붉혔다.

“크림소스 스파게티 먹자.”

“응?”

“그만 밥 먹자고. 밥 사달라고 나 부른 거잖아.”

“그래, 그랬지.”

뭔가 상헌에게 더 넋두리를 늘어놓고 싶었던지 현경은 아쉬운 표정을 지었다. 하지만 단호한 상헌의 표정에서 더 이상 자신과 그 남자에 관한 얘기를 듣고 싶어하지 않는다는 의사를 읽어내고는 입을 다물었다.

두 사람은 서먹한 침묵을 유지한 채 별 맛이 느껴지지 않는 스파게티를 묵묵히 비워냈다. 식사를 마치고 레스토랑을 나서며 현경은 상헌이 좋아하던 환한 미소를 지어 보였다.

"고마워. 여기 스파게티가 먹고 싶었는데 한참 동안은 이곳에 올 수가 없더라고. 오늘에서야 소원풀이 했네."

"그러지 마. 나 때문에 네가 가고 싶은 곳에도 못 가고 그러는 거 바라지 않아."

"……그냥 내 나름대로의 속죄야. 상헌 씨 상처 준 나 자신한테 이렇게라도 벌을 주고 싶었어."

안타까운 현경의 눈빛을 상헌은 외면해 버렸다. 그저 잠시 인연이 닿았다 멀어진 사이일 뿐 그녀는 그에게 죄인이 아니었다. 그가 그녀에게 죄인이 아니듯이.

"그만 가라. 너희 집까지 데려다 주지는 못하겠다."

"응, 건강 조심하고. 나중에 또 연락해도 돼?"

"……"

끝내 그가 대답을 않자 현경의 눈에 작게 이슬이 맺혔다.

"나 참 이기적인 사람이다. 상헌 씨가 나 볼 때마다 힘들 거라는 거 잘 아는데."

"그런 거 아니야. 연락해도 돼. 너 밥 한 끼 사줄 정도의 여유는 늘 있으니까."

무덤덤한 상헌의 대답에 현경은 크게 고개를 끄덕였다.

"고마워, 나 갈게."

상헌은 현경이 타고 온 날렵하게 생긴 스포츠카 앞에서 멈춰섰다. 결혼할 때 그가 선물로 사준 차였다. 그와 이혼을 했음에도 그녀는 여전히 이 차를 몰고 다녔나 보다.

"가라."

"응."

상헌은 현경이 탈 수 있게 운전석 차 문을 열어주곤 한 발 뒤로 물러서서 차가 출발하는 것을 지켜보았다. 일 년 전 냉정하게 그를 떠났던 현경은 또다시 그를 이곳에 남겨두고 멀어졌다. 그러나 지금은 아무렇지도 않게 그런 현경의 모습을 끝까지 지켜볼 수 있다는 것, 그것 하나가 달라져 있었다.

5. 회식의 후유증

"실장님, 주성토건 정 부장님 전화 왔습니다."

"알았어."

회의 중이던 상헌은 테이블 위에 놓인 전화기를 집어 들었다.

"전화 바꿨습니다."

[안녕하십니까, 이 실장님.]

"네. 정 부장님도 안녕하시죠?"

[그럼요. 다름이 아니라 오늘 오후에 저희 건축공사팀 직원들하고 현장 식구들이 같이 회식을 하기로 했는데 시간 괜찮으시면 이 실장님하고 주성빌리지 맡고 있는 기사 분들도 같이 오셨으면 해서요.]

"저는 오늘 약속이 잡혀 있어서 힘들 것 같고, 기사 두 명은 스케줄 봐서 보내도록 하겠습니다."

[늦어도 상관없으니까 이 실장님도 얼굴 한번 보여주십시오.]

"노력해 보겠습니다."

전화기를 내려놓고 상헌은 영진과 경일을 바라보았다.

"오늘 주성 직원들 회식에 두 사람도 와줬으면 하는데, 어때?"

"공짜 술 먹을 수 있는 기회인데 놓치면 안 되죠. 주성토건 직원 회식 화끈하기로 소문났는데."

경일은 공짜 술을 먹을 수 있다는 기대감에 잔뜩 들뜬 듯했다.

"한 기사는?"

"현장 직원들까지 모이는 거면 저도 가봐야죠."

"그래. 나는 집안 행사 때문에 조금 늦을 것 같으니까 두 사람 먼저 가 있도록 해."

잠시 손을 놓고 있던 회의를 다시 시작하며 상헌은 왠지 모르게 찜찜한 기분이 들었다. 경일의 말대로 주성토건 직원 회식은 요란하기로 업계에 소문이 자자했다. 건설 쪽 일을 하는 사람들 대부분이 말술을 마시는 기질이 다분해 어지간해서는 새벽까지 회식이 이어졌다. 문제는 술에 취하면 가끔 도를 넘어선 행동까지 서슴지 않는다는 것이다. 같은 남자들끼리야 웃으며 이해할 수 있겠지만 여자 입장에서 보면 불쾌감을 느낄 수도 있었다.

상헌은 눈을 들어 영진을 바라보았다. 그런 쪽으로는 영 숙맥인데 괜히 보냈다가 난처한 일을 당하는 건 아닌지 염려스러웠다. 그렇다고 영진만 빼고 경일 혼자서 가보라고 할 수도 없고 어쨌든 썩 내키질 않았다.

어지간해서는 같이 움직이고 싶은데 어머니의 생신이라 회식 때문에 빠진다는 말을 할 수가 없었다. 안 그래도 이혼 후 부모님 얼굴 뵙기가 죄송스러워 거의 왕래를 하지 않았는데 오늘까지 못 간다고 하면 어머니가 몹시 서운해하실 터였다. 일단 가서 얼굴이라도 보여 드린 후에 양해를 구해보는 게 나을 듯했다.

상헌은 새롭게 맡게 된 공사 건으로 정신없이 하루를 보내고 조금 일찍 퇴근 준비를 했다. 가는 길에 백화점에 들러 생신 선물을 사갈 요량이었다.

실장실 문을 열고 밖으로 나서자 영진과 경일이 머리를 맞댄 채 심각하게 이야기를 하고 있는 모습이 보였다. 서로 의견 일치가 안 되는지 둘 다 사뭇 심각한 표정이었다. 경일이 뭐라고 말을 하자 영진이 단호한 얼굴로 고개를 저었다.

일을 할 때의 영진은 평상시 그녀의 모습과 판이하게 달랐다. 건축 일의 특성상 가끔 현장 사람들과 언성을 높여가며 싸울 일도 있는데 그런 일에서 머뭇거리며 물러서는 다른 여자 기사들과는 달리 영진은 자신이 옳다고 생각하는 일에서만큼은 절대 설렁설렁 넘어가는 법이 없었다. 때문에 현장 사람들 사이에서는 다른 남자 기사들보다 영진과 일하는 게 훨씬 더 까다롭다고 소문이 자자했다. 평소엔 잘 드러나지 않는 고집스러운 성격이 일을 할 때만은 유감없이 드러나는 것이다. 업무적인 면에서만은 지나칠 정도로 완벽을 추구하는 것이 자신과 많이 닮은 것도 같다.

"실장님, 퇴근하십니까?"

"그래."

영진이 고개를 돌려 그를 바라보았다. 언제 심각한 표정을 지었나 싶게 그녀는 금세 부드러운 눈빛으로 돌아와 있었다.

"윤 대리하고 한 기사도 곧 퇴근해야지?"

"네. 이것만 끝내고 퇴근할 참입니다."

"가서 술 권한다고 무작정 마시지 말고 적당히 사양해. 그 사람들 일단 시작하면 끝장을 보는 성격이라 어지간해서는 대작 못해. 괜히 시행사랍시고 허세 부리면서 성질 긁어대도 그냥 그러려니 하고. 알겠지?"

눈은 경일을 보며 말했지만 영진이 들으라고 한 소리였다. 영진도 그걸 알아챘는지 착하게 고개를 끄덕였다.

"한 열 시쯤이면 갈 수 있을 것 같으니까 그때까지만 잘 버티고 있어."

"네. 들어가십시오. 나중에 뵙겠습니다."

직원들의 인사를 받으며 회사를 나선 상헌은 주차장으로 향하다 말고 재킷 주머니에 있던 휴대전화를 꺼내 들었다. 영진에게 정 불편하면 자신이 도착하기 전에라도 적당히 핑계를 대고 빠져나오라고 언질을 줘야 하는 거 아닌지 고민스러웠다.

'윤 대리가 동행할 테니 크게 걱정 안 해도 되겠지.'

애써 걱정스러운 마음을 접고 그는 리모컨으로 차 문을 열었다.

번잡한 퇴근 시간에 맞물려 느리게 도로를 주행하며 상헌은 오늘은 또 어떤 낯으로 부모님을 뵈어야 할지 난감해졌다. 하나뿐인 자식이 결혼해서 몇 년 살지도 못하고 이혼을 했으니 부모된 마음이 좋을 리 없었다.

현경과 이혼하겠다고 선언했을 때 부모님은 한참 동안 말없이 그를 바라보기만 했다. 아버지인 이 회장은 신중하게 생각했는지, 후회는 안 할 자신이 있는지를 묻고는 결국 이혼을 묵인하셨다. 반면 어머니는 한참 동안 화를 다스리지 못해 고생을 했다. 현경에게 다른 남자가 있다는 사실만은 끝내 숨기고 싶었는데 어디선가 소문을 들으셨던 모양이었다. 워낙 자존심이 강한 분이라 아들이 인생에 오점을 남기게 된 것도 속상할 판에 며느리에게 다른 남자가 있어 이혼을 하게 되었으니 오죽 기가 막혔겠는가.

육 개월 넘게 어머니는 그의 얼굴조차 보지 않으려 하셨다. 그러다 그가 현경이 그렇게 될 수밖에 없었던 이유를 차분히 설명해 드린 후에서야 마음을 겨우 진정시키셨다. 자식이 먼저 잘못을 했다니 며느리 원망도 못하고 야윈 손으로 그의 등짝을 세게 후려치며 나무랐다. 왜 그리 무정했냐고, 고작 여자 마음 하나 다독이지 못해 그리 힘들게 했냐고 엄하게 꾸짖으셨다.

빵빵—

요란한 경적 소리에 그는 퍼뜩 정신을 차렸다. 지난 생각에 사로잡혀 있느라 신호가 바뀐지도 모르고 있었다. 느리게 차를 출발시키며 상헌은 억지로 머릿속을 비워냈다. 천성이 다정다감한 성격이 못 되니 부모님 앞이라고 제대로 웃는 낯을 보여준 적도 없었다. 적어도 오늘만은 그러지 말아야지 새삼 다짐을 하며 그는 달리는 차량 행렬로 매끈하게 파고들었다.

시끄러운 노래 반주와 술에 잔뜩 취한 남자들의 고성방가에 가까운 노랫소리로 가득한 가요주점에 들어서며 상헌은 바쁘게 눈을 굴렸다. 미처 그가 일행들을 찾아내기도 전에 멀리서 그를 부르는 소리가 들려왔다.

"이 실장님! 여깁니다, 여기!"

목소리가 들리는 쪽으로 고개를 돌리니 머리에 넥타이를 질끈 동여맨 정 부장이 그를 향해 손을 마구 휘저어대고 있었다. 평상시 단정하던 모습은 온데간데없이 완전히 무방비 상태로 망가진 걸 보니 꽤나 심하게 취한 모양이다.

"어서 오십시오. 이 시간까지 연락이 없으시기에 못 오시나 생각했습니다."

"죄송합니다. 계획했던 것보다 모임이 늦게 끝나서요."

양해를 구하며 상헌은 정 부장이 권하는 자리에 앉았다. 그는 술에 취해 흥청대는 사람들 틈에서 익숙한 얼굴을 찾으려 두리번거렸다. 하지만 영진과 경일의 모습이 보이질 않았다.

"저희 직원들은 먼저 갔습니까?"

"아, 윤 대리는 갑자기 일이 생겼다고 일찍 갔고, 한 기사는 화장실 갔나 봅니다."

"그렇군요."

윤 대리가 먼저 갔다는 말에 상헌의 이마가 구겨졌다. 한눈에 봐도 직원들 대부분이 정신을 못 차릴 정도로 취해 있는데 이런 틈에 여자인 영진만 혼자 두고 간 경일의 무신경함에 짜증이 왈칵 일었다.

"저기 한 기사 오네요."

정 부장의 손끝을 따라가니 얼굴이 시뻘겋게 달아오른 영진이 비틀거리며 자리로 돌아오는 게 보였다. 그런데 그녀의 곁에 반갑지 않은 인물이 진드기처럼 찰싹 달라붙어 있었다.

"박 기사는 아직까지 한 기사 뒤만 졸졸 따라다니고 있군. 강아지도 아니고, 뭐 하는 짓이야?"

"그게 아니라 우리 영진 씨가 술에 취해서 화장실까지 에스코트 한 겁니다. 뭘 제대로 알고나 갈구세요."

박 기사는 혀가 꼬부라진 목소리로 변명을 하며 히죽 웃었다.

"한 기사, 많이 취했어?"

상헌이 묻자 영진은 흐린 눈으로 그를 말가니 바라보았다.

"아, 실장님."

그가 누구인지조차 모를 정도로 취했나 보다. 불쾌함의 농도가 조금 더 짙어졌다.

"언제 오셨어요?"

"조금 전에. 많이 마신 거야?"

"아니, 저기. 많이 마시진 않았는데."

영진이 당황해서 얼버무리는데 눈치없이 박 기사가 툭 끼어들었다.

"윤 대리가 일찍 빠지는 바람에 우리 영진 씨가 윤 대리 몫까지 술잔 다 받았다는 거 아닙니까. 아까 폭탄주도 마셨지, 아마?"

상헌은 매서운 눈으로 박 기사를 노려보았다. 그의 입에서 서슴없이 영진 씨라는 말이 나오는 것도 못마땅했고, 그런 여지를 준 영진에게도 화가 났다. 서슬 퍼런 그의 눈빛을 본 박 기사는 떨떠름한 얼굴로 시선을 피했다.

"일어나자."

"네?"

"그만 일어나자고. 정 부장님, 저희는 이만 가봐야겠습니다."

"벌써요? 이제 막 시작인데."

"죄송합니다. 한 기사를 집에 데려다 줘야 할 것 같아서요. 다음에 저희 쪽에서 다시 자리를 만들죠."

"이래서 여자 기사들하고는 일할 맛이 안 난다니까. 제대로 분위기 맞춰주는 것도 아니고 이렇게 뒤치다꺼리까지 해줘야 하니. 게다가 2차를 마음 놓고 갈 수가 있나, 눈치 보여서."

정 부장의 투덜거림에 상헌은 못마땅하게 그를 쳐다보았다. 굳이 직원들끼리 회식을 하는 자리에서까지 2차를 나가고 싶어 하는 천박한 기질에 넌덜머리가 났다.

"먼저 가보겠습니다."

"네. 그럼 다음에 뵙죠."

정 부장과 나머지 직원들은 건성으로 인사를 하고는 노래를 부르기 위해 스테이지로 우르르 몰려 나갔다. 한심스럽게 그들을 바라보던 상헌은 아직까지 멍청히 앉아 있는 영진의 팔을 사납게 잡아 올렸다.

"일어나."

"······네."

비틀거리는 영진을 데리고 가요주점을 나서며 그는 치밀어 오르는 화를 억지로 내리눌렀다. 그렇게 신신당부를 했는데, 미련하게 준다고 겁도 없이 다 받아 마신 영진의 대책없음이 기막힐 뿐이었다.

차를 세워둔 곳에 도착해 그는 조수석 문을 열고 영진을 차 안으로 밀어 넣었다. 화가 나니 행동도 어쩔 수 없이 거칠어졌다.

"실장님."

"왜?"

"굳이 그러지 않으셔도 됐어요."

문을 닫으려던 상헌의 움직임이 딱 멈췄다.

"무슨 소리야?"

"제가 알아서 처신할 수 있었다구요. 많이 취하긴 했어도 정신 잃을 정도는 아니었고, 적당히 분위기 맞춰주려고 남아 있었던 거예요. 그런데 실장님이 오시자마자 수업 빠지고 놀러나온 문제아 끌어내듯이 이렇게 절 데리고 나와 버리면 앞으로 현장 사람들 앞에서 제 입장이 뭐가 돼요."

"……."

"안 그래도 여자 기사라고 만만하게 봐서, 일부러 제 딴에는 남자 기사들하고 다르지 않다는 거 보여주려고 무던히도 노력했는데 결국 이렇게 되어버렸잖아요."

영진은 원망스러운 눈초리로 그를 올려다보았다. 미처 그것까지 배려하지 못한 건 분명 그의 잘못이었다.

"알았으니까 내일 멀쩡한 정신으로 이야기하자."

"……."

그는 냉정하게 차 문을 닫고 빙 돌아서 운전석에 올랐다.

"왜 한 번도 저를 대등한 성인으로 대해주지 않으세요?"

"뭐라고?"

"왜 한 번도 저를 실장님과 동등한 입장이라고 생각해 주지 않으시냐구요. 저 이제 고등학생이 아니에요. 제 앞가림 정도는 충분히 할 수 있어요. 실장님이 늘 철없는 어린애 대하듯 하시는 거, 전혀 고맙지 않아요. 앞으로는 그러지 말아주세요."

단호하게 말하고 영진은 눈을 감아버렸다. 예상치 못한 영진의 반발에 상헌은 한참 동안 그녀를 뚫어지게 쳐다보았다. 물론 자신이 영진을 대할 때 같은 또래의 다른 사람을 대할 때와는 판이하게 다르다는 것을 알고 있었다. 하지만 그건 그도 어찌할수 없는 일이었다. 아무리 영진이 나이가 들어 원숙미 넘치는여자가 되었다 해도 그의 뇌리에는 여전히 뽀얀 얼굴의 고등학생으로밖에 인식이 되지 않았다. 그런데, 영진은 그게 싫었나보다.

"알았다. 다음부터는 조심하지."

마음은 그렇지 않은데 말이 퉁명스럽게 튀어나왔다. 단순히어른 취급을 해달라는 당연한 요구였는데, 마치 더 이상 자신의일에 관여하지 말라는 것처럼 느껴져 화가 났다.

그는 영진에게서 눈을 거둬들이고 거칠게 차를 출발시켰다.

"우욱—"

한 시간째 변기통을 붙잡고 토악질을 해대던 영진은 지쳐서욕실 바닥에 축 늘어졌다. 이젠 더 이상 토해낼 것도 없는데 자꾸만 구역질이 났다.

새벽녘 갈증으로 잠이 깨서 물을 마시긴 했는데 그게 도화선이 된 것처럼 그 다음부터는 위 속에 있는 걸 모조리 게워냈다.이제 곧 출근할 시간도 다가오는데 낭패도 이런 낭패가 없었다.

어제 술기운을 빌어 상헌에게 그동안 하고 싶었던 말을 쏟아낸 지라 정신이 말짱해지자 상헌을 대할 용기가 나지 않았다. 그냥 무작정 자신을 어린애 취급하는 게 화가 났었다. 최소한 현장 사람들 앞에서만은 엄연한 기사 대접을 해달라고 말하고 싶었 는데 어쩌다 보니 도를 넘어서 버렸다.

한참을 멍하니 앉아 있던 그녀는 억지로 몸을 일으켜 세워서 샤워부스 안으로 들어갔다. 아직까지 지독한 술 냄새가 온몸에 서 진동하는 것 같다. 차가운 물로 샤워를 마치고 대충 수건을 감고 밖으로 나오니 머리가 핑그르르 돌았다.

"진짜 힘들다."

푸념을 늘어놓으며 그녀는 까칠한 얼굴에 기초 화장을 덧발 랐다.

겨우 출근 준비를 마치고 집을 나서자 마치 꿈속을 걷고 있는 것처럼 몽롱했다. 도저히 지하철은 못 탈 것 같아 큰길로 나가 택시를 잡아탄 영진은 차가 움직이기 시작하자 입부터 틀어막 았다. 겨우 진정된 줄 알았던 구역질이 다시 목구멍으로 넘어왔 다. 다시는 폭탄주 따위 마시지 말아야지.

머릿속이 둥둥거리는 와중에 택시가 회사 앞에 멈춰 섰다. 택 시비를 지불하고 차에서 내려서자 코앞으로 다가온 상헌과의 대면이 더 두려워졌다. 그래도 피해갈 수는 없어서 한없이 늘어 지는 발을 끌고 회사 건물 안으로 들어섰다.

통유리 문을 열고 사무실 안으로 들어서자 한 군데 모여서 웅성거리고 있던 직원들이 일제히 그녀를 쳐다보았다.

"한 기사, 이제 와?"

"네. 근데 무슨 일 있어요?"

"우리도 그게 궁금하다. 어제 혹시 회식 자리에서 안 좋은 일 있었어?"

"아뇨. 특별히 그런 일은 없었는데."

"그런데 실장님이 윤 대리한테 왜 저렇게 화를 내는 거지. 이상하네."

"왜요?"

"그거야 나도 모르지. 하여간 실장님 출근하시자마자 윤 대리 불러들였는데 무슨 잘못을 했는지 엄청나게 화가 나서 뭐라고 하시더라고."

짐작되는 바가 있어 영진은 입술을 질끈 깨물었다. 결국 불똥이 경일에게로 튀었나 보다. 책상 위에 가방을 내려놓고 초조하게 경일이 나오길 기다리는데 마침 굳게 닫혀 있던 실장실 문이 열리고 잔뜩 풀 죽은 경일이 비척대며 걸어나왔다.

"윤 대리, 무슨 일이야?"

작은 목소리로 조급하게 채근하자 경일은 고개를 설레설레 저었다.

"한 기사, 아직 커피 안 마셨지? 나하고 커피나 한 잔 하자."

"그래, 그럼."

앞장서서 걷는 경일을 따라가며 영진은 작게 한숨을 내쉬었다. 복도에 있는 커피자판기 앞에서 멈춰 선 경일이 갑자기 뒤를 휙 돌아보았다.

"한영진, 어제 나 가고 난 후에 박 기사하고 뭔 일 있었어?"

"아니. 왜?"

"근데 실장님이 갑자기 나한테 왜 저러시냐. 나 완전히 미운털 박혔다. 사내자식이 무책임하게 너 혼자 두고 빠져나갔다고 어찌나 화를 내시는지, 나 취직해서 지금까지 실장님 저렇게 화내는 모습 처음이야. 거짓말 조금 보태서 오줌 쌀 뻔했다."

"……."

"그래서 난 또 너한테 무슨 안 좋은 일이 있었나 했지. 사실 어제 가면서도 좀 찜찜하더라고. 박 기사가 너한테 오죽 치근덕댔어야지. 그냥 진득하게 실장님 올 때까지 붙어 있을 걸 잘못했어."

"윤 대리도 급한 일 때문에 간 거잖아."

"물론 그렇긴 하지만, 어쨌든 다시는 그쪽 회식 자리 가지 말라고 엄포를 놓으시더라."

후우, 또다시 한숨이 터졌다. 상헌이 이렇게 예민하게 굴 정도로 어제 술자리가 난잡하진 않았었다. 어차피 현장 사람들 생리가 어떻다는 거 익히 알고 있었고, 다른 직장에 다닐 때도 간혹 그런 자리에 끼어 회식을 한 경험도 있었다. 때문에 술에 취한 사람들을 어떻게 상대해야 하는지 충분히 인지하고 있는데 상헌은 그것마저도 못 미더웠던 모양이다.

"당분간 나 몸 사려야 돼. 실장님 살벌한 눈빛 보니까 알아서 기어야겠더라."

"미안, 괜히 나 때문에 윤 대리가 고생이네."

"고생은 무슨……. 너도 오늘 하루는 조심해라. 실장님 옆에 잘못 얼쩡거렸다가는 목숨 부지하기도 힘들겠어."

경일은 툴툴거리며 커피 한 잔을 뽑아 그녀에게 건넸다.

"미안, 나 커피 못 마시겠어. 속이 안 좋아서."

"저런, 어제 무리했구나. 이래저래 내가 죽일 놈이다."

"아냐, 필름 끊길 정도는 아니었어. 하도 오랜만에 마셔서 좀 힘든 것뿐이야."

"조금만 참다 점심시간에 얼큰한 해장국 먹으러 가자. 내가 살게."

"그러자."

어지간히도 얼었는지 경일은 뜨거운 커피를 원샷하듯 마시고는 서둘러 자리로 돌아갔다.

맥 빠진 얼굴로 책상 위에 놓여 있던 가방을 집어 드는데 실장실 문이 벌컥 열렸다.

"한 기사, 잠깐 들어와."

"네."

놀라서 벌떡 일어서니 경일이 혀를 끌끌 찼다.

"너도 무사하지 못하겠다. 명복을 빌어줄게."

영진은 떨어지지 않는 걸음을 억지로 떼어 실장실로 향했다.

열려진 문틈으로 안을 보니 상헌이 창가에 기대서 있는 게 보였다.

"얼른 안 들어오고 뭐 해?"

날카로운 상헌의 재촉에 영진은 주춤거리며 안으로 들어섰다.

"문 닫아."

"네."

문을 닫고 돌아서자 상헌이 매서운 눈빛으로 그녀를 쳐다보았다. 어제 그렇게 무례하게 굴었으니 그의 기분이 엉망일 게 뻔했다. 사과를 해야 하나, 아니면 그냥 모른 척해야 하나 도무지 갈피를 잡을 수가 없었다.

"속은 괜찮아?"

"네?"

"속 괜찮으냐고."

"괜찮습니다."

무뚝뚝한 대답에 상헌의 입가가 더 단단해졌다.

"주성빌리지 공사 진행 몇 프로야?"

"이번 주말까지 하면 70% 정도 마무리됩니다."

"그럼 그 일 윤 대리한테 인계하고 넌 내 일 좀 도와라."

"하지만 윤 대리 혼자 하기엔 버거울 텐데요."

"윤 대리 그 정도 능력은 되니까 넌 신경 쓸 거 없어. 그만 나가봐."

상헌은 그녀의 의견을 묵살하고 냉담하게 돌아섰다. 어제의 일로 인해 그와의 거리가 한층 더 멀어진 느낌이다. 영진은 단단한 그의 등을 쳐다보다 무기력하게 실장실을 나섰다.

문이 닫히는 소리가 들리자 상헌은 작게 한숨을 내쉬며 돌아섰다. 자신이 왜 이렇게 화를 내는지 그 스스로도 이해할 수 없었다. 단순히 경일이 영진을 혼자 내버려 두고 회식 자리를 빠져나간 것에 대한 분노인지, 더 이상 자신을 어린 후배 취급하지 말라고 선언하던 영진에 대한 서운함인지, 그것도 아니면 술취한 영진의 곁에 진드기처럼 붙어 있던 박 기사의 존재에 대한 불쾌감 때문인지 정확히 알 수 없었다. 하지만 그 이유가 뭐든 간에 밤잠을 설칠 정도로 불쾌했다는 것만은 확실했다.

묵직한 의자에 털썩 주저앉으며 그는 영진이 나간 문을 뚫어지게 쳐다보았다. 경일과 영진에게 화풀이를 했다고 해서 기분이 썩 나아진 건 아니었다. 오히려 머릿속이 실타래처럼 더 엉망으로 뒤엉키고 있다는 찜찜한 기분이 들었다.

어쩌면 자신이 은연중에 영진에 대해 지나치게 간섭을 하고 있었는지도 모르겠다. 지난번 태진의 추궁처럼 그의 마음속에 영진이 단순한 후배가 아닌 좀 더 의미가 깊은 존재로 각인이 되고 있는 건가.

혼란스러웠다. 이런 식의 혼란함은 결코 달갑지 않은데 생각은 갈수록 더 깊어지고, 의도하지 않은 방향으로 제멋대로 뻗어가고 있었다.

한참 동안 굳어진 얼굴로 생각에 잠겨 있던 상헌은 결국 쓴웃음을 지으며 고개를 저었다. 영진과 자신을 한 틀에 묶어두고 더 깊이 생각을 하는 건 곤란했다. 그를 위해서도, 그리고 영진을 위해서도……

6. 가슴앓이

"**자,** 모두 퇴근합시다."

창가 쪽 자리에 앉은 설계 2팀 홍 과장의 외침에 일을 하던 사람들이 하나둘씩 기지개를 켰다. 봄날 나른함을 겨우 참아가며 도면을 뒤적이던 영진 역시 가볍게 하품을 하며 팔을 하늘로 쭉 뻗었다.

"한 기사, 퇴근할 거야?"

"응. 왜?"

"아까 인계해 준 도면 말이야. 아무래도 뭔가 좀 틀어진 것 같아. 시간 되면 한 시간만 투자해라."

기분전환도 할 겸 퇴근하고 태진을 만나러 갈 작정이었는데 아무래도 늦춰야 할 듯하다.

"알았어."

"으이그, 예쁜 우리 한 기사. 뭐든 거절하는 법이 없지."

경일이 장난스럽게 그녀의 얼굴을 톡톡 두드렸다.

"딱 한 시간만이야. 더는 안 돼."

"당연하지."

좋아서 헤벌쭉한 경일의 얼굴을 보며 고개를 가로젓는데 실장실 문이 벌컥 열렸다.

"실장님, 퇴근하십니까!"

경일이 스프링 튕기듯 벌떡 일어나 우렁차게 외쳤다. 며칠 전 심한 꾸지람을 들은 이후로 경일은 상헌을 볼 때마다 경기에 가까운 반응을 보였다.

"아니, 일 때문에 잠깐 나갔다 다시 들어올 거야. 다들 퇴근하지."

"넵. 안녕히 다녀오십시오!"

귀청이 떨어져라 인사를 하는 경일 때문에 사무실 곳곳에서 숨죽인 웃음소리가 터져 나왔다. 하지만 영진은 마냥 속 편하게 웃을 수가 없었다. 무심한 상헌의 눈길이 그녀를 대충 훑고 지나갔다. 마치 쓸모가 다해 버려진 물건이 된 것처럼 가슴이 찌릿해졌다.

상헌이 사무실을 빠져나가고 나자 경일이 의자에 털썩 주저앉았다.

"확실해. 나 완전히 버림받은 거야. 실장님 눈빛 봤지?"

"괜히 오버하지 마. 원래 다정다감한 성격은 아니잖아."

딴에는 위로랍시고 했는데 사실 상헌의 서늘한 눈빛에 상처를 받은 건 그녀도 매한가지였다.

"모르겠다. 그냥 찌그러져서 살아야지."

"그만 투덜대고 일이나 하자. 벌써 오 분 흘렀어."

"쳇, 매정한 건 너도 만만치 않아. 그새 시간을 체크하고 있냐."

구시렁대는 경일을 다독여 일을 시작했지만 마음은 여전히 화난 것처럼 나가 버린 상헌에게로 향해 있었다. 지친다. 매번 이렇게 그의 눈치를 보는 것도, 또 그의 행동 하나하나에 조바심을 치는 것도…… 정말 지친다.

도면을 보는 둥 마는 둥 한 시간을 겨우 채우고 영진은 소주를 잔뜩 사 들고 태진의 오피스텔로 향했다. 미리 약속을 한 건 아니지만 어쨌든 오늘은 굳이 입 밖으로 내어 말하지 않아도 그녀의 고민을 꿰뚫어 볼 수 있는 사람의 위로가 필요했다.

하지만 그녀가 도착했을 때 태진의 오피스텔은 비어 있었다. 기운이 쫙 빠져나갔다. 젠장, 왜 넋두리 들어줄 사람조차 없단 말인가.

돌아가려다 말고 영진은 그냥 차가운 복도에 엉덩이를 깔고 주저앉았다. 밤이 늦어지면 태진이 돌아오겠지 하는 기대를 하며. 그렇게 두 시간쯤 기다렸을까, 엘리베이터가 멈추는 소리가 나고 태진이 걸어오는 게 보였다.

"선배, 이제 와요?"

자리를 떨치고 일어서는데 다리에 쥐가 난 듯 뻐근해졌다.

"아야!"

제대로 서지 못하고 주저앉는데 태진이 급히 다가와 다리를 꾹꾹 주물렀다.

"언제부터 기다린 거야? 전화를 하지. 그랬으면 내가 현관문 번호를 알려줬을 거 아냐."

"후후, 얼마 안 기다렸어요."

사실 정말 오래 기다렸는데 굳이 티를 내고 싶지 않아 그녀는 미소를 지었다. 태진은 소주 병이 가득한 봉지를 들어 올리며 의아하게 물었다.

"무슨 일 있어?"

"무슨 일은요. 우리가 꼭 무슨 일이 있어야 술을 마셨어요?"

"하긴 우리가 요즘 너무 소원했지."

"그런데 저 언제까지 이러고 앉아 있어야 해요?"

"어? 아, 미안. 얼른 들어가자."

태진은 급히 문을 열고 들어가 때 이르게 찾아온 더위를 쫓기 위해 에어컨부터 켰다.

"앉아 있어. 시원한 주스라도 줄까? 저녁은 먹었어?"

"주스는 됐고요, 저녁은 안주로 때울래요. 선배는 잔만 갖고 와요."

"그래도 되겠어? 상헌이도 부를까?"

테이블 위에 소주 병과 안주를 꺼내놓다 말고 영진은 고개를 가로저었다.

"아니, 그냥…… 오늘은 우리끼리만."

"그래."

미심쩍은 눈초리를 보내던 태진이 이내 표정을 바꾸고 걸어왔다.

"자, 건배하고 한잔 마시자."

"건배."

영진은 소주잔을 들어 쨍 소리가 나게 부딪치고 나서 단숨에 입 안으로 털어 넣었다.

깨끗하게 빈 술잔을 가만히 내려놓던 영진이 씁쓸한 어조로 내뱉었다.

"시간이 지나도 변하지 않는 게 있나 봐요."

"변했으면 하는 게 있었어?"

"그냥."

그녀는 다시 잔을 비웠다. 비워내고 비워내도 오늘은 도저히 취할 것 같지가 않다.

"십 년을 마셔도 첫 맛이 항상 씁쓸한 소주, 십 년이 지나도 언제나 똑같은 간격의 사람들, 십 년을 바라봐도 나를 비껴가는 시선, 그리고…… 내 마음."

묵묵히 그녀를 지켜보던 태진의 눈에 안쓰러움이 그득해졌다. 차라리 말하지 말 것을, 넋두리를 늘어놓아 봤자 속만 쓰릴 뿐인데.

"그냥, 그냥…… 조금은 변해줘도 좋았을 텐데."

많이 불쌍해 보였는지 태진이 안주를 그녀 앞에 턱하니 밀어주며 말했다.

"인마, 그래도 십 년이 가도, 또다시 십 년이 가도 변하지 않았으면 하는 게 있지 않아?"

"후후, 그러게요. 선배가 변하면 조금은 슬플 것 같아. 아니다, 많이 슬프겠다."

목소리가 차츰 늘어졌다. 어쩌면 이렇게 토해내고 싶었었나? 십 년 동안 한 번도 투정을 부리지 못했던 게 많이 억울했었나.

"그렇지? 그러니까 평소에 나한테 잘해라. 나중에 후회하지 말고."

"네."

묵묵히 술잔이 채워졌다. 한참 동안 말이 없던 태진은 위로를 더 해줘야 할 것 같은지 너털웃음을 터뜨리며 술잔을 그녀 코앞으로 내밀었다.

"그리고 이 씁쓸한 맛 뒤에 느껴지는 달짝지근한 맛이 있잖냐? 그래서 이걸 못 끊는 거지."

"그러게. 그래서 못 끊나 봐요."

조금씩 의식이 흐려졌다. 별로 많이 마시지도 않았는데, 취할 것 같지도 않았는데 알코올은 알아서 제 기능을 발휘하기 시작했다. 뭐라고 태진과 한참 대화를 주고받은 것 같은데 어느새 눈이 스르르 감겨왔다.

잠결에 태진이 누군가와 통화하는 소리가 들려왔고 영진은 그 소리를 자장가 삼아 선잠에 빠져들었다.

그를 거부하듯 굳게 닫힌 철문 앞에서 상헌은 한참 동안 서성였다. 영진이 술에 취해 쓰러져 잔다는 말에 달려오긴 했지만 막상 들어가려니 선뜻 발이 떨어지지 않았다. 그녀가 왜 술에 취했는지, 왜 태진을 찾아왔는지 대충 짐작할 수 있어서 더더욱 발이 떨어지지 않는다.

며칠간의 냉전 아닌 냉전으로 인해 많이 힘들었나 보다. 매일 아침 그의 앞에 커피를 놓고 가는 영진에게 눈길 한 번 제대로 주지 않았다. 자신이 왜 이렇게 영진을 모질게 대하는지 그 역시도 알지 못했다. 어쩌면 알고 싶지 않아 억지로 꾹꾹 누르고 있었는지도.

그와 영진 사이에는 넘지 말아야 할 경계선이 존재했다. 이혼을 하기 전엔 그 경계선이 현경이었고, 이혼을 한 후엔 그에게 덧씌워진 이혼남이라는 타이틀이 현경의 자리를 대신했다. 그런데 영진은 늘 그 경계선 위에서 위험스럽게 간당거리고 있었다. 그가 손을 내밀면 언제라도 잡을 수 있게 내내 서성이면서도 그녀가 먼저 손을 내밀지는 않았다. 모든 결정권은 상헌에게 있다는 듯. 그래서 더더욱 영진을 밀어내려 했다.

얼마 전까지, 아니, 불과 며칠 전까지만 해도 영진의 간절한 눈빛을 외면할 수 있다 자신했었다. 자신을 향해 열려 있는 그녀의 마음이 언젠가는 저절로 닫힐 거라고 그렇게 확신했다. 하지만 이젠 그 확신마저도 희미해졌다.

더 이상 고민해서는 안 된다. 그냥 항상 그래 왔던 것처럼 후배로, 그리고 부하직원으로 그녀를 대하면 이런 혼란스러운 마음도 차츰 가라앉을 것이다.

삑삑삑—

생각이 정리됨과 동시에 그는 도어록의 비밀번호를 눌렀다. 삐릭 소리가 나고 문이 열리자 그는 조심스럽게 안으로 들어섰다.

소파 위에 영진이 누워 있었다. 빈 소주 병과 아직 따지도 않은 소주 병들이 어지럽게 소파 주변에 흩어져 있었다. 한 병, 두 병, 세 병……. 무수히 쌓여 있는 빈 병을 보니 마음이 착잡해졌다. 그는 천천히 걸어 소파로 다가갔다.

"영진아."

낮게 불러봤지만 그녀는 뒤척이지도 않았다. 너무 깊이 잠들었나 보다. 발끝에 차이는 소주 병을 대충 정리하고 나서 상헌은 소파 발치에 주저앉았다. 반쯤 남겨진 소주 병을 보니 갑자기 술이 먹고 싶어져 그는 주방으로 가 새 소주잔을 꺼내 잔을 채웠다.

한 잔만, 두 잔만 하다 보니 어느새 병이 비어버렸다. 씁쓸하다. 끝내 그를 포기하지 못하고 내내 가슴앓이 하는 영진의 바보스러운 속내가 씁쓸하고, 그런 그녀를 매정하게 떨쳐 내지 못하고 내내 빈틈을 보여주는 자신의 이기심이 씁쓸했다.

"영진아, 나는…… 나는 말이다. 네가 다가오는 게 두렵다. 그 긴 시간 동안 한눈 한 번 팔지 않고 줄곧 나만 바라본 네 순수한 눈빛이 부담스럽고, 내 이기심에 어느 순간 내가 굴복할지도 모른다는 불안감 때문에 네가 다가오는 게 두려워. 그만 돌아설 때도 됐잖아. 십 년이나 흘렀는데 왜 아직 내 옆에서 서성이기만 하는 거니. 그걸 바라지 않아. 네가 날 해바라기 하는 거, 더 이상 난 바라지 않는다."

부스럭 소리가 들리고 영진이 돌아누웠다. 깊이 잠들었으니 자신의 넋두리를 듣지 못했을 거라 짐작하면서도 마음이 불편했다. 쓴 소주와 함께 그는 긴 한숨도 같이 들이켰다. 오늘따라 소주도 지나치게 썼다.

희뿌연 새벽 여명이 오피스텔 입구에 자욱하게 내려앉았다. 엘리베이터에서 내려선 영진은 그 여명 속으로 미끄러지듯 스며들었다.

"……십 년이나 흘렀는데 왜 아직 내 옆에서 서성이기만 하는 거니. 그걸 바라지 않아. 네가 날 해바라기 하는 거, 더 이상 난 바라지 않는다."

잠결에 들었던 상헌의 목소리가 아직도 생생했다. 차라리 잠에서 깨지 말았으면, 술에 취한 와중에도 익숙한 향수 냄새에 민감하게 반응한 예민한 후각만 아니었으면 듣지 못했을 말들이 그녀를 깊이 절망하게 했다.

그에게 자신의 존재가 그렇게 부담이 되고 있는지 몰랐었다. 눈치 채지 못했을 거라고, 태진조차 뻔히 알고 있는 그 집요한 감정을 상헌은 모르고 있을 거라고 생각한 자신이 어리석었다. 그도 알고 있었던 것이다. 그녀가 자신을 목 놓아 해바라기 하고 있다는 사실을……

'차라리 몰랐다고 하지 그랬어요, 차라리 몰랐었다고. 그랬으면 이렇게 비참하지는 않았을 텐데. 내 감정이 어떤지 알면서도 끝내 외면하려 한 실장님의 그 대단한 자존심이 날 너무 힘들게 해요.'

알코올에 찌든 신경들이 머릿속으로 온통 몰려들어 극심한 두통을 일으켰다. 휘청, 몸이 흔들렸다.

"택시."

영진은 지나가는 택시를 잡아탔다. 간다는 말도 없이 나와 버렸으니 태진과 상헌이 걱정을 할 거라는 생각도 잠시, 더 이상 그런 것들에 연연하고 싶지 않다는 마음이 심술궂게 번져 나갔다. 이대로 어디 멀리 떠나 버렸으면 좋겠다. 그녀가 누구인지 전혀 알지 못하는 사람들 틈으로 숨어들어 잠시나마 상헌이란 남자의 존재를 잊고 싶었다.

택시에서 내려설 즈음엔 그녀 마음도 어느 정도 정리가 되어 있었다. 훌쩍 떠나는 거다. 어차피 며칠 후엔 떠날 예정이었으니 일정을 조금 앞당긴다 해도 상관은 없으리라.

무거운 몸으로 집에 들어선 그녀는 가방을 내려놓고 곧장 짐을 꾸리기 시작했다. 며칠간 입을 옷 몇 벌과 여행에 필요한 물건들을 큼직한 배낭 안에 꾹꾹 밀어 넣었다. 찬찬히 짐을 다 꾸리고 나서 그녀는 욕실로 들어가 술기운에 찌든 몸을 깨끗이 씻어냈다.

모든 준비를 마치고 나자 시계가 막 여덟 시를 넘어섰다. 영진은 휴대전화를 꺼내 경일에게 전화를 걸었다.

[한 기사, 이렇게 일찍 웬일이야?]

"경일아, 내 부탁 좀 들어줘."

[뭐야, 갑자기 왜 그래? 무섭게. 난 네가 내 이름 부르면 겁나더라. 그냥 윤 대리라고 불러.]

엄살을 떠는 경일에게 미처 웃어주지도 못하고 영진은 서둘러 용건을 꺼냈다.

"나 다음 주에 가기로 했던 휴가 말이야. 그거 좀 앞당겼으면 해서."

[휴가를? 갑자기 왜?]

"지금 떠나고 싶어서. 네가 실장님한테 잘 말씀드려 줘. 급하게 떠나느라 허락 못 구했다고. 해줄 수 있지?"

[글쎄, 실장님이 이해하실지 모르겠다. 다행히 네가 하던 일 나한테 다 인계한 터라 며칠 빠진다고 업무에 차질이 생기진 않겠지만, 네가 사전에 예고도 없이 멋대로 일정 바꾼 거 알면 화내실 텐데.]

"알아. 그러니까 너한테 부탁하는 거잖아."

목소리가 탁해졌다. 울음이 나는 건 아닌데 자꾸만 목이 잠긴다.

[정말 무슨 일 있는 건 아니고?]

"없어. 그냥 너무 답답해서 견딜 수가 없네."

[알았다. 어차피 밉보인 거 막 가보지 뭐. 대신 다녀와서 맛있는 거 사주기다. 알았지?]

"그래. 미안, 어려운 부탁해서."

[친구 사이에 미안은 무슨. 조심해서 다녀와. 작년처럼 죽도록 무리하지 말고.]

"음. 일주일 후에 보자."

전화를 끊고 그녀는 다른 생각 할 틈도 없이 곧장 배낭을 둘쳐 멨다. 지긋지긋하게 지루한 일상에서 이제 탈출하는 거다.

"실장님, 드릴 말씀이 있는데요."

"들어와."

경일이 잔뜩 긴장한 얼굴로 쭈뼛거리며 다가왔다.

"무슨 일이야?"

"저, 한영진 기사 말입니다."

"한 기사가 왜?"

"아침에 전화가 와서 다음 주에 내기로 했던 휴가 좀 당겼으면 한다고 해서요."

상헌은 한쪽 눈을 치켜올렸다.

"갑자기 왜?"

"어차피 하고 있던 일도 제게 다 인계했고, 또 다음 주엔 실장님이 맡고 있는 일도 본격적으로 시작해야 하니 차라리 이번 주에 다녀오는 게 낫겠다고 여긴 모양입니다. 저도 그게 나을 것 같아서 다녀오라고 했습니다."

상헌은 경일의 말 절반 이상은 영진의 입이 아닌 경일의 머릿속에서 나온 말일 것이라 짐작했다. 구구절절 변명을 해대는 성격이 아니니 담백하게 그냥 떠나고 싶다고 했겠지.

"죄송합니다. 실장님 허락부터 구했어야 했는데 제가 독단적으로 처리했습니다. 한 기사의 직속상관은 저니까요."

혹시라도 영진에게 피해가 갈까 봐 전전긍긍하는 경일의 배려가 고스란히 느껴졌다. 그래서 상헌은 더 이상 그 문제에 대해 추궁하지 않았다.

"알았으니까 그만 나가봐."

"죄송합니다."

다시 한 번 사과를 한 경일이 실장실을 나섰다. 출근하면서 영진의 자리가 비어 있기에 그저 조금 늦으려니 했었다. 그와 태진이 깨기도 전에 말도 없이 가버린 걸로 봐서 뭔가 단단히 틀어졌을 거란 예감은 했지만 이렇게 무책임하게 일을 던져 두고 여행을 가버릴 줄은 몰랐다.

그러다 문득 뭔가가 떠올라 그는 책상 위에 놓여 있는 작은 달력을 집어 들었다.

"이런, 그날이 다가오는구나."

난감한 빛이 상헌의 얼굴에 내려앉았다. 대학 때부터 영진은 이맘때쯤이면 늘 며칠씩 사라지곤 했었다. 조금 이상하다 여기던 참에 몇 년 전에야 비로소 태진을 통해 사정 얘기를 들었다.

"엄마 돌아가신 후부터 그 녀석 이맘때면 좀 방황하고 다녀. 그냥 무작정 어디론가 떠났다가 한 일주일 지나면 아무렇지도 않은 얼굴로 다시 돌아와. 일종의 도피지. 딴생각 안 하려고 일부러 그러는 거야."

영진의 엄마가 죽은, 아니, 스스로 세상을 버린 것이 육 년 전 이맘때였다. 온 마음을 다해 사랑했던 남편이 갑작스러운 교통사고로 죽고 지독한 우울증에 시달리던 영진의 엄마는 끔찍하게도 아파트 옥상에서 투신자살을 했다. 딸 혼자 버텨내야 할 모진 세월은 아랑곳없이 무정한 엄마는 그렇게 세상을 등진 것이다.

아마 그때부터였던 것 같다. 자신을 바라보는 영진의 눈이 조금씩 메마르기 시작한 건. 단순한 동경에서 시작된 눈빛이 사랑을 품은 눈으로 변하다 그 사건을 계기로 삭막해졌다. 안에 품고 있는 애정의 빛은 여전했지만 의식적으로 가두고 표현하지 않으려 애쓰는 걸 그도 느낄 수 있었다. 하지만 그는 이미 그때 다른 사람을 바라보고 있었고, 때문에 힘들어하는 영진을 다독여 줄 여력이 없었다.

소위 자신과 레벨이 맞는 사람, 비슷한 환경과 학벌에 부모끼리도 어느 정도 친분이 있는, 한마디로 평생의 반려자 조건으로 모자람이 없는 그런 여자를 향해 시선을 고정시키고 있었다. 그래서 아무 의심 없이 행복해하며 결혼을 했고, 일 년 전 이혼이라는 모진 풍파를 겪었다.

"이번에는 또 어디로 간 거니……."

영진이 건네는 에스프레소 마끼아또 향이 몹시 그리운 쓸쓸한 초여름 아침이었다.

7. 아픈 기억을 벗 삼아

하얀 옷을 입은 사람들이 눈앞에서 바쁘게 움직인다. 코 끝엔 독한 소독약 냄새와 비릿한 피 냄새가 그득했고, 눈앞은 자꾸만 뿌옇게 흐려졌다.

"학생, 정신 차려. 이렇게 앉아만 있으면 어째. 얼른 식구들한 테 연락해서 장례 절차부터 의논해야지. 학생? 학생!"

누가 뭐라고 연신 불러댔지만 머릿속엔 아무것도 떠오르지 않았다.

'장례 절차? 식구?'

누가 죽었기에 장례 절차를 의논한단 말인가. 식구라고 할 수 있는 사람이 누가 있다고 그들을 부르란 말인가.

"어허, 이거 큰일났구만. 학생, 이렇게 넋을 놓으면 어떡해. 어머니 시신 벌써 영안실로 옮겼는데 따라가 봐야지."

멍한 눈을 들어 위를 올려다보자 앰뷸런스에 같이 타고 왔던 구급대원이 영진의 어깨를 마구 흔들어대고 있었다.

"쯧쯧. 학생 집 전화번호 알려줘. 내가 식구들한테 전화해 줄 테니까."

"아무도…… 없어요."

"다들 외출하셨나? 아버지는 안 계셔?"

"없어요. 엄마가 유일한 식구였어요."

목소리가 왜 이렇게 떨릴까. 도대체 무슨 일이 벌어진 거지?

"그럼 가까운 친지들에게라도 알려야지. 학생 혼자서 감당 못 해. 얼른 정신 차려서 전화부터 해. 알았지?"

넋이 나가 눈만 껌뻑이는 그녀가 안됐는지 구급대원은 선뜻 자리를 뜨지 못하고 이것저것 해야 할 일들을 알려주었다. 하지만 영진은 그 말이 무슨 뜻인지 전혀 이해하지 못하고 있었다.

"미안한데 학생, 난 일 때문에 그만 가봐야 하거든. 궁금한 거 있으면 여기 병원직원들한테 물어봐."

"……네."

그나마 옆을 지켜주던 구급대원마저 사라지자 영진은 완벽히 혼자가 되었다. 마치 투명인간이 된 것처럼 응급실을 오가는 사람들은 그녀에게 시선 한 번 주지 않았다. 그렇게 한참을 방치되어 있던 그녀는 겨우 비척대며 일어섰다.

'영안실, 영안실이 어디지? 도대체 영안실이 어디야.'

결국 참고 있던 눈물이 한꺼번에 쏟아져 내렸다. 영안실로 가라는데 도무지 그 영안실이 어디인지를 알 수가 없었다.

"왜 그래요? 어디 아파요?"

누군가 또 말을 걸어 돌아보니 흰 가운을 입은 의사가 몹시 걱정스러운 눈빛으로 그녀를 바라보고 있었다.

"치료 받으러 응급실에 온 거면……."

"영안실이 어디 있는지 모르겠어요. 거기로 가라고 하는데, 찾을 수가 없어요."

대충 그녀의 처지를 짐작했는지 의사는 조용히 그녀의 팔을 잡아끌었다.

"날 따라와요. 내가 안내해 줄 테니까."

영진은 반쯤 혼이 빠져서 의사의 팔에 이끌려 걸었다. 처음 들어왔던 문을 통과해 병원 뒤쪽으로 돌아가니 영안실이라고 적힌 표지가 보였다. 의사는 여전히 그녀의 팔을 잡은 채 지하로 내려갔다. 진한 향 냄새가 났고 여기저기서 곡소리가 들려왔다.

그제야 영진은 현실을 직시하게 됐다. 학교에서 돌아오던 길, 아파트 화단 앞에 잔뜩 모여 있던 사람들 틈으로 누군가가 쓰러져 있는 게 보였다. 붉은 핏자국과 앰뷸런스가 오는 요란한 소리…… 그리고 피범벅이 된 엄마의 얼굴이 그녀의 눈 속에 와 박혔다.

엄마는 자살을 했다. 아버지가 교통사고로 돌아가시고 겨우 십일 개월이 지났을 뿐인데, 엄마마저 그녀를 버리고 아버지를 따라가 버렸다.

"돌아가신 분 성함이 김정아 씨인가요?"

"네."

의사는 영진을 데리고 나란히 늘어서 있는 분향소 제일 끝으로 향했다.

"여기네요. 이런 말 별로 위로는 안 되겠지만 돌아가신 분을 위해서라도 얼른 기운 차리세요. 알았죠?"

"……고맙습니다."

겨우 인사한 그녀는 의사가 돌아가자 분향소 바닥에 주저앉았다.

삼 일이라는 시간은 순식간에 지나갔다. 겨우 정신을 차려 친지들에게 연락을 하자 그 다음엔 일사천리로 일이 진행되었다. 외가 식구들과 큰집 식구들이 몰려와 울며불며 통곡을 했고, 영진은 어느 순간에 사촌 오빠와 함께 상주가 되어 서 있었다. 수시로 밀려드는 조문객들을 맞고 그들이 건네는 위로의 말에 고개를 주억거렸다. 어떻게 알고 왔는지 학교 친구들도 찾아왔고, 영진은 그들 틈에서 상헌의 얼굴을 찾아 두리번거렸다. 하지만 이틀이 지나도록 그는 영안실을 찾지 않았다. 결국 그에게 자신이란 존재는 아무것도 아니었나 보다.

실망감을 넘어서 묘한 분노까지 느낄 즈음 뒤늦게 소식을 듣고 사색이 되어 달려온 태진이 그가 현경과 여행 중이라는 사실을 알려주었다.

"자식아, 일찍 연락을 했어야지. 나도 그렇지만 너희 어머니 돌아가신 거 알았으면 상헌이도 여행 계획 포기하고 왔을 텐데. 어제라도 알려주지 그랬어."

"경황이 없었어요. 큰집에도 겨우 연락했는걸요."

"영진아, 마음 든든히 먹어야 해. 알았지? 절대 나쁜 생각 하면 안 된다."

"무슨 나쁜 생각이요? 저도 엄마 따라서 자살이라도 할까 봐요?"

"내 말은 그게 아니라······."

"알아요, 태진 선배가 무슨 말을 하고 싶은 건지. 걱정 마세요. 나 그렇게 독한 사람 못 돼요. 멀쩡한 정신으로 아파트 옥상에서 뛰어내릴 정도로······ 그렇게 모진 사람은 못 된다구요."

조문객들을 맞는 순간에도 참았던 눈물인데, 태진 앞에서 그만 무너져 버렸다.

"나는······ 나는 못했을 것 같은데, 어떻게 자식 혼자만 남겨 두고, 자식한테 유언 한마디 안 남기고 자살을 할 수가 있어요? 예고도 없이 사랑하는 사람을 떠나보내는 게 얼마나 끔찍한 일인지 엄마가 더 잘 알면서, 어떻게 이렇게 무책임하게 떠나 버릴 수가 있냔 말이에요. 어떻게요. 이게 말이나 돼요?"

"영진아."

"화가 나서 미칠 것 같아요. 아무리 아버지를 사랑했어도 이러면 안 되는 거잖아요. 나도 있는데, 나도 살아 있는데 어떻게 엄마가 나한테 이럴 수 있어요?"

태진은 흐느끼고 있는 그녀의 어깨를 꼭 껴안고 등을 토닥였다.

"그러게 말이다. 너희 어머니, 너무 심하셨다."

"……."

"상헌이한테 연락해서 오라고 할까?"

"아뇨, 싫어요."

"그 녀석이 있으면, 네가 조금은 위로를 받을 수 있잖아. 현경 씨한테는 조금 미안하지만 지금은 네가 너무 힘드니까."

그때 알았다, 상헌을 향한 그녀의 마음을 태진이 이미 꿰뚫고 있다는 사실을. 다른 때였다면 부정했겠지만 차마 아니라며 고개를 젓지 못했다.

"전화하고 올게."

"……하지 마세요. 이런 꼴 보이고 싶지 않아요. 그냥 상헌 선배는 몰랐으면 좋겠어요. 우리 엄마가 어떻게 돌아가셨는지, 몰랐으면 좋겠어요."

손가락질 받고 싶지 않았다. 딸자식 혼자 버려두고 독하게 목숨을 끊은 비정한 어미의 딸이라는 비난만은 피하고 싶었다.

"정말 괜찮겠어?"

"네."

"그럼 내가 있을게. 상헌이만큼이야 위로가 되겠냐만은 아쉬우나마 나라도 써먹어라."

"고마워요, 선배."

"고맙긴, 당연한 거지."

마치 친오빠처럼 태진은 장례식이 끝나는 순간까지 그녀의 곁에서 모든 일을 도맡아 처리해 주었다. 무사히 장례식을 마치고 집으로 돌아온 그녀는 꼬박 일주일 동안 사람들과의 연락을 끊고 깜깜한 방 안에서 지독한 외로움에 시달렸다. 그때 자신도 모르게 생긴 병이 몹쓸 방랑벽이었다.

✳

"아가씨, 안 살 거야?"

"네?"

멍하니 도자기 세트를 보고 있던 영진은 주인의 채근에 겨우 현실로 돌아왔다. 엄마가 유독 좋아하던 모양의 도자기 세트를 본 순간 자신도 모르는 사이 과거로 빨려 들어간 모양이다.

"안 살 거면 좀 비켜주고. 아가씨가 그렇게 버티고 있으니까 다른 손님들이 구경을 못하잖아."

"죄송합니다."

서둘러 사과를 하고 그녀는 도예방을 나섰다. 무작정 떠난 여행이 오늘로 벌써 이틀째였다. 시외버스 터미널에서 이천으로 향하는 버스에 몸을 싣고 도자기로 유명한 이곳에 도착했다. 구석구석 돌아다니며 구경을 하고 배가 고프면 아무 식당에나 들어가 한 끼를 때웠다. 벌써 오 년째 해오던 일이라 이젠 타지에서 잠을 자는 것도, 입에 맞지 않는 음식으로 끼니를 때우는 것도 모두 익숙해졌다.

한참을 더 거리를 쏘다니던 그녀는 재래시장 입구에 우뚝 멈춰 섰다. 이곳에서라면 사람들 살아가는 모습을 느긋하게 구경할 수 있으리라. 누구의 채근도 받지 않고 스쳐 지나며 정감있는 물건들을 맘껏 살펴볼 수도 있었다.

사람들로 북적이는 재래시장에 들어선 영진은 이곳저곳을 기웃거렸다. 그러다 한눈에 쏙 들어오는 물건을 발견하고는 쪼그리고 앉았다.

"아줌마, 이건 얼마예요?"

"만이천 원인데, 그냥 만 원에 가져가요. 떨이니까."

"아, 그럼 이거 주세요."

영진은 은은한 청색 빛깔의 찻잔을 고르고 만 원짜리 한 장을 내밀었다. 매끄럽지 못하고 투박해 보이는 찻잔이 썩 마음에 들었다.

"아가씨, 받아요."

"네, 고맙습니다."

깨지지 않게 신문지로 둘둘 말은 찻잔을 받아 들고 그녀는 어스름이 깔리기 시작한 시장 골목을 누볐다. 오늘 가져온 물건을 마저 팔기 위해 장사꾼들은 목소리를 높이고 있었다.

이런 부산함이 좋았다. 잡다한 생각을 안 할 수 있으니까. 의식적으로 뇌를 파고드는 엄마에 대한 기억을 잊어버리자면 이런 식의 소란스러움이 반드시 필요했다.

지이잉— 지이잉—

주머니 속에 넣어두었던 휴대전화가 가늘게 몸을 떨었다. 영진은 발신자가 누구인지 확인한 후 전화기 폴더를 열었다.

"윤 대리?"

[그래, 나다.]

"응. 혹시 회사에 무슨 문제 생겼어?"

[무슨 문제? 별일없어. 그나저나 어디야?]

"이천."

[이번엔 가까이에 있네. 거기만 돌고 올 거야?]

걱정하는 경일의 마음이 고스란히 느껴져 영진은 희미하게 미소를 지었다.

"아니. 오늘까지만 여기서 자고 내일은 동해 쪽으로 넘어가려고."

[조심해서 다녀. 저녁 늦게까지 돌아다니진 말고.]

"알았어. 고맙다, 걱정해 줘서."

[이 정도야 뭐. 푹 쉬고 오 일 후에 보자.]

"그래."

전화를 끊고 나서 그녀는 하룻밤을 보낼 수 있는 곳을 찾아

발걸음을 옮겼다.

다음날 아침 일찍 영진은 동해로 향하는 버스에 몸을 실었다. 따사로운 햇살이 쏟아지는 창가에 앉아 그녀는 지난 이틀 동안 억지로 머릿속에서 밀어냈던 상헌의 얼굴을 다시 떠올렸다. 잊고 싶었다. 가슴을 짠하게 하는 그의 따스한 미소, 굳이 애쓰지 않아도 늘 기억하게 되는 사소한 버릇들, 그리고 은은한 향수 냄새까지. 그런데 결국 아무것도 잊혀지지 않았다. 오히려 멀리 떨어져 있음으로 해서 더 깊은 그리움이 되어버렸다.

이젠 정말 그에게서 벗어나고 싶었다. 그가 의도하지 않았고 단지 그녀 혼자만 귀속되어 있던 거지만 그녀 의지만으로 벗어나는 건 불가능했다. 지난 십 년 동안 습관처럼 그를 눈에 담았고, 소소한 그의 버릇까지도 모조리 머릿속에 저장했다. 꺼내고 싶어도 너무 차곡차곡 쌓여 있어서 다 꺼낼 수가 없었다.

영진은 휴대전화를 꺼내 검색 버튼을 눌렀다. 46번. 그녀가 상헌을 처음 만난 날, 4월 6일이 그의 단축번호였다. 하지만 한 번도 쉽게 눌러보지 못한 번호이기도 했다. 전화기를 들고 한참 만지작거리던 그녀는 다시 주머니 속에 집어넣어 버렸다. 잊자고 떠났으면서 미련스럽게도 되새기고 있는 자신의 어리석음이 씁쓸함이 되어 온몸으로 번져 갔다.

한참 동안 고속도로를 질주하던 버스가 톨게이트를 통과해 동해 시가지로 접어들자 영진은 복잡한 머릿속을 애써 비워냈다.

우르르 몰려 내리는 사람들 틈에 섞여 영진도 버스에서 내려섰다. 어디부터 갈까 고민하던 차에 버스정류장에 붙어 있는 관광 안내지도가 보였다. 덕분에 오늘 일정을 짜는 게 한결 수월해졌다. 영진은 가방에서 다이어리를 꺼내 가볼 만한 관광지를 적어 내려갔다.

잠시 후, 정류장에서 빠져나온 그녀는 특이하게 시내 도로변에 위치해 있다는 동굴부터 가보기로 하고 지나는 사람들에게 물어 목적지로 향하는 버스에 올라탔다.

서울에서 느끼는 24시간과 여행지에서 느끼는 24시간은 엄청난 갭이 있었다. 겨우 몇 군데의 관광지를 들렀을 뿐인데 어느새 날이 저물고 있었다.

영진은 마지막에 들렀던 계곡 중턱쯤에 위치한 민박집에 여장을 풀었다. 주인에게 하루 숙박비를 건네고 나서 먼지가 낀 얼굴을 손이 시릴 정도로 차가운 물로 꼼꼼히 씻어냈다. 산 너머에 간신히 걸려 있던 해가 떨어지고 나자 산 속엔 짙은 어둠이 내려앉았다. 민박집 옆 허술한 식당에서 일찌감치 저녁을 때운 그녀는 방으로 들어가려다 말고 그냥 서늘한 마루에 주저앉았다. 나무의 맑은 기운을 품은 찬바람이 얇은 옷감을 파고들어 오소소 소름을 돋게 했다. 두 팔로 가볍게 몸을 끌어안고 있던 영진은 멀리 외로이 서 있는 공중전화 박스를 쳐다보았다. 미처 머릿속이 정리되지 못했는데 발이 먼저 움직였다.

영진은 수화기를 집어 들고 주머니에서 짤랑거리던 동전 몇

개를 꺼내어 동전 투입구에 집어넣었다.

'아직 회사에 있을 거야.'

영진은 일부러 상헌의 휴대전화 번호가 아닌 집 번호를 눌렀다. 뚜뚜 신호가 갔고 곧이어 나지막한 그의 음성이 들려왔다.

[이상헌입니다. 지금은 집에 없습니다. 다음에 전화해 주십시오.]

피식, 웃음이 났다. 어쩌면 자동응답기의 메시지도 이렇게 무뚝뚝하게 입력해 놓았을까. 영진은 가만히 수화기를 내려놓았다. 그리고 다시 동전을 집어넣고 똑같은 번호를 눌렀다.

[이상헌입니다. 지금은 집에 없습니다. 다음에 전화해 주십시오.]

듣고 또 듣고, 주머니에 동전이 다 떨어질 때까지 그녀는 똑같은 행동을 반복했다. 마침내 마지막 동전까지 쓰임을 다 하자 영진은 터덜터덜 걸어 민박집으로 돌아왔다.

"저기요, 전화 온 것 같은데."

여드름이 듬성듬성 난 남학생이 영진의 어깨를 손가락 하나로 콕 찔렀다.

"네?"

영진은 남학생의 말을 듣기 위해 귀에 꽂고 있던 이어폰을 뺐다.

"아까부터 벨이 울리는데, 음악 소리 때문에 못 들으시는 것 같아서요."

"아, 고마워요."

영진은 가방 앞주머니에서 휴대전화를 꺼내 들었다. 버스 탈 때 진동으로 바꿔놓는다는 걸 깜빡했나 보다.

"여보세요."

[나다.]

덜컥 심장이 내려앉았다.

[영진아?]

"네. 어쩐 일이세요?"

잠시 침묵이 흘렀다. 상헌은 무슨 생각을 하는지 가늘게 한숨까지 내쉬었다.

[혹시 어제 집으로 전화했었니?]

"……아뇨. 왜요?"

[누가 전화했다 아무런 말도 없이 그냥 끊었기에 너인가 생각했었다. 어디니?]

"동해예요."

[동해? 멀리까지 갔네. 언제 올 거야?]

그럴 리 없겠지만 상헌의 물음이 마치 자신이 돌아오길 기다리고 있는 것처럼 느껴져 영진은 혼란스러운 표정을 지었다.

"내일 오후쯤엔 서울로 돌아갈 것 같아요."

[음. 그럼 조심해서 다니고 휴가 끝나고 보자.]

"네."

전화를 끊고 나서도 방금 전에 있었던 일이 도무지 믿기지 않았다. 상헌이 사적인 일로 그녀에게 먼저 전화한 적은 없었다. 그런 그가 여행 중이던 그녀에게 먼저 전화를 걸어온 것이다.

'기대하지 말아야 해. 서툰 기대 따위는⋯⋯.'

모락모락 피어오르는 희망을 애써 진정시키는 건 괜히 들떠 있다 실망하고 싶지 않아서였다. 대학 때부터 상헌의 친절한 행동에 몇 번이나 허망한 기대를 품었다 실망을 하곤 했었다.

도서관에서 공부하다 잠시 자리를 비운 사이 누군가 그녀의 책상 위에 캔 커피를 두고 갔을 때, 그리고 그 주인공이 바로 상헌이라는 것을 알았을 때 느꼈던 벅찬 기쁨, 시험을 치기 전 어렵게 구한 족보라며 두툼한 프린트물을 내밀던 상헌으로 인해 느꼈던 가슴 떨림들⋯⋯. 그 모든 것들이 상헌이 자신에게 특별한 감정을 가지고 하는 행동이 아닐까 희망을 품게 했었다. 하지만 그 착각은 그리 오래가지 못했다. 자신의 책상 위에 올려져 있던 캔 커피는 그가 동아리 후배 모두에게 건넨 수많은 캔 커피 중의 하나였고, 족보 역시 마찬가지였던 것이다. 그렇게 지난 십 년간 수없이 반복된 일이었음에도 그녀는 아직 상헌이 가끔씩 보여주는 이런 관심에 가슴 떨려하고 있었다. 어리석게도.

이젠 그렇게 상처받고 싶지 않았다. 그러기엔 상헌을 알고 지낸 세월이 너무 길었다. 십 년이면 단순한 친절과 사심이 담긴 친절을 구분하기엔 충분한 시간이었다.

영진은 손에 쥐고 있던 휴대전화를 주머니에 쑤셔 넣고 이어폰을 다시 귀에 꽂았다. 슬픈 사랑을 노래하는 가수의 애절한 음성을 들으며 그녀는 잠시 품었던 가느다란 희망을 살포시 날려 버렸다.

8. 돌아서야 할 때, 하지만…

철컥.

열쇠가 돌아가면서 내는 차가운 금속성의 소리가 조용한 복도를 울렸다. 영진은 열쇠를 뽑아 집게손가락에 걸고 며칠간 비워두었던 빌라의 문을 열어젖혔다. 비워져 있던 실내에서 나는 텁텁한 냄새가 싫어 그녀는 서둘러 창문을 열어 환기를 시켰다.

옷 몇 벌과 시골장터에서 산 찻잔이 들어 있는 배낭을 내려놓자마자 영진은 가스레인지에 커피를 끓일 물부터 올려놓았다. 기차에서 내리면서부터 내내 커피가 마시고 싶었다. 그냥 커피가 아닌 바로 '스위트 미팅'의 모카라떼가. 하지만 열 시가 넘은 늦은 시각이라 그곳까지 갈 여력이 없었다. 눈에 띄는 커피전문점에서 한 잔 마시고 들어오려다 혼자 청승을 떠는 것 같아 그 것마저도 포기해 버렸다. 때문에 집에 들어서자마자 씻는 것보다 커피 한 잔이 더 절실해졌다.

삐릭— 삐릭—

뜨거운 수증기가 올라오면서 요란한 소리를 냈다. 선반 위에 놓여 있던 커피통과 프림통을 내려서 몇 스푼씩 넣고 바싹 말라 있는 행주로 주전자 손잡이를 감싼 후 쪼르륵 소리가 나게 물을 따랐다. 커피 입자가 녹으면서 진한 커피 향이 거실 전체에 퍼져 나갔다.

"아, 너무 좋다."

커피 잔을 들어 향을 음미하며 영진은 만족스러운 미소를 지었다. 샤워를 하고 말끔한 기분으로 마셨으면 더 좋았겠지만 여행의 잔향이 남아 있는 옷차림 그대로 여운을 즐기는 것도 그다지 나쁘진 않았다.

커피를 갈구했던 목을 달래주고 나서 그녀는 내려놓았던 가방을 뒤져 휴대전화를 꺼냈다. 배터리 충전이 여의치 않아 어제 상헌과의 통화 이후로 전화기는 내내 꺼져 있었다. 편의점 같은 곳에서 충전을 할 수도 있었지만, 일부러 그렇게 하지 않았다. 이번 여행의 마지막 날을 온전히 자유롭게 즐기기 위해서는 차라리 휴대전화를 꺼놓는 게 낫다는 생각에서였다.

TV 옆에 놓여 있던 충전기에 휴대전화를 올려놓자 빨간 불이 반짝하고 켜졌다. 영진은 여유롭게 커피 한 잔을 다 마시고 나서 배낭에 넣어두었던 빨랫감을 꺼내 세탁기 옆 바구니에 넣었다. 그리고 입고 있던 옷도 마저 벗어 던져 넣고 곧바로 욕실로 향했다.

좀 뜨겁다 싶은 물에 샤워를 하고 머리를 감고 나자 나른하게 피곤이 밀려왔다. 꼼꼼하게 양치질까지 하고 나서 욕실 문을 열고 나서는데 기다렸다는 듯 휴대전화가 요란하게 울렸다. 수건으로 머리에 묻은 물기를 털어내며 폴더를 열자 반쯤 풀린 태진의 목소리가 귓가에 와 닿았다.

[영진아!]

"네, 선배."

[집에 왔네.]

"조금 전에 도착했어요. 술 마셨나 봐요?"

[킥킥킥.]

태진은 대답없이 킥킥거리며 웃기만 했다.

"선배?"

[영진아, 재밌는 구경거리가 있는데 여기로 올래?]

"구경거리라뇨?"

[우리의 고고한 이상헌 실장께서 술 먹고 제대로 뻗었다. 그것도 큰 대자로.]

영진의 안색이 살짝 굳어졌다.

"무슨 일 있었어요?"

[일은 무슨……. 그냥 상헌이가 먼저 찾아왔더라고. 술 마시

고 싶어하기에 집에 있는 술 몽땅 갖다 안겼더니 좀 과했나 보다. 올래? 상헌이가 너 보고 싶단다.]

"실장님이…… 그렇게 말했어요? 내가 보고 싶다고?"

[뭐 그걸 굳이 말로 해야 아나. 척하면 착이지.]

"갑자기 왜요?"

[어? 그거야 모르지. 있어봐라, 내가 물어봐 주마.]

"서, 선배, 됐어요. 선배!"

당황한 그녀의 반응은 아랑곳없이 태진이 뭐라고 중얼거리는 소리가 들렸다. 영진은 혹시라도 태진이 엉뚱한 소리를 할까 봐 발을 동동 굴렸다.

[오호, 이 의미심장한 말을 전해줘야 하나 말아야 하나. 어쩐다…….]

태진이 장난기 가득한 목소리로 말끝을 흐렸다.

[우리 착한 영진이 속 타 들어가는 냄새가 진동을 하는 것 같아서 그대로 전해줘야 되겠다.]

영진은 불안함과 기대감을 동시에 느끼며 태진의 말이 이어지길 기다렸다.

[커피가 그립단다. 네가 사다 주는 에스프레소 마끼아또가 먹고 싶어서 미치겠단다.]

"……."

바싹 긴장했던 어깨가 힘없이 축 처졌다. 도대체 무슨 말을 기대했던 걸까? 그는 늘 이런 식인걸. 자신의 감정을 받아들이

지도 않으면서 매번 이렇게 그녀에게 감정 한자락을 보여줘서 또 기대를 품게 하고, 그만큼 더 실망하게 만드는 무정한 사람인걸.

[지금 올 거지?]

"……그냥 집에서 쉴게요."

[영진아!]

"미안해요. 나 지금 많이 피곤하거든요. 끊을게요, 선배."

태진이 뭐라고 더 말을 하는 게 들렸지만 영진은 그대로 폴더를 닫아버렸다. 자신을 그리워한 게 아니라 단순히 자신이 전해주는 커피가 그리웠다는 말이 가슴을 무겁게 내리눌렀다.

'내가 커피 한 잔보다 더 보잘것없는 사람인가요? 이상헌이란 사람한테 난, 고작 커피 한 잔보다 더 의미가 없는 사람인가요?'

이미 오래전에 체념했는데, 이상헌이란 남자 때문에 더 이상 눈물은 흘리지 않겠다고 그렇게 다짐했는데 또 주책없이 눈앞이 흐려졌다. 어리석기 그지없는 마음은 아직도 그 질긴 미련을 버리지 못했나 보다.

"어? 끊어졌네. 자식, 여행 다녀오더니 어지간히 피곤했나 보네."

말은 그렇게 하면서도 태진은 조금 전 전화기를 통해 들려오던 영진의 유달리 힘 빠진 음성에 신경이 쓰였다. 자다가도 상헌의 일이라면 두말 않고 뛰어오던 녀석인데 오늘은 오라고 부탁을 해도 싫다니 의아할 수밖에 없었다.

"여행 갔다 뭔 일이 있었나."

"온대?"

혀 풀린 상헌의 물음에 태진은 고개를 저으며 상헌을 바라보았다. 꾸벅꾸벅 졸기에 깊이 잠이 든 줄 알았는데 상헌은 그새 말짱하게 깨어 있었다. 이럴 때는 차라리 술기운을 빌려 편한 잠을 자도 될 텐데 매사에 빈틈이 없는 친구 녀석은 술에 절어 있으면서도 마지막 의식만은 고스란히 지켜내고 있었다.

십 년 넘게 알고 지낸 친구이긴 했지만 상헌이 이렇게 만취한 모습을 보인 적은 몇 번 없었다. 큰 시련이었던 이혼을 결정한 일 년 전에도 이상할 정도로 담담한 태도로 일관했었는데, 정작 이혼을 하고 난 뒤 가끔씩 이렇게 흐트러진 모습을 보이곤 했다. 차곡차곡 묵혀뒀다 이제야 겨우 상처를 드러내는 건지도 모르겠다.

"피곤해서 그냥 쉬고 싶단다."

"아…… 맞다. 피곤하겠구나."

"괜찮아? 왜 그렇게 무리해서 마시고 그래. 옆에 있는 사람 불안하게."

"많이 취하지 않았어."

술기운을 털어내려 상헌은 깊은 한숨을 내쉰 후 푹신한 소파 등받이에 몸을 기댔다. 머리 위에 커다란 돌덩이가 놓여 있는 것처럼 하루 종일 묵직한 둔통에 시달렸다. 가뜩이나 지쳐 있던 심신에 술기운까지 더해지자 판단력이 많이 흐려져 버렸다. 때문에 하지 않아도 될 말을 한 듯하다. 경솔한 자신의 행동을 내심 탓하고 있는데, 태진이 여지없이 그의 본심 한자락을 들춰내려 했다.

"상헌아. 영진이…… 끝내 그냥 두고만 볼 거야?"

"무슨 소리야?"

"내 말, 무슨 뜻인지 너도 잘 알잖아. 자그마치 십 년이야. 그동안 너 하나만 바라본 애라고. 이제 그 애 마음 받아줘도 되는 거 아니니? 옆에서 보기 안쓰러워."

상헌은 피식 웃음을 흘렸다. 욕심내서 될 일이 있고, 결코 욕심내선 안 될 일이 있다. 그에게 영진은 후자의 경우였다. 마음 한구석으로는 욕심내 보고 싶다는 이기적인 마음도 있었지만, 적어도 그 정도로 파렴치한 인간이 되고 싶지는 않았다.

"내가 왜 그 애 마음을 받아줘? 내 몫이 아닌 걸 받아서 뭘 어쩌라고."

시니컬한 상헌의 대답에 태진은 못마땅하게 인상을 구겼다.

"후우, 이상헌! 내 앞에서까지 꼭 그렇게 체면 차려야겠어? 정말 한영진이 너한테는 그저 아끼는 후배일 뿐이야?"

"……그래."

"……."

태진의 얼굴이 불쾌하게 굳어졌다. 은근히 부아가 나는지 그는 심술궂게 중얼거렸다.

"그럼 영진이가 딴 놈하고 결혼해도 상관없겠네. 어느 날 갑자기 한영진이 딴 놈 떡하니 꿰차고 와서 애인이라고 소개하면 너 속 편하게 잘해보라고 말해줄 수 있어?"

"……."

"것 봐. 너 대답 못하지? 그게 네 진심이야. 영진이 곁에 딴 놈이 서 있는 거 상상만 해도 불쾌하지? 그럼 그냥 잡아. 네가 자격이 없다는 둥 그딴 소리 하지 말고. 네가 무슨 성인군자라고 그런 소릴 지껄여. 너 정말 비겁해. 네 속마음 끝까지 숨길 수 있다고 생각하는 모양인데 틀렸어. 이미 나도 알고, 어쩌면 영진이도 눈치 챘을지 모르지. 네가 흔들리고 있다는 거 말이야. 욕심나면 잡아. 이것저것 복잡하게 생각하지 말고."

"쓸데없는 소리 하지 마. 네가 상관할 일 아니잖아."

간섭을 허용하지 않는 단호한 상헌의 태도에 태진은 그냥 입을 다물어 버렸다. 어쩌면 두 사람은 이렇게 엇갈리기만 하는지 지켜보는 입장에서는 답답하고 한심스러웠다.

상헌과 현경의 연애부터 결혼, 그리고 이혼하기까지의 과정을 모두 지켜본 그로서는 상헌이 얼른 새 출발 하는 걸 보고 싶었다. 평생을 함께하겠다는 신성한 약속 아래 맺어졌던 두 사람이 이혼이라는 극단적인 방법을 택한 후 겪어야 할 일들은 제삼자인 자신이 보기에도 질릴 정도였다.

이혼서류에 도장을 찍는 단순한 행위만으로 정리되지 못한 감정의 찌꺼기들을 고스란히 떠안은 채 살아야 하고, 이혼을 했다는 것만으로 뭔가 문제가 있는 사람이 아닐까 의심하는 이들의 집요한 시선을 참아내야 했다. 더불어 이혼의 이유가 무엇인지를 속속들이 캐내고 싶어하는 주변인들의 달갑지 않은 관심까지.

당사자인 상헌은 내색없이 속으로 잘 삭이고 있다고 생각하겠지만, 태진이 보기엔 절대 그렇지 않았다. 그저 드러내서 아파해 잘난 자존심을 다치고 싶지 않은 오기일 뿐, 안으로는 시커멓게 멍이 들어 있을 게 뻔했다.

표면적으로 보기에 먼저 돌아선 건 현경이지만 그녀를 그렇게 만든 건 상헌이었다. 결혼 직후 설립한 'SHK인테리어'를 본궤도에 올려놓으려고 밤낮없이 일에만 매달린 상헌을 현경은 이해하지 못했다. 연애 때 자신에게 할애하던 시간을 고스란히 회사 일에 쏟아내는 상헌 때문에 그녀는 내내 힘들어했었다. 그러다 결국 결혼한 지 일 년 반 정도 지났을 때부터 그녀는 드러내 놓고 밖으로 나돌기 시작했다.

두 사람 사이에 뭔가 심각한 문제가 생겼다는 예감이 들었지만 그 당시에도 상헌은 이에 대해 한 마디도 언급하지 않았다. 그저 어느 날 갑자기 이혼을 하게 됐다고 담담하게 털어놓았다. 미련은 없다고, 그냥 놔줘야 할 것 같다는 말만 했을 뿐 구체적으로 현경과 왜 이혼을 하게 된 건지는 말하지 않았다. 십년지기인 자신에게 조금의 언질도 주지 않았냐며 다그치는 대신 태진은 지친 상헌을 그냥 쉬게 해주었다. 그의 주변인들마냥 이혼 사유가 궁금하단 이유로 그 상처를 헤집고 싶은 생각은 추호도 없었다.

"나도 모르겠다. 잘난 이상헌 본심이 뭔지. 괜히 커피가 그립다는 둥 그딴 소리 지껄여서 영진이만 심란하게 만들었잖아."

"그냥…… 커피가 마시고 싶었어. 에스프레소 마끼아또가 마시고 싶었을 뿐이라고."

"그러게 왜 하필 그 커피가 마시고 싶으냐고, 유별스럽게."

투덜대는 태진을 모른 척하며 상헌은 자리를 털고 일어섰다. 지금은 태진의 타박을 고스란히 받아줄 마음의 여유가 없었다.

지금의 이 혼란함이 시작된 건 영진이 휴가를 떠난 그날부터였다. 아는 사람 하나 없는 타지를 정처없이 떠돌고 있을 영진이 안쓰러워 하루에도 몇 번씩이나 전화기를 매만졌지만 매번 그는 고개를 저으며 전화기를 내려놓았다. 자신이 건네는 단순한 말 한마디가 영진에게는 그 이상의 의미로 받아들여질 수도 있었기에 섣불리 위로를 할 수가 없었다. 문제는 분명 이성이 그렇게 제동을 걸고 있음에도 영진에 대한 걱정을 쉽사리 떨어내지 못하고 있는 자신의 마음이었다.

상헌은 긴 한숨을 내쉬었다. 집에 가서 샤워를 하고 조용히 잠들고 싶었다. 지친 육신을 쉬게 해주고, 마음속에서 모락모락 피어오르는 염치없는 이기심까지 모조리 잠재워 버리면 내일 아침엔 지금보다 훨씬 개운한 기분으로 깨어날 수 있을 것이다.

"그만 간다."

"자고 가. 술 취했는데 운전도 못하잖아."

"됐어. 택시 타고 가면 돼."

한사코 자고 가라며 붙잡는 태진을 물리치고 상헌은 오피스텔을 나섰다. 울렁거리는 엘리베이터에 오르자 또다시 극심한 두통이 밀려왔다. 그는 한 손으로 벽면을 짚어 몸을 지탱하고 알코올에 함락된 정신을 가까스로 수습했다.

요즘 들어 왜 이렇게 자제하는 것이 힘들어지는지 모르겠다. 발신자가 누구인지 정확하지도 않은 전화에 선뜻 영진을 떠올린 것하며, 태진이 영진에게 전화 거는 것을 알면서도 굳이 말리지 않은 그 미묘한 감정은 도대체 뭐란 말인가.

"이제 돌아가시는 길인가 봅니다."

몇 번 들렀다고 낯이 익었는지 나이 지긋한 경비가 상헌에게 다가오며 걱정 어린 시선을 보냈다.

"젊은 양반이 술이 많이 취했구먼."

"죄송합니다."

집에서 손자 재롱이나 보며 편하게 쉬어야 할 나이임에도 밤샘 일을 하는 늙은 경비 앞에서 추태를 보인 것 같아 몹시 민망해졌다.

"나한테 죄송할 게 뭐 있나. 얼른 집에 들어가서 쉬도록 해요. 지금은 아무렇지 않은 것 같아도 나이 들면 다 병으로 남는다니까."

"네. 수고하십시오."

상헌은 인사를 하고 로비를 나섰다. 마침 오피스텔 앞에 멈춰 선 택시에 올라 그는 눈을 감았다. 어렴풋이 한 여자의 얼굴이 떠올랐고, 두통은 점점 더 심해졌다.

한쪽 어깨가 묵직하다. 필요한 것에 절반도 사지 못했는데 작은 장바구니가 넘칠 정도로 꽉 차버렸다.

"아줌마, 고사리는 얼마예요?"

"오천 원이요."

"주세요."

영진은 지갑에서 돈을 꺼내 고사리 값을 지불하고 검은 비닐 봉지를 받아 들었다.

"아직 살 게 많은데."

혼잣말을 중얼거리며 영진은 묵직한 장바구니를 반대쪽 어깨로 옮겨 멨다. 아무래도 이 상태로 장을 더 보는 건 무리이지 싶다. 일단 지금까지 산 것들은 집에 갖다둔 후 다시 한 번 나오기로 결정한 그녀는 집으로 방향을 틀었다.

끙끙거리며 좁은 골목을 오르는데 뒤에서 경적 소리가 들려왔다. 차가 피해갈 수 있게 영진이 옆으로 비켜섰지만 차는 그냥 지나치는 대신 그녀의 곁에 멈춰 섰다.

"한영진."

놀라서 고개를 돌리니 상헌의 얼굴이 눈에 들어왔다.

"시, 실장님, 여기는 어쩐 일이세요?"

"일단 타라."

"……네."

뒷좌석에 장바구니를 싣고 조수석에 오르자 상헌이 그녀를 힐끔 쳐다보았다.

"벌써 장 다 본 거야?"

"아뇨. 그런데 무슨 일로……."

"오늘이 돌아가신 어머니 제삿날이잖아. 혼자서 준비하기 힘들 것 같아서 도와주러 왔다."

잠시 머리가 멍해졌다. 한참 후에 그녀가 꺼낸 말은 지극히 당연한 질문이었다.

"왜요?"

"말했잖아. 혼자 힘들 것 같아서 왔다고."

"……."

그 말이면 모두 설명이 된다는 듯 상헌은 더 이상 아무런 설명도 없었다.

차가 빌라 주차장에 멈춰 서자 영진은 서둘러 차에서 내려섰다.

"놔둬. 내가 들 테니까."

미처 그녀가 장바구니를 집어 올리기도 전에 상헌이 먼저 손을 뻗었다.

"괜찮아요."

"이건 내가 들 테니까 넌 저거나 들어라."

그가 가리키는 곳을 보니 작은 종이 가방에 든 청주 세트가 보였다.

"이거, 실장님이 사신 거예요?"

"음. 제사 때 쓰잖아. 들어가자."

영진은 고개를 갸웃하며 청주 세트를 집어 들었다. 며칠 못 본 사이 상헌이 달라졌다. 연락도 없이 그녀를 돕겠다며 찾아온 건 분명 고마운 일이지만 평상시 그답지 않아 혼란스러워졌다.

"아직 장 더 봐야 한다고 했지?"

집에 들어서서 장바구니를 내려놓은 상헌이 물었다.

"네. 들어오세요. 커피 드릴까요?"

"아니, 곧바로 나가자. 장 봐서 제사 음식 준비하려면 시간이 빠듯할 것 같은데."

상헌의 재촉에 영진은 빈 장바구니를 챙겨 들고 조금 전 들렀던 재래시장으로 향했다. 그녀가 물건을 사면 상헌은 당연하다는 듯 봉지에 담긴 물건을 받아 들었다. 한 시간가량 시장을 더 돌며 남은 장거리들을 사고 나서 두 사람은 나란히 걸어서 빌라로 돌아왔다.

"힘드셨죠? 앉아 계세요. 시원한 주스 드릴게요."

"그래."

장바구니를 식탁 위에 내려놓은 후 상헌은 거실로 나가 자리를 잡고 앉았다. 오렌지 주스를 따라서 거실로 나가며 영진이 그에게 물었다.

"오늘 출근 안 하셨어요?"

"아니, 출근했다 일찍 나왔어. 여행은 즐거웠어?"

"네."

"그랬구나."

상헌은 담담한 눈빛으로 영진을 바라보았다.

"어떻게 아셨어요, 오늘이 엄마 제사라는 거?"

"삼 년 전부터 알고 있었어. 네가 어느 날 갑자기 소리 소문 없이 사라지면 그맘때가 너희 어머니 제삿날이었잖아. 자연스럽게 알게 되더라. 그런데 다른 친척들은 안 와?"

제삿날인데도 불구하고 너무 조용한 게 이상했나 보다.

"이 년 전부터 저 혼자서 지내요."

"왜? 힘들잖아. 혼자 준비하고 또 어머니에 대한 기억 떠올리는 거."

"그냥, 혼자서 지내고 싶었어요. 제사 지내러 올 때마다 반복되는 친지들의 안쓰러운 시선도 불편했고, 그분들이 아무렇지도 않게 꺼내는 엄마에 대한 이야기를 듣는 것도 싫었어요. 적어도 오늘 하루쯤은 엄마에 대한 좋은 기억들만 떠올리고 싶은데 그분들이 오시면 그게 안 되니까. 그래서 고집을 부렸어요. 엄마도 그걸 원할 것 같아서."

그녀의 마음을 이해했는지 상헌은 묵묵히 고개를 끄덕였다.

"영진아."

"네."

"너무 강해 보이려 하지 마. 그건 진짜 강한 게 아니다. 스스로 단단해 보이려고만 애쓰면 너만 더 힘들어져. 힘에 부치게 강한 척하는 거, 결국 스스로를 병들게 하는 최악의 오만이야. 자신이 약한 존재라는 걸 인정한 후에야 비로소 강해질 수 있는 거다. 힘들면 힘들다고 말하고, 도움을 청해. 그렇게 혼자서 다 감당하려 하지 말고."

"아직까지는 견딜 만해요."

"후훗, 네가 그렇게 대답할 줄 알았다. 나라도 그랬을 테니까."

쓸쓸한 미소를 머금고 그는 작게 고개를 저었다.

"언제라도 힘들면 말해. 네 넋두리 못 들어줄 만큼 우리 사이가 그렇게 소원하지는 않잖아."

영진의 얼굴에 짙은 그늘이 내려앉았다. 그에게 바라는 건 이런 식의 동정이 아니었다. 그의 가슴속에 온전히 녹아들고 싶은 열망이 강했을 뿐, 안쓰러워 내미는 손길을 바란 건 절대 아니었다.

예전이었다면 그가 보여주는 이런 식의 동정심에도 감격하며 고마워했을 것이다. 하지만 지금은 그것만으로는 부족했다. 그를 향한 열망이 커진 만큼 욕심도 커졌다. 이제 조금은 달라져도 될 텐데, 이제는 그만 애처로운 그녀의 마음을 못 이기는 척 받아줄 수도 있을 텐데.

"널 동정하는 게 아니야. 누구한테도 힘들다는 내색하지 않는 네가 걱정이 돼. 그런 면에서 너하고 나는 닮은 점이 많잖아. 그게 얼마나 고통스러운지 알고 있기 때문에 너라도 좀 편해졌으면 해서 한 말이야. 곡해하지 마."

마치 그녀의 마음속을 고스란히 들여다보고 있는 것처럼 그가 말을 했다.

"고마워요. 힘들면, 정말 못 견딜 정도로 힘들면 실장님한테 도움 청할게요."

"그래. 음식 준비해야지? 내가 있어봤자 거치적거리기만 할 테니 그만 가보마."

"네. 도와주셔서 감사합니다."

"월요일엔 출근하는 거지?"

"네."

"그럼 그때 보자."

상헌은 자리에서 일어나 곧장 현관으로 향했다.

"밤에 문단속 잘해라. 오면서 보니까 은근히 외지더라."

신발을 챙겨 신고 막 현관문 손잡이를 잡으려던 상헌이 갑자기 뒤를 돌아보았다.

"영진아."

"네?"

"자신의 욕심만 챙기는 이기적인 인간이 나쁠까, 아니면 남들로부터 비난받을까 봐 억지로 감정을 숨기는 비겁한 인간이 더 나쁠까?"

"그게 무슨……."

"……아니다. 갈게."

알쏭달쏭한 말을 남기고 상헌은 집을 나섰다.

'이기적인 인간?'

영진은 고개를 갸웃하며 돌아섰다. 이기적이든 비겁하든 나쁜 건 마찬가지였다. 하지만 제일 나쁜 건 다른 사람의 절절한 감정을 뻔히 알고 있으면서도 끝내 외면하는 옹졸한 사람이었다. 바로 이상헌, 그처럼.

물방울이 똑똑 떨어지는 머리칼을 수건으로 두드려 말리며 영진은 멍하니 거울을 바라보았다. 오늘부터는 달라져야 한다고 어제 잠들기 전 단단히 각오를 했었다. 언제까지 바보처럼 상헌의 뒷모습만 바라보고 싶지는 않았다. 예전에는 그저 뒷모습을 바라볼 수 있는 것만으로도 충분하다는 생각을 했었지만 이젠 그것만으로는 부족했다. 그를 향한 마음이 커지면 커질수록 공허함 역시 커졌고, 더 이상 사막처럼 팍팍한 가슴으로 살고 싶진 않았다.

"그래서 어쩔 건데?"

무심히 흘린 자문에 영진의 얼굴이 금세 어두워졌다. 호기롭게 '나 실장님 좋아해요'라고 고백할 주변머리도 없으면서 도대체 뭘 어쩌자고…….

갑갑함만 깊어지는 한숨을 또 내쉬며 그녀는 서둘러 출근 준비를 했다. 여행이 끝나면 어떤 식으로든지 마음의 정리가 될 거라 막연히 기대했었다. 하지만 변한 건 아무것도 없었고, 엊그제 갑작스레 방문한 상헌 때문에 혼란함만 더 커졌을 뿐이었다.

"나도 싫어. 이렇게 미적대는 내가 싫다고."

이른 아침부터 시작된 영진의 고민은 지하철에 올라서도 계속 이어졌다. 지하철에서 내리면 그녀는 늘 그랬던 것처럼 스위트 미팅에 들러 그의 몫인 에스프레소 마끼아또와 모카라떼를 사들고 회사로 향할 것이다. 하지만 오늘은 에스프레소 마끼아또를 사고 싶지 않았다. 상헌에게 있어 자신보다 더 깊이 각인된 듯한 에스프레소 마끼아또에게 질투심 비슷한 감정을 느끼자 또다시 허한 웃음이 터져 나왔다.

"어서 오세요. 스위트 미팅입니다."

무의식적으로 문을 열고 들어서던 영진은 현우를 바라보며 희미하게 미소를 지어 보였다.

"오랜만이네, 현우 씨."

"며칠 동안 안 보이시던데, 어디 아프셨어요? 얼굴도 좀 야윈 것 같고."

"그래? 잠을 제대로 못 자서 그런가?"

영진은 까칠한 뺨을 쓸어내렸다.

"한 기사님이 아파 보이면 제 가슴이 찢어진답니다. 어흑!"

과장되게 가슴을 쥐어뜯는 제스처를 보이는 현우 때문에 영진은 작게 웃음을 터뜨렸다. 이렇게 유머러스한 남자 친구를 가진 여자는 얼마나 행복할까.

"현우 씨 여자 친구는 너무 좋겠다. 여자 친구 앞에서도 이렇게 귀엽게 행동하지?"

"흠. 뭐, 여자 친구가 있다면야 이보다 더한 것도 해주죠. 근데 문제는 없다는 사실입니다. 이렇게 멋지구리한 나를 여자들은 왜 그냥 내버려 두는지."

"그러게."

현우의 말에 맞장구를 쳐주며 영진은 다시 고민에 빠졌다. 상헌의 커피를 사야 하는지, 말아야 하는지.

"한 기사님이라면 이 한 몸 아낌없이 불살라 줄 수 있는데."

"저런, 현우 씨 불같은 사랑을 받아주기엔 이 몸이 너무 노쇠해서 어쩌지?"

몇 마디 주고받은 농담에 재미가 붙었는지 현우는 영진에게 얼굴을 바싹 들이밀고는 의미심장하게 속삭였다.

"그럼 여동생이라도……."

"후후, 없어. 안타깝다."

"아! 나의 사랑을 받아줄 달링은 도대체 어디에 있단 말인가."

억울하다는 듯 한탄을 쏟아내던 현우는 이내 본래의 모습으로 돌아왔다.

"에스프레소 마끼아또 한 잔하고, 모카라떼죠?"

그는 영진의 대답도 듣지 않고 뒤돌아섰다.

"아니, 그냥 모카라떼 한 잔만 줘."

"네? 아……."

잠시 의아한 표정을 짓던 현우는 돌아서서 능숙하게 커피를 만들기 시작했다. 익숙한 향이 은은하게 퍼져 나가자 비로소 여행에서 돌아왔다는 실감이 났다. 이 향이 정말 많이 그리웠었다.

조금 뒤 현우가 김이 모락모락 올라오는 컵에 하얀 뚜껑을 씌워서 내밀었다.

"제 사랑을 듬뿍 담은 모카라떼 한 잔 대령입니다."

"고마워."

따스한 온기가 전해지는 종이컵을 받아 들며 영진은 살짝 미소를 지었다.

"즐거운 하루 보내, 현우 씨."

"넵. 한 기사님 생각 많이 하면서 즐거운 하루 보낼게요. 흐흐"

웃으며 돌아서던 영진은 출입문 쪽에 서 있는 상헌을 본 순간 우뚝 멈춰 섰다. 잠시 어색한 침묵이 흘렀다. 커피의 뜨거운 열기에 손바닥이 얼얼해지는 것도 모른 채 영진은 그냥 상헌을 바라보고만 있었다. 메마른 상헌의 눈길이 영진에게서 현우로, 다시 영진이 들고 있는 한 잔의 커피로 향했다. 그의 입가가 살짝 비틀렸다.

"실장님, 여긴 어쩐 일로……."

말을 하다 말고 영진은 그냥 입을 다물어 버렸다. 이런 바보 같은 질문을 하다니.

"커피가 마시고 싶어서."

나지막한 상헌의 대답에 영진은 무기력하게 고개를 끄덕였다.

"그럼 전 먼저 들어가 볼게요."

서둘러 인사를 하고 상헌을 지나쳐 가는데 그가 그녀의 앞을 막아섰다. 놀라서 위를 올려다보니 그는 그녀의 손에 들린 종이컵을 내려다보고 있었다.

"넌 무슨 커피야?"

"네?"

"네가 마시는 커피, 이름이 뭐냐고."

"모카라떼예요."

"모카라떼? 음, 알았어. 먼저 들어가라."

상헌은 그녀가 지나갈 수 있게 길을 터주고 시원스런 걸음걸이로 현우가 서 있는 카운터로 향했다. 뭐에 쫓기는 사람처럼 영진은 서둘러 스위트 미팅을 빠져나왔다. 손바닥을 얼얼하게 했던 열기가 머리 위까지 올라왔는지 얼굴이 지나치게 화끈거렸다.

오늘 아침 그의 커피를 사지 않은 건 유치한 반항 심리 같은 것이었다. 기껏 자신을 커피나 사다 주는 사람쯤으로 여겼다는 게 속이 상해 일부러 그의 커피는 사지 않았다. 그런데 그녀가 커피를 사 오지 않을 거라는 걸 미리 안 것처럼 상헌이 직접 스위트 미팅에 들렀다. 어쩌면 막연히 그녀가 느끼고 있는 언짢음을 그 역시 느꼈던 것일까.

비어 있는 한 손이 허전해 그녀는 괜히 목에 걸린 MP3를 만지작거리며 회사로 향했다.

두꺼운 유리문을 열고 사무실로 들어서며 영진은 미리 와 있던 직원들에게 아침 인사를 건넸다.

"좋은 아침입니다."

"어? 한 기사, 잘 다녀왔어?"

"네."

"너무 갑작스럽게 휴가를 떠나서 우리 다 엄청 놀란 거 알지?"

"죄송해요. 어쩌다 보니 그렇게 됐어요."

사무실 직원들과 수선스럽게 아침 인사를 끝내고 나서 영진은 책상 위에 커피를 내려놓았다.

"왔나?"

"응. 윤 대리 덕분에 편히 쉬다 왔어."

"다행이네. 실컷 놀다온 기념으로 오늘부터 죽도록 일해야지?"

"그래야지."

경일의 예언대로 일주일의 공백으로 인한 후유증은 영진을 몹시 바쁘게 만들었다. 상헌의 지시로 새롭게 수주 받은 근린시설의 도면 작업에 몰두하다 보니 어느새 퇴근 시간이 가까워졌다.

〈퇴근하고 한 잔 할래?〉

메신저로 온 경일의 메시지를 보며 영진은 얕게 한숨을 내쉬었다.

〈안 돼. 오늘 밤 꼬박 새워야 할 것 같아.〉
〈왜? 한일빌딩 건 때문에?〉
〈응. (ㅜ_ㅜ)〉
〈(ㅜ_ㅜ)/~ 안타깝다. 수고해라, 친구!〉

눈을 들어 경일을 바라보자 그는 안됐다는 듯이 코를 살짝 찡그리며 미소를 지었다. 손을 들어 힘없이 흔들어주고 나서 영진은 다시 도면으로 시선을 돌렸다. 출근하자마자 숨 쉴 틈도 없이 일을 처리했는데도 아직 남은 일이 책상을 가득 점령한 채 그녀의 손길을 기다리고 있었다.

직원들이 하나둘씩 퇴근 준비를 하는 모습이 보였다. 오늘은 영락없이 혼자서 야근을 해야 할 듯하다. 그나마 밤샘 작업으로 며칠의 공백을 메울 수 있으면 좋으련만 지금으로 봐서는 그것조차 장담할 수 없었다.

"한 기사, 수고해."

"네. 수고하셨어요."

"내일 봅시다."

퇴근하는 직원들에게 일일이 인사를 하고 나자 어느새 사무실에 혼자만 덩그러니 남겨졌다.

"도시락이라도 시켜 먹을까?"

야근을 하려면 배라도 든든히 채워둬야 할 것 같아 영진은 음식점 광고지들을 모아놓은 작은 통을 집어 들었다. 도시락집의 광고지를 찾아 뒤적거리던 그녀는 문이 열리는 소리에 고개를 치켜들었다. 거래처에 외근을 나갔던 상헌이 다시 사무실로 들어오는 참이었다. 그는 영진을 바라보다 의아한 표정을 지었다.

"아직 퇴근 안 했어?"

"네. 일이 좀 남아서요."

상헌은 영진의 책상 위에 어지럽게 흩어져 있는 도면을 보고는 고개를 끄덕였다.

"그럼 일해라. 나도 일이 좀 남았거든."

"네."

상헌이 실장실로 들어가고 나자 영진은 광고지가 들어 있는 통을 슬며시 내려놓았다. 혼자서 도시락을 시켜 먹기도 뭐했고,

그렇다고 상헌에게 같이 도시락을 먹자고 권하기도 어색했다. 텅 빈 사무실에서 상헌과 단둘이 마주앉아 밥을 먹느니 차라리 굶는 편이 나으리라.

"그냥 나중에 시켜 먹어야겠다."

영진은 펼쳐 놓았던 도면을 들고 다시금 일에 빠져들었다. 한 번 집중하면 시간이 어떻게 가는지도 모르게 빠져드는 체질이라 상헌이 실장실 문을 열고 그녀를 부르기까지 영진은 손에서 일을 놓지 못했다.

"한 기사, 아직 저녁 전이지?"

"네."

"간단히 저녁 시켜 먹자. 아무래도 나도 일이 금방 끝날 것 같지가 않네."

"실장님이 드실 만한 게 별로 없을 텐데……."

"간편하게 먹을 수 있는 거면 돼."

"알겠습니다."

상헌이 다시 문을 닫고 들어가자 영진은 내려놓았던 광고지를 다시 뒤적이기 시작했다. 도시락 종류가 적혀 있는 부분을 읽어 내리다 말고 그녀는 쿡쿡거리며 웃었다. 요즘엔 뭐든 평범한 게 없다더니 메뉴에 적힌 이름들이 상당히 독특했다.

〈1. 마티즈 도시락.〉

〈2. 아반떼 도시락.〉

〈3. 에쿠스 도시락.〉

〈4. BMW 도시락.〉

기타 등등……. 차 종류에 따라서 반찬의 가짓수도 달라졌다. 마티즈는 반찬 세 가지와 하얀 쌀밥이었고, 아반떼는 네 가지 반찬과 잡곡밥, 에쿠스는 다섯 가지 반찬과 국, 그리고 잡곡밥, 제일 비싼 BMW 도시락은 고기를 포함한 일곱 가지 반찬과 국, 잡곡밥, 그리고 디저트로 캔 커피까지 포함되어 있었다.

"그래도 국산차를 애용해야지."

영진은 전화를 해 에쿠스 도시락 두 개를 주문하고는 실장실을 힐끗 쳐다보았다.

"인심 쓰는 척하고 실장님은 BMW로 주문해 줄 걸 그랬나?"

자신이 반짝거리는 진짜 BMW를 사서 상헌에게 선물로 주며 '넌 이제 내 거야'라고 거들먹거리는 모습을 연상하던 그녀는 픽하고 웃음을 터뜨렸다.

"이젠 별 이상한 상상까지 하고 그러네. 쯧쯧."

스스로를 타박하며 영진은 다시 도면을 집어 들었다.

삼십 분 뒤 주문했던 도시락이 배달되자 그녀는 회의 때 쓰는 둥근 테이블 위에 도시락을 올려놓고 실장실 문을 가볍게 두드렸다.

"실장님, 도시락 왔어요."

조금 있자 상헌이 문을 열고 나왔다. 넥타이 없이 셔츠 단추를 두어 개쯤 풀어 내린 그의 모습은 조금 낯설었다. 그는 늘 단정한 옷차림에 빈틈없이 단단한 얼굴을 한 사람이었다. 인간미가 느껴질 만한 허술함이 전혀 없는, 그래서 다가서기 망설여지는 그런 사람.

"빨리 배달됐네."

상헌은 의자에 앉아서 목덜미를 손으로 주무르며 고개를 이리저리 비틀었다. 피곤이 잔뜩 묻어나는 그의 모습에 안쓰러움이 새록새록 솟아났다.

"앉아라. 먹자."

"네."

그는 도시락 뚜껑 위에 새겨진 에쿠스란 이름을 보더니 피식 웃었다.

"도시락 이름 한번 거창하네."

"그렇죠? 저도 아까 도시락 이름 보고 웃었는데."

"일 많이 남았어?"

"조금요. 실장님은요?"

"난 거의 끝났어."

고개를 끄덕이고 영진은 나무젓가락을 꺼내 반으로 나누었다. 가지런히 나눠진 젓가락을 상헌에게 건네자 그는 멍하니 젓가락을 바라보기만 했다.

"실장님, 젓가락……."

"너 동생 없다고 했지?"

"네."

"근데 꼭 동생 서너 명 둔 누나처럼 행동하네. 동생 챙기듯이 이것저것 챙기는 거 보니까 내가 꼭 코흘리개 꼬마가 된 것 같다."

상헌은 젓가락을 받아 들며 또 웃었다. 그가 이렇게 자주 웃는 사람인지 몰랐다. 두 사람만 남겨진 늦은 저녁 시간에 그가 보여주는 이런 미소는 깨기 싫은 단꿈처럼 영진을 혼란스럽게 했다. 혹시 그도 날 조금은 의식하고 있지 않을까, 나한테만 이런 미소를 보여주는 건 아닐까.

"얼른 먹어. 다 식겠다."

"네."

영진은 부지런히 젓가락을 놀렸다. 그와 마주 앉아서 밥을 먹는 게 불편하기도 했지만, 오붓하게 단둘만의 시간을 보낸다는 것에 조금 흥분도 됐다. 상헌을 흘낏 쳐다보자 그는 별로 입맛이 없는지 먹는 게 영 시원찮았다.

"별로 맛이 없어요? 다른 걸 시킬 걸 그랬나?"

"아냐. 요즘 입맛이 좀 없어서 그래. 아무래도 그만 먹어야겠다. 나 잠깐 나갔다 올 테니까 천천히 먹어라."

채 반도 비워지지 않은 도시락을 놔두고 상헌은 밖으로 나가버렸다. 맛있다고 여겼던 도시락이 이젠 아무 맛도 느껴지지 않는 무미건조한 음식물로 변하고 말았다. 그래도 영진은 의무적으로 도시락을 비워냈다. 음식을 남기는 건 벌 받을 일이라고 늘 버릇처럼 얘기하시던 아버지에게 세뇌가 되었는지 어지간해서는 자신의 몫으로 주어진 음식을 남기질 못했다.

영진은 꾸역꾸역 도시락 하나를 다 비워내고 나서 테이블을 말끔하게 치우고 화장실로 향했다. 개운하게 양치를 끝내고 사무실로 돌아오자 언제 왔는지 상헌이 아까 앉았던 자리에 앉아 있었다.

"커피 마셔."

그가 가리키는 곳을 보니 매일 아침 그녀가 사가지고 왔던 스위트 미팅의 로고가 새겨진 종이컵 하나가 턱하니 테이블 위에 놓여 있었다.

"모카라떼로 사가지고 왔어."

"커피 사러 나가셨던 거예요?"

"담배도 피울 겸해서. 조금 쉬었다 일해도 되지?"

"네."

영진은 종이컵을 들어올려 익숙한 커피 향을 음미했다. 오늘따라 유난히 커피 향이 짙었다.

이런 사소한 친절에 과도한 희망을 품지 말자고 그렇게 다짐을 했으면서도 어리석은 마음은 또다시 그의 행동에 뭔가 특별한 의미를 부여하고 싶어했다. 그녀가 좋아하는 커피가 뭔지를 묻고, 그 커피를 손수 사들고 오는 그 단순한 행동조차도 모두 의미가 내포되어 있을 거라고……

"영진아."

"네?"

회사에서는 어지간해서는 이름을 부른 적 없던 그가 무슨 생각에서인지 그녀의 이름을 불렀다.

"제사는 잘 지냈어?"

"네, 덕분에요."

그러지 않으려고 하는데 이상하게도 상헌과의 대화는 늘 단답형으로 끝나 버렸다. 뭔가 대화를 이어갈 만한 여지를 남겨두는 대답을 했어야 했는데. 바보!

상헌은 생각에 잠긴 눈빛으로 영진을 바라보다 조심스럽게 말을 꺼냈다.

"떠나고 싶어서 떠난 사람은 그냥 잊어주는 게 좋은 것 같다. 내가 미련이 남는다고 내내 마음속에 잡아두고 있는 건 떠난 사람에게도, 그리고 내 자신에게도 못할 짓이란 생각이 들어."

"……"

"주제넘은 소리인지는 모르겠다만 돌아가신 어머니 너무 원망하지 마라. 많이 힘들어서, 남편이 떠난 자리를 온전히 지켜낼 자신이 없어서 아예 삶을 포기해 버리신 걸 거야. 나이가 들수록 자식보다는 반려자에 대한 의존도가 더 높아진다고 하잖아. 극단적인 방법이긴 했지만 난 조금은 이해할 수 있을 것 같은데."

갑자기 심각해진 분위기에 영진은 말없이 커피만 홀짝였다. 자신이 엄마를 원망하고 있다는 생각은 하지 않았다. 그저 너무 쉽게 삶을 포기해 버렸기에 안타깝고 안쓰럽다 여겼을 뿐이다. 하지만 가끔씩 외로움에 지칠 때면 원망의 마음이 울컥 불거질 때도 있긴 했다.

"부모자식 간의 정도 깊긴 하지만, 애틋하기로 따지자면 부부 간의 정이 더하지 않을까 싶다. 혈육의 정이야 어쩔 수 없는 피의 당김에서 연유한 거고, 부부 간의 인연이란 건 순전히 자신의 의지로 만들어낸 거니까. 애초에 가족이 아닌 전혀 별개의 사람을 내 가족으로 만드는 게 결혼이잖니. 그게 혈육의 정보다 못하지는 않겠지."

"원망 많이 안 했어요. 그냥, 엄마가 많이 외로웠구나, 내가 엄마를 위로해 주지 못해서 그렇게 되신 건 아닌지 그런 마음 때문에 조금 힘이 들 뿐이죠."

막상 말을 하고 나니 엄마에게 또 미안한 마음이 들었다. 아버지의 죽음으로 힘들어하던 엄마에게 곧 괜찮아질 거라는 무책임한 말만 내뱉었던 자신의 무신경함이 후회스러웠다. 어쩌면 엄마의 절망 속엔 하나뿐인 딸자식의 무심함도 포함되어 있지 않았을까 하는 생각이 불쑥 들었다.

"참 많이 어른스러워졌네. 예전에는 마냥 어린애처럼 보였는데."

상헌은 대견하다는 듯이 영진을 바라보았다. 늘 그렇듯 아이를 바라보는 듯한 눈길. 그의 그런 눈빛이 싫었다. 언제나 넌 내 후배일 뿐이고, 넌 내게 여자로서의 의미를 가지진 못한다고 그가 주지시키는 것 같았다. 또다시 그 앞에서 주눅이 드는 것 같아 영진은 처음으로 마음속에 있던 말을 두 번 생각하지 않고 툭 내던졌다.

"실장님은 현경 언니 완전히 보내준 거예요?"

상헌이 잠시 멈칫했다. 작은 고뇌의 여울이 얼굴을 스치고 지나간 후 그는 곧 씁쓸한 표정으로 중얼거렸다.

"보내줘야지. 그게 서로에게 최선이니까."

"보내주고 싶지 않으셨잖아요."

"내가? 왜 그렇게 생각해?"

조금 흐려진 상헌의 눈길이 영진의 얼굴에 와 꽂혔다.

"……그냥요. 지금도 힘들어하시니까."

"후훗."

상헌은 의미가 모호한 미소를 지어 보였다.

"네가 생각하고 있는 것처럼 헤어진 것에 미련이 남아서가 아니야. 현경이와의 관계를 예전처럼 회복할 수 없을 거라는 확신이 들어서 헤어졌고, 그게 현명한 결정이었다는 생각은 지금도 변함없어. 단지 내가 안타까워하는 건, 그런 결과가 올 수밖에 없었던 과정에 대한 씁쓸함이야. 무조건 같이만 있으면 행복할 줄 알았지. 가슴 깊숙이 새겨진 상처 같은 건 아무렇지도 않게 치유할 수 있다고 그렇게 과신했었다. 근데 그건 사랑에 대한 과도한 맹신이었어. 서로의 얼굴을 보면서 지난 상처를 헤집을 수도 있다는 걸 미처 예상하지 못한 결과였지."

그는 영진이 이해할 수 없는 말을 조용히 읊조렸다. 그의 육
신은 이곳에 있지만 영혼은 유체이탈을 해서 보이지 않는 어떤
곳을 헤매고 있는 듯한 몽환적인 느낌이 들었다. 얼른 이곳으로
데려오지 않으면 영원히 사라져 버릴 것 같은 불안함에 영진은
두서없이 말을 늘어놓았다.

　"참 보기 좋았어요. 실장님하고 현경 언니요. 너무 잘 어울리
는 사람들이라서 은근히 질투하는 사람도 많았는데."

　"너도 그 사람들 중에 하나였니?"

　영진은 대답없이 상헌을 바라보다 쑥스러운 미소를 지으며
고개를 끄덕였다.

　"맞아요. 저도 질투했어요."

　"우리가 공공의 적이었구나."

　"그만큼 보기 좋았어요, 두 분 사랑하는 모습이."

　"그랬군."

　시큰둥하게 대꾸하고 상헌은 약하게 한숨을 뱉어냈다.

　솔직히 이런 주제를 가지고 대화를 나누는 게 영진으로서도
유쾌한 건 아니었다. 하지만 언제고 한 번쯤은 확인해 보고 싶
었다. 그의 본심이 어떤 건지.

　상헌이 이혼을 한 후에도 선뜻 그에게 다가서지 못한 건, 여
태껏 그가 현경을 놓아주지 못한 것 같아서였다. 하지만 그의
손가락에서 반지가 사라진 걸 알게 된 후엔 어쩌면 이제는 그의
마음속에 자신이 들어갈 자리가 조금은 비어 있지 않을까 하는

가느다란 희망이 생겨났다. 어쩌면 가능하지 않을까?

'어쩌면, 정말 어쩌면……'

영진은 초조한 심정으로 종이컵을 만지작거렸다.

"우리 만난 지 올해로 십 년째인가?"

"네?"

복잡한 생각에 사로잡혀 있던 영진은 멍한 눈으로 그를 바라보았다.

"우리 만난 거 말이야. 벌써 십 년째 접어들지?"

"아, 네."

"벌써 그렇게 됐구나. 너 처음 본 날 생각난다. 눈도 제대로 맞추지 못하고 얼마나 수줍어하든지, 태진이가 너 귀엽다고 난리였어."

"그래요?"

"응. 태진이도 그렇고 나도 그렇고 여동생이 없잖아. 그래서 아마 네가 더 눈에 들어왔는지도 모르겠다."

여동생. 또다시 원점이다. 이젠 후배도 모자라 여동생이라……. 마치 상헌이 자신의 생각이 뻗어가고 있는 방향을 주시하고 있다 경계선을 넘지 못하게 적절히 제재를 가하는 것 같아 화가 났다.

"실장님, 제가 아직도 마냥 어리게만 보이세요? 저도 이제 스물일곱 살이에요. 누구에게 귀엽다는 말 듣고 좋아할 나이는 아닌 것 같은데요."

영진이 정색을 하며 말하자 상헌은 쓴웃음을 지었다.

"후훗, 그래. 이젠 어엿한 여자가 됐지."

"제가…… 여자로 보이긴 하세요?"

"……."

상헌은 대답없이 영진을 물끄러미 바라보기만 했다. 그러다 흐릿한 미소를 지으며 손가락으로 테이블을 톡톡 두드렸다. 어떤 대답을 해야 할지 망설이는 것처럼.

마치 피아노를 연주하듯 그는 일정한 박자로 손가락을 움직였다. 그 박자에 맞춰 영진의 가슴도 쿵쾅거리며 뛰었다. 마음속에 꼭꼭 재워두었던 그를 향한 열망이 허락도 없이 불쑥 뛰쳐나오려 했다. 어쩌면 지금이 기회가 아닐까 하는 생각이 듦과 동시에 그녀는 그만 마음속에 있던 말을 상헌에게 쏟아내 버렸다. 간절한 마음을 감추고 겁쟁이처럼 웅크리는 일은 더 이상 하고 싶지 않았다.

"저…… 실장님 좋아해요."

상헌의 손가락이 공중에서 딱 멈췄다. 그리고 한참 동안 침묵이 흘렀다. 영진은 불안하게 입술을 잘근거리며 상헌이 무슨 말이든 해주길 기다렸다. 최대한 용기를 끌어내서 좋아한다는 말을 해놓고 나니 머릿속이 텅 비어버린 것처럼 아무런 생각도 나질 않았다.

침묵의 시간이 길어질수록 영진의 머릿속은 온통 뒤죽박죽이 되어버렸다.

'어떡해. 괜한 소리를 해버렸어. 나 진짜 어떡해.'

얼굴이 화끈거리고 숨이 턱까지 차 올랐다. 아무런 대답이 없는 상헌을 향해 원망 어린 눈길을 보내다 그녀는 서둘러 자리를 털고 일어섰다. 너무 창피해서 도저히 그의 얼굴을 마주 보고 있을 수가 없었다.

"저, 저 먼저 퇴근할게요."

더듬거리며 인사를 하고 돌아서는 영진에게 상헌이 착 가라앉은 목소리로 말했다.

"영진아, 잠깐 나하고 이야기 좀 하자."

"내일, 아니, 나중에 이야기해요. 전 그만 가볼게요."

시뻘겋게 달아오른 얼굴을 보이기 싫어 그녀는 의자에 놓아두었던 가방을 두서없이 챙겼다. 얼른 이 민망한 자리를 벗어나야겠다는 조급한 마음 때문인지 자꾸만 손이 엇나갔다.

"지갑을 어디다 뒀더라. 어디 있는 거야, 도대체."

난감하게 중얼거리며 서랍을 뒤적이는데 어느새 다가온 상헌이 바쁘게 움직이던 그녀의 손목을 가만히 움켜잡았다. 그리고 책상 한 편에 얌전히 놓여 있는 검은색 지갑으로 영진의 손을 이끌었다.

"지갑, 여기 있잖아."

아무 일도 없었다는 듯 너무나 평온한 그의 음성에 그만 눈물이 뿌옇게 차 올랐다.

"……진짜 너무해."

누구에게 하는 원망인지도 모를 말을 중얼거리며 영진은 힘없이 의자에 털썩 주저앉아 버렸다.

시간이 얼마나 흘렀는지 모르겠다. 그냥 이대로 땅으로 푹 꺼져 버렸으면 좋겠다는 생각을 하며 영진은 물기가 그렁그렁하게 맺힌 눈을 쓱쓱 비볐다. 창피하고 속상한 마음에 눈 화장이 번지는 것도 신경이 쓰이지 않았다. 연거푸 눈을 비비는데 상헌이 티슈 한 장을 뽑아서 내밀었다.

"그러다 판다 곰처럼 되겠다."

딴에는 우스갯소리라고 한 말인 듯한데 하나도 재밌지 않았다. 오히려 너무나 침착한 그의 음성에 원망의 마음만 보글보글 끓어올랐다. 이상의 날개라는 소설에서처럼 겨드랑이 밑에서 갑자기 날개가 솟아서 상헌의 시선이 닿지 않는 까마득한 하늘로 두둥실 떠오를 수 있으면 좋을 텐데.

영진은 깊은 한숨을 내쉰 후 우두커니 서서 혼란스러운 눈빛으로 자신을 보고 있는 상헌을 올려다보았다.

"제 말에 너무 신경 쓰지 마세요. 그냥, 한 번쯤은 말해보고 싶었어요. 그러니까……."

"가자. 데려다 줄게."

그녀의 말을 단박에 잘라 버리고 상헌은 뒤돌아섰다. 영진의 얼굴이 먹구름이 잔뜩 낀 하늘처럼 흐려졌다. 역시 괜한 짓을 했나 보다. 이젠 마음 편하게 상헌의 얼굴을 바라볼 수조차 없게 되어버렸다. 절망감에 가슴이 바람 빠진 풍선처럼 한껏 쪼그라들었다.

실장실로 막 들어서던 상헌이 다시 뒤를 돌아보았다. 그리고 잠시 머뭇거리다 지나가는 말처럼 중얼거렸다.

"전에 우연히 들렀던 카페가 있는데 분위기가 꽤 괜찮더라. 너 시간 되면 잠깐 들렀다 갔으면 좋겠는데."

"……."

"너도 그렇고 나도 그렇고 이대로 집에 들어가면 밤새 뒤척일 것 같다. 나야 상관없지만 너까지 그런 고생 시키고 싶진 않아. 잠시 들렀다 가자."

상헌은 그녀의 대답을 듣지 않고 곧장 실장실로 들어갔다. 영진은 그가 남긴 말의 여운을 야금야금 곱씹었다. 그러나 조금 전의 충동적인 고백으로 이성으로 가는 길이 완전히 차단되어 버렸는지 머릿속이 백짓장처럼 하얘졌다.

"나가자."

어느새 옷을 챙겨 입은 상헌이 반듯한 모습으로 실장실에서 나왔다. 영진이 가방을 챙겨 들자 그는 환하게 켜져 있던 사무실의 불을 끄고 마지막으로 경비시스템을 작동시킨 후 먼저 사무실을 나섰다.

주차장으로 가기 위해 계단을 내려가며 영진은 착잡한 심정으로 상헌의 옆선을 바라보았다. 그가 무슨 생각을 하고 있는지 알 수 있으면 좋겠는데 평온한 그의 얼굴에서는 어떤 감정의 변화도 읽어낼 수가 없었다.

주차해 두었던 차에 가까워지자 상헌은 조수석 쪽으로 가 차문을 열었다.

"타라."

영진이 차에 오르자 그는 문을 닫고 빙 돌아서 운전석에 올랐다. 시동을 걸자 오디오에서 귀에 익은 음악이 흘러나왔다. 평상시였다면 좋아하는 음악에 온전히 귀를 맡길 수 있었을 테지만, 지금은 그럴 만한 여유가 없었다. 그저 숨 막히게 고요한 차 안의 공기를 음악이 완화시켜 주고 있다는 데 감사할 뿐이었다.

차에 타서도 상헌은 별말이 없었다. 뭔가 깊은 생각에 빠진 듯 가끔 작게 한숨을 내쉬기도 하고, 불안스럽게 핸들을 손가락으로 탁탁 두드리기도 했다. 그 역시 몹시 혼란스러워한다는 걸 느낄 수 있었다.

"죄송해요. 제가 괜한 말을 해서……."

"조금 있다 얘기하자. 일단 내 얘기부터 듣고 난 후에 다시 이야기해."

그는 담담한 음성으로 말한 후 다시 굳게 입을 다물었다. 몇 개의 교차로를 지나 언젠가 영진도 스쳐 가며 본 적이 있던 카페 앞에서 차가 멈춰 섰다. 차에서 내려선 두 사람은 아늑해 보이는 카페 안으로 나란히 들어섰다. 구석진 테이블에 자리를 잡고 앉자 종업원이 메뉴판을 들고 다가왔다.

"주문하시겠습니까?"

"난 진토닉, 너는?"

"저두요."

"알겠습니다."

종업원이 가고 나자 상헌은 영진을 물끄러미 바라보았다. 민망할 정도로 뚫어지게 자신을 보는 상헌 때문에 시선을 어디다 둬야 할지 몰라 난감했다. 상헌 앞에서 좀 당당한 모습을 보여주고 싶은데 하루아침에 그게 될 리 만무했다.

"영진아."

어둡게 가라앉은 상헌의 부름에 영진은 비로소 고개를 들어 그를 똑바로 쳐다보았다. 고해성사를 앞둔 사람처럼 상헌의 얼굴엔 긴장감마저 감돌았다.

"네가 보는 내 모습이 어떤지 모르겠지만 난 참 많이 허술하고 못된 사람이야. 누구를 배려할 줄도 모르고 뭐든지 내가 편한 쪽으로만 생각하는 이기적인 놈이지."

"……."

"그런 날 네가 왜 좋아하는지 모르겠다. 나같이 보잘것없는 사람을 왜 네가……."

"저한테는 전혀 나쁜 사람 아니에요. 제가 본 실장님은, 아니, 선배는 참 좋은 사람이거든요. 무뚝뚝하고 가끔 냉정해 보이기는 해도 선배한테서는 온기가 느껴져요. 마음속에 있는 걸 제대로 표현하는 방법을 몰라서 무심해 보일 뿐이잖아요."

상헌은 헛헛한 미소를 지으며 동의할 수 없다는 듯 고개를 절레절레 저었다.

"넌 무조건 좋게만 보려고 하니까 그렇게 보이는 거야. 너만 날 그렇게 보지 다른 사람은 안 그래."

"아뇨, 그렇지 않아요."

떼를 쓰는 아이처럼 영진이 단호하게 내뱉자 그는 깊은 한숨을 내쉬었다.

"만약 내가 네 말처럼 좋은 사람이었다면 이혼 같은 거 애초에 하지 않았을 거야. 아니, 못했을 거다. 난 현경일 그렇게 힘들게 하면 안 됐고, 그 애가 원하는 것이라면 뭐든지 해줬어야 했어. 내가 아닌 다른 사람의 온기를 갈구하기 전에 내가 현경이의 허전함을 달래줬어야 했는데 난 그걸 외면했다. 일이 바쁘다는 핑계로, 또 성격이 원래 다정하지 못하다는 이유를 내세워서 늘 내가 편한 쪽으로만 고집을 부렸어. 그 결과로 현경이는 나 아닌 다른 사람을 바라보게 된 것이고."

"그럼, 현경 언니한테 다른 남자가 생겨서 이혼하신 거예요?"

뭔가 심각한 문제가 있어서 이혼을 했으리라는 짐작은 했지만 이건 전혀 예상치 못한 말이었다. 너무 사이 좋은 커플이어서, 두 사람 사이에 끼어든다는 건 계란으로 바위 치기만큼 무모해 보여서 그냥 포기해 버렸는데 현경이 다른 사람을 사랑하게 됐다니……. 마치 자신이 배신을 당한 것처럼 심한 충격이 밀려왔다.

"다른 남자가 생겨서 이혼을 했다……. 그게 정확한 표현인지 모르겠다. 어쩌면 남들 눈에는 그렇게 보일 수도 있겠지. 하지만 근본적인 문제는 그게 아니었어. 이혼서류에 도장을 찍는 그 순간에도 난 내가 왜 이런 일을 겪고 있는지 이유를 몰랐어. 인정하고 싶지 않았다. 내가 이혼을 했다는 사실을. 자꾸 왜라는 의문이 들었으니까. 왜 나를 떠나려고 할까? 왜 나 아닌 다른 사람을 사랑한다고 말하는 걸까? 왜 날 떠나면서 눈물조차 흘리지 않는 걸까? 그러다 어느 순간 깨달았지. 그 모든 일이 애초에 내 잘못에서 비롯됐다는 걸. 내가 얼마나 오만하고 이기적인 인간이었는지 이혼을 하고 난 후에서야 비로소 깨닫게 된 거야."

상헌은 재킷 주머니에서 담배를 꺼내 피워 물었다. 하얀 연기를 뿜어내는 그의 입가에 자조 어린 미소가 걸렸다.

"아기가…… 있었어. 현경이하고 나 사이에."

칵테일 잔을 들어올리던 영진은 놀란 눈으로 상헌을 바라보았다. 뭔가 설명을 바라는 듯한 그녀의 눈빛에 상헌은 담담한 목소리로 말을 이었다.

"내가 군복무 할 때 현경이가 자주 면회를 왔었어. 떨어져 있다 만난 아쉬움을 채우기에 급급해서 피임 문제는 아예 신경 쓰지도 못했다. 그게 얼마나 무책임한 짓이었는지도 그때는 몰랐어. 몰랐다는 게 면죄부가 되진 않겠지만."

상헌의 얼굴에 긴 고통의 그림자가 드리워졌다. 매달 면회를 오던 현경에게서 갑자기 연락이 끊겨 불안해하던 차에 마침 현경이 면회를 왔었다. 말도 못하게 핼쑥해져서 찾아온 그녀에

게 그는 왜 멋대로 연락을 끊었느냐고 다그쳤다. 내내 울기만
하던 현경은 면회를 마치고 돌아설 때가 되어서야 어렵게 입을
뗐다. 임신을 했다고, 어떻게 해야 하냐고.

갑작스러운 소식에 당황한 그는 아무 말도 못한 채 현경을 돌
려보내고 말았다. 그렇게 일주일간 고민하다 가까스로 휴가를
내어 찾아갔을 때 현경은 이미 수술을 받은 후였다. 혼자서 도
저히 감당할 수가 없어서 수술을 받았다는 말에 한편으로 허망
하고 속상해하면서도 또 한편으로는 다행이라는 생각이 들었었
다. 주사 맞는 것도 무서워하는 사람에게 그 끔찍한 수술을 받
게 하고도 그는 죄책감보다는 안도감을 먼저 느꼈던 것이다.

"결국 우린 그 아이를 포기했어. 너무 쉽게."

막막했던 그때의 기억을 떠올리며 상헌은 깊은 한숨을 뱉어
냈다.

"난 그 일을 금세 잊혀질 수 있는 사소한 아픔이라 여겼는데
현경이는 그렇지 않았던 모양이야. 결혼하자마자 빨리 아기를
갖자고 조르더라. 새로운 생명이 생기면 먼저 보내 버린 아이에
대한 죄책감을 조금이나마 덜어낼 수 있을 것 같다고 그렇게 애
원했는데, 내가 반대했다. 회사가 조금 더 안정이 되고 나서 여
유가 생긴 후에 현경이가 아기를 가지길 원했거든. 난 현경이가
내 생각을 충분히 이해했다고 생각해서 속 편하게 회사 일에만
빠져 있었던 건데, 현경이는 이해한 게 아니라 포기했던 거야.
나에게서 더 이상 위로를 받을 수 없다고 여겼을 테지."

"그런 일이 있었는지 몰랐어요."

"아무에게도 얘기하지 않았으니까. 태진이도 이 사실은 몰라."

"현경 언니가 많이 힘들어했겠어요."

상헌은 대답없이 고개만 끄덕였다. 또 한 모금의 술이 그의 입속으로 사라졌다. 알코올의 취기가 그를 잠시나마 편안하게 해줄 수 있을까.

"현경이, 겉으로만 멀쩡했지 속으로는 잔뜩 시들어가고 있었어. 매일 늦게 들어오는 남편, 휴일에도 일에만 빠져 지내는 무심한 남편 때문에 결국엔 다른 쪽으로 눈을 돌리더라. 처음엔 미친 듯이 쇼핑 중독에 빠져 지내다 결국엔 가슴속 허전함을 채워줄 수 있는 사람에게로 마음이 향한 거야. 그걸 원망할 수는 없지. 다 내 탓이니까. 충분히 내가 해결해 줄 수 있는 문제였는데 내가 방관한 거니까."

무거운 정적이 흘렀다. 속에 있는 말을 온전히 쏟아낸 상헌도, 그의 힘든 고백을 들어준 영진도 쉽게 입을 떼지 못했다. 한참 뒤 상헌은 쓴웃음을 머금고 영진을 바라보았다.

"난 현경이가 완벽하게 행복해지기 전까지는 내 스스로를 용서하지 못할 것 같다. 현경이가 진짜 미소를 찾을 수 있을 때까지는 그냥 이대로, 혼자 지내고 싶어. 이해해 줄 수 있겠니?"

"……."

"네 고백, 고마워. 말할 수 없이 고마워. 그런데 지금은 내가 네 마음을 순수하게 받아줄 수가 없다. 그건 너한테 미안한 일이니까."

상헌의 눈에 안쓰러움과 미안함이 그득하게 들어찼다.

"영진아, 나는…… 참 느린 사람이야. 감정적인 면에서는 느림보 거북이 따로 없어. 다른 사람이 나한테 보여주는 사랑을 깨닫는 것도 느리고, 또 내가 가슴속에 담고 있는 사랑을 표현하는 것도 무척 서툴러."

반쯤 타버린 담배를 재떨이에 비벼 끄고 그는 잠시 숨을 고른 후 차분한 음성으로 말했다.

"네가 나한테 선배 이상의 감정을 가지고 있다는 걸 은연중에 느끼고 있었으면서도 내가 어찌해 줄 수 없는 일이니 네가 스스로 포기하기를 바라고 있었어. 나는 그렇게 이기적인 사람이야. 그래서 네 마음속에 나를 담아달라는 말, 못하겠다."

완곡히 거절하는 상헌을 보자 이상하게도 마음이 편해졌다. 자신이 싫어서가 아니라고 한다. 그저 힘들게 할까 봐, 그게 걱정되어서 거절하는 거라면 기다리면 되니까.

"기다리면, 제가 기다리면 되잖아요."

그는 난감한 표정을 지었다.

"그게 언제가 될지 나도 모르는데 어떻게 널 잡아두니? 그건 과한 욕심이야. 나 같은 이혼남 기다리느라 네가 마음고생 하는 거 내가 용납이 안 돼. 만약 내게 여동생이 있어서 너와 똑같은 처지에 있다면 난 결사반대할 거다. 그런데 어떻게 내 욕심 채

우자고 양심을 저버리니. 그건 절대 안 될 일이지."

"그건 이유가 될 수 없어요. 무엇보다도 제가 간절히 원하는 일이에요. 선배가 다른 사람과 결혼했었다는 사실이 걸림돌이 될 수는 있겠죠. 하지만 단순히 그 이유 때문에 제 마음속에서 선배의 자리를 비워내고 싶지는 않아요. 그건 십 년간 선배를 해바라기 한 제 진심에 대한 모독이니까요. 그 정도로 가볍게 비워낼 수 있는 감정이었다면 이미 오래전에 포기했을 테죠."

"영진아!"

안타까움을 고스란히 드러내는 상헌을 보며 영진은 처음으로 당당하게 자신의 생각을 털어놓았다.

"누가 뭐라든 전 십 년 전부터 내 마음에 고스란히 담아두었던 한 남자를 바라볼 뿐이에요. 사랑을 깨닫는 게 느리다고 하셨죠? 그럼 기다릴게요. 선배가 현경 언니에 대한 죄책감 씻어내고 온전히 나를 향해 마음을 열 수 있을 때까지 제가 기다릴게요. 그저 조금 느릴 뿐이지 언젠가는 깨닫게 되잖아요. 시간은 많아요. 전 인내심도 있구요. 십 년을 기다렸는데 고작 몇 년 더 못 기다리겠어요? 밀어내려고만 하지 마세요. 그냥 늘 그랬던 것처럼 제가 이 자리에 서서 선배를 지켜볼 수 있게…… 그냥 모른 척해주세요."

"……."

상헌은 말을 잇지 못했다. 아무리 그가 감성보다는 이성을 중요시하는 사람이라 해도 영진을 두고 한 번도 갈등이 없었다고 할 수는 없었다. 순간순간 느끼는 미묘한 감정의 동요를 냉철한 이성으로 억누르긴 했지만, 아끼는 마음이 점점 더 깊어지고 있음을 그 역시 자각하고 있었다. 그래서 더 강경한 거절의 말을 하는 대신 말없이 영진을 바라보기만 했다. 기다려 준다는 영진의 말에 저도 모르게 안도하는 모습을 보일까 봐, 담담한 표정 이면에서 꿈틀대는 이기적이고 욕심 많은 자신의 본성을 영진이 눈치 챌까 봐, 그는 비겁하게 침묵하는 방법을 택했다.

10. 너를 향한 마음

암흑에 휩싸인 집 안으로 들어선 상헌은 입고 있던 재킷을 벗고 곧장 주방으로 향했다. 칼칼하게 갈증이 일었다. 생수병을 꺼내 한 컵 가득 따라서 들이키자 겨우 갈증이 가라앉았다.

거실로 돌아온 그는 불도 켜지 않은 채 소파에 털썩 주저앉았다. 누가 머릿속을 마구 헤집어놓은 것처럼 몹시 혼란스러웠다. 예상치 못한 영진의 고백이 그를 당혹스럽게 했다. 그가 변할 때까지 기다려 주겠다는 영진에게 자신이 해줄 수 있는 말은 고작 '노력해 보겠다'는 지극히 비겁한 말뿐이었다. 그런데도 영진은 순순히 고개를 끄덕였다.

지독한 자괴감이 밀려왔다. 삼십일 년을 살면서 이렇게 스스로가 비겁하게 여겨진 적은 한 번도 없었다. 이혼을 했을 때도이 정도는 아니었다. 그런데 이상하게 영진 앞에만 서면 부끄러워졌다. 마치 모든 걸 이해한다는 듯 너그러운 그녀의 태도가고마우면서도 한편으로는 부담이 됐다. 차라리 투정을 부리며닦달을 했다면 거절하기가 한결 수월했을 텐데.

남들은 쉽게 내디디는 한 발자국이 그에겐 수십 번, 수백 번고뇌해야 하는 조심스러운 길이었다. 처음이 너무 서툴렀기 때문에 그 다음 기회가 생각보다 빨리 다가왔음에도 선뜻 마음을열지 못하고 있었다.

한 번의 실수는 용서가 쉽지만 두 번의 실수는 그 스스로 용납이 되지 않았다. 미적대는 자신이 못마땅하면서도 한 번 더생각하고 행동해야 한다는 압박감이 여전히 그를 지배하고 있었다.

RRR— RRR—

전화가 울렸지만 그는 멍하니 바라보고만 있었다. 자동응답기가 돌아가자 익숙한 태진의 목소리가 들려왔다.

[아직 안 들어왔네. 여전히 일에 빠져 사는군. 몸 생각해서 쉬엄쉬엄 해. 홀아비 건강까지 나빠지면 어쩌려고 그러냐. 주말에동창회 모임 있는 거 알지? 네가 잊어버렸을까 봐 미리 전화하는 거야. 이번에는 어지간하면 빠지지 마라. 솔직히 동창 녀석들 네 근황 알아내고 싶어서 난리야. 딱히 기분 좋지는 않겠지

만 네가 잘살고 있다는 거 보여줘야 쓸데없는 뒷담화를 안 할 것 같아. 그러니까 주말에 시간 비워둬라. 끊는다.]

전화가 끊어지고 집 안엔 다시 깊은 정적이 흘렀다. 태진의 전화가 아니었다면 모임이 있다는 사실도 기억해 내지 못했을 것이다. 아니, 기억해 냈다고 해도 굳이 가보려는 마음을 먹지도 않았을 테고.

그의 이혼을 두고 동창들 사이에서도 말이 많은 듯했다. 다들 남의 일에 왜 그리 관심이 많은지. 태진의 말처럼 그를 두고 설왕설래하는 걸 쉽게 잠재우려면 그가 직접 그들에게 멀쩡한 얼굴을 보여주는 게 최선이었다. 모임에 참석해 이혼 후에도 폐인처럼 살아가지는 않는다는 걸 모두에게 보여줘야 할 모양이다.

피곤했다. 자신이 연예인도 아닌데 굳이 어떻게 살아가고 있는지 남들에게 일일이 확인시켜 줘야 한다는 사실이 짜증도 났지만, 어쩔 수 없는 일이었다.

한참 동안 눈을 감은 채 소파에 깊게 몸을 묻고 있던 상헌은 손을 뻗어 전화기를 집어 들었다. 영진의 휴대전화 번호를 누르고 나서 그는 까칠해진 목을 가다듬었다.

[여보세요.]

"나다."

[네. 집에 잘 들어가셨어요?]

"음. 너도 집이니?"

[네.]

"미안하다. 못 데려다 줘서."

[음주운전을 할 수는 없잖아요. 잘 들어왔으니까 걱정하지 마세요.]

몇 마디 대화를 나누자 목구멍까지 치밀었던 짜증이 저절로 가라앉았다. 영진의 차분한 음성에서 그는 기이한 안도감을 느꼈다. 서툴게 실수를 해도 꼬투리 잡지 않을 것 같은 너그러움, 막 걸음마를 뗀 아기의 앞에서 두 손을 벌려 어서 오라고 격려하는 듯한 그런 여유로움이 영진에게서는 자연스럽게 배어나온다. 수많은 결점을 가진 그를 그녀는 너무나 순수한 눈빛으로 바라보고 있었다. 그래서 미안하고, 안쓰러웠다.

"피곤할 텐데 쉬어라."

[네. 실장님두요.]

"그래. 그리고……."

[네?]

"아니다. 끊자."

상헌은 전화기를 내려놓으며 옅은 한숨을 내쉬었다. 현경과 사랑을 시작할 때는 모든 게 순조로웠다. 서로 좋아하는 마음을 숨길 필요도 없었고 주변 사람들 역시 두 사람의 관계를 축복해주었었다. 하지만 지금 영진과의 관계는 뭔가 좀 힘들었다. 선뜻 그 애의 손을 잡기엔 너무 염치가 없었고, 그렇다고 아예 외면할 수도 없었다. 그만큼 영진이란 존재가 그의 마음속 깊이 뿌리를 박고 있었지만 그걸 인정하는 게 쉽지 않았다.

자신이 영진에게 단순한 후배 이상의 감정을 갖고 있다는 걸 좀 더 확실하게 자각하게 된 건, 제사 준비를 돕기 위해 영진을 찾아갔던 날 느꼈던 묘한 감정 때문이었다. 분명 머리는 가지 말라고 제동을 거는데 그의 몸은 의지를 반한 채 영진에게로 향하고 있었다. 가는 동안에도 내내 이게 과연 잘하는 일인지 심각하게 갈등을 했는데, 무거운 장바구니를 들고 힘겹게 언덕을 오르고 있는 영진을 본 순간, 그런 갈등이 거짓말처럼 사라졌다.

　반가웠다. 근 십 년 동안 후배로만 여겼던 녀석인데 그날 영진을 만났을 때는 마치 잠시 떨어졌다 다시 만난 연인처럼 그렇게 가슴이 설레었다. 그래서 깨닫고 만 것이다. 자신이 더 이상 영진을 후배로만 여기고 있지 않다는 사실을.

　그럼에도 그가 영진에게 먼저 손을 내밀지 못한 건 현경을 향한 일종의 의리 같은 것 때문이었다. 상헌은 자신으로 인해 고통을 받은 사람을 내던져 두고 무책임하게 행복을 찾아가는 이기적인 짓을 할 수는 없었다.

　묵직한 머릿속에 안쓰러운 영진의 얼굴이 자욱하게 들어찼다. 지금까지 자신의 등만 바라보며 얼마나 많은 상처를 받았을까. 더 이상 그렇게 해서는 안 되는데 자신이 없었다.

　두 사람 사이에 묵약된 침범하지 말아야 할 영역에 영진이 먼저 발을 내민 이상 그도 무심한 방관자의 입장만을 고수할 수는 없었다. 그가 걱정하는 건, 영진이 열 걸음을 내디딜 때 자신은 겨우 한두 걸음을 내디딜 수 있을 텐데, 그 엄청난 갭을 극복할 수 있을까 하는 문제였다. 영진은 참고 기다려 줄 수 있다고 했지만 한 번의 실패를 경험한 그로서는 그 길이 결코 평탄치 않을 거라는 걸 알기 때문에 선뜻 동조할 수 없었다.

'사랑'이라는 관계의 틀 안에 묶여진 사람 사이에서 가장 중요한 건 평등한 감정의 교류였다. 그것이 지켜지지 못하고 어느 한쪽으로 치우치게 되면 쉽게 무게 중심이 깨지기 마련인데, 자신과 영진은 애초부터 시작점이 달랐기 때문에 그 차이가 더 클 수밖에 없었다.

비록 노력한다고는 했지만 무덤덤하기 그지없는 자신의 본성이 한순간에 쉬이 바뀌지는 않을 텐데, 상헌은 과연 영진이 그걸 참고 기다려 줄 수 있을지 확신이 서질 않았다.

"실장님! 저희 준비 다 끝났는데요."

"알았어. 오 분만 기다려."

"네."

상헌은 작업 중이던 건축 모형을 책상 한 귀퉁이로 밀어놓고 자리에서 일어섰다.

요 근래 들어 회식다운 회식을 못했다며 투덜대는 직원들의 성화에 떠밀려 갑작스럽게 저녁 회식 스케줄을 잡았다. 일이 많지 않을 때는 한 달에 한 번씩은 회식을 하곤 했는데 지난달부터 갑자기 일이 몰리는 바람에 내내 미루기만 했었다. 마음 같아서는 지금 하고 있는 바쁜 일을 마무리한 후에 하자고 고집을 부리고 싶었지만 업무에 치여 퍼석해진 직원들의 얼굴을 보니 차마 또 미루자는 소리를 할 수가 없었다.

재킷을 걸쳐 입고 마지막으로 넥타이까지 고쳐 맨 후 상헌은 실장실을 나섰다. 오랜만에 하는 회식에 잔뜩 들떴는지 직원들은 삼삼오오 모여서 잡담을 나누고 있었다.

"다들 나가지."

"네."

상헌이 먼저 사무실을 나서자 스무 명 남짓한 직원들이 우르르 그의 꽁무니를 쫓아나왔다.

회식 때마다 이용하는 회사 근처 식당으로 향하던 상헌은 슬쩍 뒤를 돌아보았다. 행렬의 끄트머리에 붙어서 따라오던 영진과 순간적으로 눈이 마주치자 그는 어색한 미소를 지어 보였다. 이상하게 영진의 고백을 들은 이후로는 어쩌다 눈이 마주칠 때마다 굉장히 어색했다. 늘 봐왔던 익숙한 눈빛인데 마치 처음 보는 것처럼 낯설고, 말 한 마디를 건넬 때조차도 평상시와 달리 조심스러웠다.

"……할 겁니다."

상헌은 옆에서 보조를 맞춰 걷고 있던 설계 2팀 홍 과장을 쳐다보았다.

"뭐라고?"

"회식 말입니다. 우리 회사 대표 주당들이 저번 달에 못 마셨

던 것까지 이참에 뿌리를 뽑겠다고 호언장담을 하던데, 회식비
가 만만찮게 나올 것 같습니다."

"그 정도 보상은 해줘야지. 그동안 실컷 부려먹기만 했으니
까."

"여러분! 오늘 실장님이 술값 걱정하지 말고 마음껏 마시랍니
다."

홍 과장의 외침에 몇몇 직원들이 환호성을 질렀다.

한껏 들뜬 직원들을 데리고 회식 장소에 도착한 상헌은 홍 과
장과 함께 상석에 자리를 잡고 앉았다. 저녁 식사와 함께 술과
안주를 주문하고 나자 나이가 어린 축에 속하는 직원들은 벌써
부터 흥에 겨워 큰소리로 떠들어댔다. 느긋한 기분으로 홍 과장
과 대화를 나누던 상헌은 가끔 시선을 들어 영진이 앉아 있는
쪽을 바라보았다. 경일과 함께 테이블 한쪽에 자리를 잡고 앉은
영진은 그 어느 때보다 편안한 얼굴을 하고 있었다. 아마도 십
년간 가슴속에만 품고 있던 감정을 털어놓은 후 느끼는 홀가분
함 때문일 것이다. 밝게 웃고 있는 영진의 얼굴을 지그시 바라
보던 그는 곧 시선을 돌렸다.

밤늦게까지 이어진 회식으로 인해 얼큰하게 술기운이 오른
상헌은 잠시 바람을 쐬기 위해 밖으로 나왔다. 시원한 밤바람을
맞으며 담배를 피워 물던 그는 등 뒤에서 들려오는 인기척에 고
개를 돌렸다. 언제 따라 나왔는지 영진이 그를 향해 다가오고
있었다.

"왜 나왔어?"

"그냥요. 술 많이 드신 것 같아서."

"많이 마신 건 아닌데 오늘따라 빨리 취하네. 넌?"

"별로 내키지 않아서 안 마셨어요."

"음."

고개를 끄덕이고 그는 라이터를 꺼내 담배에 불을 붙였다. 독한 담배 연기를 가슴 깊은 곳까지 빨아 당겼다 뱉어내자 순간적으로 머리가 멍해졌다. 한참 동안 말없이 담배만 피우던 상헌은 지킴이처럼 옆에 서 있는 영진을 힐끗 쳐다보았다.

"한영진."

"네."

"괜히 독한 담배 냄새 맡고 있지 말고 먼저 들어가."

"기다렸다 같이 들어갈게요."

고집스러운 그녀의 말에 상헌은 피식 웃었다. 도대체 언제까지 이 아이는 자신을 기다리기만 할 것인가? 십 년 동안이나 기다렸으면서 그것도 모자라 이젠 담배를 피우는 시간마저도 무작정 기다리겠다고 하니.

"하염없이 기다리는 거, 지치지 않니?"

"……."

영진은 대답없이 그를 말끄러미 올려다보았다. 평범한 질문 속에 깊은 속뜻이 담겨 있다는 걸 그녀 역시 눈치 챘을 것이다.

"그 대상이 누구냐에 따라 다르겠죠."

"힘들지 않아?"

"힘들어요. 그런데 이젠 힘든 것도 견뎌낼 수 있을 만큼 익숙해졌나 봐요. 예전처럼 그렇게 고통스럽지 않은 걸 보면……."

상헌은 반쯤 남은 담배를 비벼 끄고 영진의 맑은 눈을 똑바로 응시했다.

"내가…… 미안해하지 않아도 되니?"

"……."

"네가 걱정돼. 내가 널 너무 오래 기다리게 할까 봐."

"기다린 시간만큼 좋은 결과가 온다면 그 과정이 결코 무의미하진 않겠죠."

의외로 담담한 영진의 말을 들으며 상헌은 낮게 한숨을 내쉬었다. 영진에게서 묵묵히 기다릴 테니 걱정 말라는 소리를 듣고 싶어서 투정을 부린 것 같아 마음이 무거웠다. 도대체 언제까지 이 아이의 너그러움에 기대 비겁한 망설임을 계속할 것인가.

상헌은 미안한 마음에 가만히 손을 뻗어 영진의 등을 가볍게 토닥였다.

"먼저 들어가. 난 술 좀 깨면 들어갈 테니까."

"알았어요. 술 너무 많이 드시지 마세요."

"그래."

영진이 다시 식당 안으로 들어가고 나자 그는 고개를 들어 어두운 밤하늘을 올려다보았다. 짙은 먹구름에 반쯤 가린 그믐달이 마치 지금 그의 마음처럼 흐리게 빛나고 있었다.

"어이, 이게 누구야. 이상헌!"

클럽 라운지에 들어서자마자 곳곳에서 그를 환영하는 목소리가 들려왔다. 상헌은 희미한 미소를 지어 보이며 동창생들이 모여 있는 곳으로 걸어갔다.

"오늘도 안 오는 줄 알았다."

"일이 좀 늦게 끝났어. 오랜만이다."

"잘 지냈지?"

"그럼."

단순히 잘 지냈냐고 묻는 게 아니란 건 알았지만 그는 짧은 대답으로 마무리했다. 모임이 이어질 서너 시간 동안 수도 없이 같은 대답을 해야 할 테니 굳이 처음부터 주절주절 떠들어댈 필요는 없었다.

"태진이는?"

"벌써 왔지. 화장실 갔나 보네."

"넌 아버님 회사로 들어갔다면서?"

"응. 영감님이 오죽 보채야지."

동준은 웃으며 술잔을 들었다. 그와는 대학 동창이기도 했지만 어렸을 적부터 집안끼리 친분이 있던 사이라 그나마 편하게 이야기를 나눌 수 있는 친구였다.

"상헌이 넌 어떡할 거야?"

"뭘?"

"너희 아버지는 회사로 들어오라는 말씀 안 하셔?"

"글쎄, 아직 내 도움이 필요하다는 말씀은 안 하시네. 나도 들어갈 마음은 없고."

"하긴 네 회사 일 잘한다고 업계에서 칭찬이 자자하다던데 굳이 아버님 회사로 들어갈 필요는 없겠지."

"누가 그래?"

상헌은 의아한 듯 동준에게 되물었다.

"누구긴. 있잖아, 학교 때부터 네 일이라면 유독 신경 쓰던 녀석."

"이해일이 말이야?"

"그래. 저기 보이네."

동준이 못마땅한 표정으로 해일이 서 있는 쪽을 턱짓으로 가리키자 상헌은 씁쓸한 미소를 지었다.

"또 뭐라고 하디?"

"뭐라긴. 뻔하지 뭐. 너 이혼했다는 것하며, 현경 씨 어떻게 지내고 있는지 그런 거 떠들어대더라."

"현경이 이야기까지?"

상헌의 눈썹이 불쾌하게 움찔했다.

"그래. 원래 입 싸기로 유명한 놈이잖아. 다른 애들도 대충 걸러서 듣긴 한다지만 그래도 듣기 거북했어."

"현경이 소식은 어떻게 들었대?"

"졸업하고 실컷 놀다 지쳤는지 일 년 전부터 지 아버지 회사로 출근한다는데, 현경 씨 사귀고 있는 남자가 거래처 사장 아들이래."

"그렇군."

심드렁하니 대꾸하고 상헌은 꽉 채워진 술잔을 들어올렸다. 세상 참 좁다더니 그 말이 틀리지 않았다. 학교 때부터 유독 그에게 경쟁심을 갖고 있던 사람이 바로 해일이었다. 드러나게 싫은 티를 내거나 척을 두고 살지는 않았지만 어쨌든 마주쳐서 기분 좋은 인물은 아니었다.

"상헌아, 왔어?"

태진이 멀리서 다가오며 그의 이름을 불렀다. 상헌은 술잔을 살짝 들어 보이고는 단박에 들이켰다. 독한 양주가 껄끄러운 목줄기를 훑고 지나갔다.

"언제 왔냐?"

"조금 전에."

"차는?"

"회사에. 술 마실 거 뻔한데 타고 올 수는 없잖아."

"잘했어."

옆 자리에 털썩 주저앉으며 태진이 그의 어깨를 툭 쳤다.

"저 자식은 뭐 하러 왔다니?"

"누구 말이야?"

"이해일 저놈 말이야. 학교 때도 꼴불견이더니 나이가 들어도 여전하구만. 젊은 놈이 얼굴에 기름기 번지르르하게 흐르는 것

봐라."

"내버려 둬. 먹고 살기 편한 모양이지."

상헌이 온 것을 본 친구 몇몇이 다가와서 의례적인 인사를 건
넸다. 적당히 인사치레를 하고 겨우 홀가분해지려는데 마치 순
서를 기다리고 있었던 것처럼 해일이 다가왔다.

"이상헌, 오랜만이다."

"그래."

"여전히 잘 지내지?"

해일의 말 속에 약간의 빈정거림이 묻어났다.

"상헌이야 물론 잘 지내고 있지. 그나저나 넌 아직도 백수로
놀고 있냐?"

정작 상헌은 가만히 있는데 옆에 있던 태진이 시비조로 인사
를 맞받아쳤다.

"일 년 전에 아버지 회사로 들어갔다. 실무 좀 배워서 독립하
려고."

능글맞게 웃으며 해일은 비어 있던 맞은편 자리에 눌러앉았
다. 이쪽에서 반기는 기색이 없음에도 무작정 눌러앉은 꼴을 보
니 본격적으로 성질을 긁어보려는 듯하다.

"상헌이 너, 이혼했다고 하더라?"

"한 지 꽤 됐어. 소문 들어서 알고 있었을 텐데."

상헌이 시큰둥한 얼굴로 대꾸하자 해일은 피식 웃으며 깐죽
거렸다.

"세상일 참 알 수 없다니까. 학교 때부터 너희 커플 유명했잖아. 둘 다 집안 빵빵하지, 게다가 외모 출중하지, 어디 하나 빠지는 게 없었는데 어쩌다 그렇게 됐냐."

"네 말대로 세상일 아무도 알 수 없는 거니까."

"재혼은 안 하냐?"

"글쎄."

"현경 씨는 벌써 남자가 있다던데. 혹시 현경 씨가 바람피워서 헤어진 거야?"

"이해일, 말이 좀 지나치다."

묵묵히 해일의 짓거리를 보고 있던 동준이 인상을 쓰며 그의 말을 잘라냈다.

"오랜만에 친구 만나서 할 얘기가 겨우 그딴 것밖에 없어?"

"어차피 너희들도 궁금한 거 사실이잖아. 잘난 이상헌이 이혼한 이유가 궁금해서 이 자리에 참석한 사람도 꽤 될걸?"

"너 빼고 아무도 그딴 거 궁금해하지 않아."

"그런가? 나 빼고 다들 성인군자들만 모였나 보지?"

해일은 아예 작정이라도 한 듯 상헌의 속을 긁어댔다. 이쯤하면 무조건 참아주는 게 상책이 아니다.

"묻고 싶은 게 그거냐? 현경이가 바람을 피워서 이혼했는지?"

상헌이 싸늘하게 묻자 해일은 어깨를 으쓱했다.

"뭐 그렇다고 할 수 있지. 내가 또 궁금한 건 못 참거든."

"아니. 이혼의 책임은 나한테 있어. 현경이가 만나는 남자하고는 전혀 상관없다."

"그래? 하긴 겨우 그딴 놈 만나자고 너하고 헤어졌다는 게 믿기지는 않았어."

"무슨 소리야?"

"우리가 노는 물이 뻔하잖냐. 한 다리 건너면 다 친구고 아는 사람이고 그렇지. 근데 소문에 듣자하니 그 남자 손버릇이 안 좋다더라고. 나도 자세히는 모르지만 전에 그 남자하고 사귀다 헤어진 여자도 꽤 좋은 집안 딸이었는데 그 남자 손찌검 때문에 헤어졌다는 소문이 있어. 현경 씨는 괜찮나 몰라."

전혀 예상치 못했던 일이다. 현경이가 만나고 있는 남자에 대해서 특별히 신경을 쓰진 않았었다. 워낙 무심한 자신에게 넌덜머리가 났으니 분명 자상한 남자를 만나고 있으리라 막연히 짐작했었는데.

"혹시 모르니까 한번 연락해 봐. 그래도 옛정이란 게 있잖아. 비록 헤어졌다고 해도 한때 살 맞대고 산 부부인데 전처가 맞고 사는 걸 두고 보는 것도 도리는 아니지."

"충고 고맙게 받아들이마."

"반응이 너무 심심한데. 난 네가 당장 쫓아나가서 현경 씨 만나볼 줄 알았는데."

"굳이 그럴 필요성 못 느끼겠다."

자신이 작정하고 이기죽대도 상헌이 무덤덤한 반응을 보이자 해일의 눈꼬리가 사납게 치켜 올라갔다. 세상사를 달관한 듯한 상헌의 저런 느긋한 태도가 늘 거슬렸었다. 그가 보기에 상헌은 더럽게도 운이 좋은 놈이었다. 대학 시절, 건축학과 공모전이 개최되면 상헌은 별 힘들이지 않고 설렁설렁 준비를 해도 늘 대상을 거머쥐었고, 자신은 죽으라고 애를 써도 겨우 입선에 그쳤다. 모두가 힘들 거라고 말하는 일도 상헌의 손에 넘어가면 기가 막힐 정도로 손쉽게 해결이 되었고, 때문에 무슨 일만 생기면 친구들은 물론이고 교수들까지 상헌을 제일 먼저 찾아댔다. 그러니 화가 안 날 수가 없었다. 노력파인 살리에르가 천재인 모차르트를 시기한 것처럼 해일 역시 상헌에게 그와 비슷한 열등감과 시기심을 갖고 있었던 것이다. 때문에 기회가 있을 때마다 해일은 상헌에게 이기죽대는 것을 계속하고 있었다. 하지만 무덤덤한 상헌의 반응 때문에 해일의 공격을 무위에 끝날 때가 많았다.

"하긴 이상헌이 그리 인정 많은 성격은 못 되지."

"잘 알고 있네."

두 사람의 기 싸움을 구경하던 동창 녀석들도 별 재미를 느끼지 못했는지 하나둘씩 본래의 자리로 돌아갔다.

"너도 그만 네 볼일 보지 그래? 얼굴 맞대고 있다고 반가워할 처지도 아닌데."

"안 그래도 그럴 참이다. 참, 한 가지만 더 물어보자. 한영진이 네가 데리고 있는 거 사실이야?"

해일의 입에서 뜻하지 않게 영진의 이름이 나오자 상헌의 얼굴이 싸늘하게 굳어졌다.

"그런데?"

"이번에 아버지 회사에서 독립해서 사무실을 하나 차려볼 생각이거든. 그래서 유능한 인재들을 스카우트 할 예정인데 주변에 알아보니 한영진이 이름이 심심찮게 거론되더라고. 너 걔 얼마에 데리고 있나? 연봉 삼천 정도 되나?"

"영진이 이직할 생각 없어."

"그건 네 생각이고. 돈 많이 준다는데 싫다고 마다할 사람 몇 되겠냐. 한영진 전화번호 좀 알려줘. 내가 직접 제의해 볼 테니까."

"미안하지만 그건 안 되겠는데."

"왜? 내가 빼내올까 봐 겁나냐? 참, 그러고 보니 걔 학교 때부터 너하고 태진이하고만 어울렸었지? 아직도 그러냐?"

새로운 먹잇감을 발견한 것처럼 해일의 눈에서 비열한 광채가 번뜩였다.

"혹시 너하고 사귀는 중이야? 너도 이제 솔로겠다 딱 아귀가 맞아떨어지네."

"그만 해라. 왜 이야기를 엉뚱한 쪽으로 끌고 가려고 그래?"

"너하고 사귀는 거 아니면 연락처 정도는 알려줄 수 있잖아?"

"그러고 싶지 않다."

살벌하게 쏘아붙이고 상헌은 빈 술잔을 채웠다. 현경과의 이혼을 안주거리 삼아 씹어대는 건 참을 수 있었다. 하지만 거기에 영진까지 끼워 넣는 건 절대 용납할 수 없었다.

"뭐 알아보려면 내 쪽에서 알아볼 수도 있어. 근데 솔직히 좀 실망스럽네. 난 이상헌이 그 정도 아량은 갖춘 인간이라고 생각했는데. 이혼하고 나서 사람이 옹졸해진 건가? 하긴 이혼이 보통 일은 아니지. 요즘엔 대기업에서도 이혼한 직원들은 인사고과에서 낮은 점수를 준다며? 옛말에도 있잖아. 수신제가치국평천하라고. 제 집안 하나 제대로 건사 못하면서 어찌 큰일을 할 수가 있겠어. 그러고 보면 옛말 그른 거 하나도 없다니까."

"그만 하고 네 자리로 돌아가. 더 이상 너하고 말장난하고 싶은 생각없다."

"그러니까 그냥 한영진 연락처만 알려주면 내가 이런 소리까지는 안 해도 되잖아. 날 탓할 게 아니라 속 좁은 널 탓해야지. 내가 무조건 한영진을 빼내오겠다는 것도 아니고 일단 제의나 해보겠다는 건데, 동창 사이에 그 정도 부탁도 못 들어줘?"

해일은 지금 대놓고 싸우자고 덤비는 중이었다. 학교 때 느끼던 미묘한 경쟁 심리를 아직까지 떨쳐 내지 못하다니 한심스럽기 그지없었다. 천성이 누구를 밟고 올라서야 성취감을 느끼는 인간인지라 과거에도 내내 곁에서 쓸데없이 싸움을 걸곤 했다. 많고 많은 사람 중에 하필 상헌에게. 적당히 무시하고 넘어가 줄 요량이었는데 이젠 도가 지나치다는 생각이 들었다. 기왕 싸우자고 덤볐으니 제대로 상대해서 확실히 밟아줄 수밖에.

"정 알고 싶으면 정당한 내기를 하던지. 넌 한영진 연락처를 굳이 내 입을 통해서 듣길 원하고, 난 가르쳐 주고 싶은 마음이 없으니 적당한 타협점을 찾아보자고."

느긋하게 대꾸해 주자 해일은 기다렸다는 듯이 냉큼 덤벼들었다.

"그것도 좋겠네. 오랜만에 이상헌 실력 한번 체크해 볼까?"

해일은 지나가는 웨이터를 불러 뭔가를 부탁했다.

"상헌아, 뭐 하러 일일이 대꾸를 해줘? 그래 봤자 피곤하기만 한데."

두 사람의 대화를 듣고 있던 태진이 못마땅하게 툴툴거렸다.

"싸우고 싶어 몸이 근질근질하다는데 상대해 줘야 군말없이 사라지지."

"진짜 재수 없는 인간이다. 하여간."

대놓고 무시하는 태진을 보면서도 해일은 빙글거리며 웃기만 했다.

"여기 있습니다."

잠시 후 웨이터가 묵직한 체스보드를 들고 나타났다.

"신사적으로 체스 한 판 둬서 결론내자고. 괜찮지?"

"물론."

상헌은 입고 있던 재킷을 벗어두고 와이셔츠 소매를 둘둘 말아 올렸다. 체스에서 손을 뗀 지 한참이나 지났지만 룰을 잊어버린 건 아니었다.

"근데 겨우 연락처나 받자고 거창하게 체스까지 두는 건 우습지 않냐? 좀 더 그럴싸한 내기거리를 거는 거 어때?"

"좋을 대로."

"만약에 내가 이기면 한영진이 나한테로 넘겨라."

"……"

상헌은 대답없이 물끄러미 해일을 바라보기만 했다. 결국 바란 게 저것이었나 보다. 겨우 체스 한 판에 영진을 내달라니 어이가 없었다. 상헌이 선뜻 대답을 않자 자신이 없어서라 여겼던지 해일이 얄밉게 히죽 웃었다.

"갑자기 자신이 없어지냐?"

"천만에."

"네 조건은?"

"네가 가진 것 중에 탐나는 건 별로 없지만 굳이 말하라면 네 차 정도?"

"뭐야, 차를 내놓으라고? 체스 한 판에?"

해일이 기막힌 얼굴로 되물었다.

"네가 한영진을 요구했으니까, 너도 그에 버금가는 걸 내놓아야지 않겠어? 한영진이 외제차 한 대 값만 못하지는 않거든. 내가 한 수 접어줘서 비기기만 해도 네가 이긴 걸로 인정해 주지. 어떻게 할래?"

"……"

해일이 난감한 얼굴로 대답을 망설이자 주변에 서 있던 동창들이 킥킥거리며 웃었다. 호기롭게 덤비더니 정작 시작하기도 전에 미적대는 꼴이 웃겼나 보다. 워낙 치졸한 인간이라 주위에 친구라고 부를 수 있는 사람도 몇 없었고, 지금도 해일의 편에서 응원할 사람은 아무도 없을 것이다.

"좋아, 대신 네가 지면 내일 부로 당장 한영진 나한테 보내라."

"유감스럽게도 그럴 일은 없을 거다. 자, 시작하자고."

상헌은 차분하게 기물 세팅을 시작했다. 해일이 흰색 기물을 잡았고, 그는 검은색 기물을 잡았다. 해일이 먼저 첫 기물을 움직이자, 상헌 역시 나이트를 움직였다.

가끔은 느긋하게, 또 가끔은 저돌적인 방법으로 그는 해일의 킹을 압박해 나갔다. 초반에 호기롭게 행마를 하던 해일은 점점 궁지에 몰리기 시작했고 차츰 수를 두는 시간이 느려졌다.

"체스 두던 사람 어디 갔나?"

옆에서 구경을 하던 태진이 작은 소리로 해일의 약을 올렸다. 상헌은 느긋하게 해일이 다음엔 어떤 수를 놓을지 지켜보았다. 지금으로 봐서는 해일이 이길 가망성은 거의 제로에 가까웠다. 상헌은 아직 나이트와 폰, 그리고 킹이 남아 있었고 해일의 킹은 다크 스퀘어에 몰려 홀로 분투하고 있었다. 상헌이 결정적 실수만 하지 않는다면 승리는 그의 것이었다.

한참을 뚫어지게 체스보드를 노려보던 해일이 결국 자신의 패배를 인정했다.

"내가 졌다."

상헌은 미소를 지으며 고개를 끄덕였다. 질 거라는 생각은 애초에 하지도 않았지만 의외로 승리의 기쁨은 꽤 유쾌했다.

"그럼 이제 이해일의 그 날렵한 차는 상헌이 소유인가?"

"이상헌, 횡재했는데. 체스 한 판에 몇천 만원씩이나 하는 차를 따내고 말이야."

옆에서 경기를 지켜보고 있던 동창들이 저마다 한 마디씩 거들자, 해일은 얼굴이 벌게져서 씩씩대며 벌떡 일어섰다.

"난 그만 가볼란다."

"이거 가지고 가."

상헌은 테이블 위에 놓여 있던 해일의 차키를 내밀었다.

"그런 게 어디 있어. 이건 엄연한 내기였다고."

동준과 태진이 기겁을 하며 반대했지만 상헌은 해일에게 차키를 휙 던져 주었다.

"애초에 네 차엔 관심없었어. 나한테는 있으나마나 한 거니까 그냥 가져가. 대신 영진이한테 스카우트다 뭐다 해서 신소리 지껄이며 접근하지 마. 그것만 지켜주면 돼."

해일은 매서운 눈빛으로 상헌을 노려보다 차키를 가지고는 휙 돌아섰다.

"하여튼 저 자식은 예전에도 밥맛없더니 여전하다니까. 나이를 어디로 처먹었는지."

태진이 못마땅하게 혀를 끌끌 찼다.

"오르지 못할 나무는 아예 쳐다보지도 말지 왜 학교 때부터 너한테 사사건건 시비를 거는지 모르겠다. 한 번도 제대로 이겨보지도 못했으면서."

"그게 취미 생활인가 보지. 나도 그만 일어나 봐야겠다."

"그래? 그럼 같이 나가자."

상헌과 태진은 오랜만에 만난 동창들에게 일일이 작별인사를 하고 클럽라운지를 벗어났다. 엘리베이터에 오르며 태진이 상헌의 어깨를 툭 쳤다.

"근데 오늘 너답지 않았다는 거 알지?"

"뭐가?"

"해일이 시비에 너무 쉽게 휘말렸잖아. 적당히 무시하고 넘어갈 수도 있었는데."

"후우, 모르겠다. 그냥 그 녀석 입에서 영진이 이름이 튀어나온 순간 짜증이 났어."

그때 느낀 감정을 딱히 뭐라고 정의할 순 없었다. 단순한 불쾌감일 수도 있었고, 초조함일 수도 있었다. 영진이 항상 자신의 눈앞에만 머물거라고 방심하다 갑자기 허를 찔린 것 같아 당황했었는지도 모른다.

"그러다 잘못해서 졌으면 어쩔 뻔했냐? 정말 영진이 내줄 생각이었어?"

"글쎄, 진다는 생각은 애초에 하지도 않았는데."

"그래도 만일이란 게 있잖아."

"만일이라……. 졌다면 내 차하고 아파트 걸고 한 판 더 하자고 했겠지."

"오호. 너한테 영진이가 그만한 가치가 있다는 말이지?"

"……"

상헌은 대답을 하지 않았다. 한영진의 가치를 그런 식으로 평가하고 싶진 않았다. 한영진은 그냥 한영진일 뿐이다. 그의 가슴속에 자리 잡고 있는 영진의 존재가 후배가 됐든 연인이 됐든 상관없이 누군가 자신과 영진 사이에 끼어드는 걸 용납하고 싶지 않았을 뿐이다.

"영진이한테는 오늘 있었던 일 말하지 마라. 불순한 의도가 아니었다고는 해도 자기 내기에 걸고 체스 둔 거 알면 불쾌해할 거야."

상헌의 당부에 태진은 흔쾌히 고개를 끄덕였다.

"오케이. 입에 자물쇠 걸어 잠그마."

빠른 속도로 하강하는 엘리베이터 안에서 상헌은 영진의 얼굴을 떠올리며 작게 한숨을 내쉬었다. 퇴근할 때 보고 겨우 몇 시간이 지났을 뿐인데 갑자기 그 단아한 얼굴이 몹시 보고 싶어졌다.

"후_{우.}"

영진은 지하철 안의 사람들이 눈치 채지 못하게 한 손으로 가만히 아랫배를 쓰다듬었다. 새벽녘부터 살살 아프기 시작한 아랫배가 이젠 본격적으로 쿡쿡 쑤셔댔다. 매달 있는 월례행사라 그냥 그러려니 하고 말지만, 오늘처럼 유달리 아픈 날은 출근이고 뭐고 다 때려치우고 그냥 집에서 드러누워 있고만 싶었다.

'미리 약이라도 사 먹을 걸 그랬나.'

평소대로라면 아침에 집을 나서기 전에 진통제를 먹었을 텐데 오늘은 서두르다 그것마저 잊어버렸다. 못 견디게 배가 아픈 와중에도 영진은 지난번 상헌이 조심스럽게 다짐한 말을 떠올리며 희미한 미소를 지었다.

"노력…… 해 볼게. 네가 지치기 전에 다가설 수 있게 노력해 볼게."

그거면 충분했다. 노력한다고 했으니 상헌은 분명 자신에게 다가서기 위해 노력하고 있을 것이다. 한 번 내뱉은 말은 무슨 일이 있어도 지키는 올곧은 사람이니까.

잠시 진정됐던 통증이 또 시작됐지만 영진의 입가에 그려진 미소는 쉽사리 지워지질 않았다.

지하철이 목적지에 멈춰 서자 영진은 서둘러 가방을 챙겨 들었다. 남들은 눈치 채지 못했지만 자신이 느끼기엔 몹시 엉거주춤한 자세로 그녀는 계단을 걸어 올라갔다.

그냥 사무실로 들어가고 싶었지만 영진은 오늘도 빠뜨리지 않고 스위트 미팅에 들렀다. 그녀가 들어서자 컵을 닦고 있던 현우가 반색을 하며 반겼다.

"한 기사님! 굿 모닝입니다."

"응. 현우씨도 굿 모닝."

"어디 아프세요? 안색이 영……."

"아냐, 괜찮아. 나 에스프레소 마끼아또랑 모카라떼 줘. 되도록 빨리."

'빨리' 라는 말에 유달리 악센트를 주고 영진은 의자에 털썩 주저앉았다. 어쨌든 오늘 하루만 버티면 내일부터는 조금 나아질 테니 괴로워도 꾹 참을 수밖에 없었다. 병원엘 가봐도 속 시원히 고치기 어려운지라 어쩔 수 없이 고스란히 겪어야만 했다.

"한 기사님 커피 나왔습니다. 전광석화 같은 솜씨로 뽑아냈습니다."

"고마워. 수고해."

현우로부터 뜨거운 종이컵 두 개를 받아 들고 그녀는 빠른 걸음으로 회사로 향했다.

아침의 소란스러움이 가득한 사무실에 들어서며 영진은 실장실부터 살폈다. 상헌이 벌써 출근한 건지 실장실 문이 조금 열려 있었다. 작은 틈 사이로 연푸른빛 와이셔츠를 입은 상헌의 모습이 살짝 비쳤다.

콩닥콩닥, 겨우 얼굴만 봤을 뿐인데 또 가슴이 못 견디게 콩닥거렸다. 영진은 가방을 내려놓고 에스프레소 마끼아또만 들고 실장실 문을 똑똑 두드렸다.

"들어와요."

서류를 보느라 바쁜지 그는 시선조차 들지 않고 대답했다.

'하루아침에 바뀌지는 않겠지. 욕심 부리지 말자.'

그가 환한 미소를 지으며 맞아주길 바랐던 자신의 욕심을 타박하며 그녀는 실장실 안으로 들어섰다. 연한 커피 향이 감지되자 그제야 상헌은 고개를 들었다. 그러다 영진을 보더니 자세히 보지 않으면 눈치 채지도 못할 정도로 미세한 반가움을 슬쩍 내

비쳤다.

"왔어?"

"네."

그저 평범한 아침 인사일 뿐인데 영진은 가슴이 뜨거워졌다.

"커피 향 좋네."

"후후. 그렇죠?"

영진은 웃으며 상헌에게 커피를 내밀었다. 살짝 손끝이 닿았고 서로의 마음도 맞닿은 손을 통해 전해졌다.

"고마워."

"네."

또 콕콕거리며 통증이 찾아오자 그녀는 아랫입술을 질끈 깨물었다. 하루 종일 그와 마주 보고 웃을 수 있다면 생리통 정도는 가볍게 무시해 줄 수 있을 텐데.

"어디 아파?"

"네? 아, 아뇨."

"근데 왜 인상을 써? 진짜 아픈 거 아냐?"

걱정스러운 표정으로 자리에서 일어서는 상헌을 향해 그녀는 다급히 손사래를 쳤다. 창피하게 생리통 때문에 아프다는 말은 죽어도, 진짜 죽어도 못한다.

"괘, 괜찮다니까요. 전 그만 나가볼게요."

혹시라도 그가 눈치 챌까 봐 영진은 얼른 실장실을 빠져나왔다. 이상하게 그에게서 멀어지자 통증이 좀 더 심해지는 듯하다. 영진은 자리에 주저앉아서 아랫배를 꼭꼭 눌렀다. 이렇게 주물러 주면 그나마 조금은 통증이 가라앉았다.

'약국에 다녀와야 하나?'

망설이는 사이 직원들이 모두 출근을 했고, 곧장 회의가 시작되는 바람에 약국에 갈 타이밍을 놓쳐 버리고 말았다. 영진은 통증을 견뎌내느라 회의 시간에도 제대로 집중할 수가 없었다. 때문에 상헌이 내내 걱정스러운 눈빛으로 자신을 바라보는 것도 모르고 지나쳤다.

끔찍한 오전 근무시간이 지나고 점심시간이 되자 영진은 밥먹는 것도 뒤로 제쳐 두고 곧장 근처 약국으로 달려갔다.

"진통제 주세요."

"어디가 어떻게 아프세요?"

친절하게 생긴 남자 약사가 미소를 지으며 물었다. 말하기 창피한데.

"저, 생리통이요."

조그맣게 중얼거리자 약사는 알 만하다는 듯이 고개를 끄덕이며 진통제 몇 알을 내밀었다.

"생리통 심하다고 계속 약만 드시면 안돼요. 내성이 생겨서 나중에는 약으로도 다스리기 힘들어지거든요. 온습포를 해서 아랫배를 좀 따뜻하게 해주면 훨씬 나을 거예요. 그리고 좌훈도 도움이 되고요."

"네. 얼마죠?"

약값을 치르고 그녀는 약국을 빠져나왔다. 오늘은 점심 먹는 것도 그냥 포기해 버려야 할 것 같다. 집에 가면 약사 말대로 따뜻한 팩이라도 배에 올려놓고 쉬어야 할까 보다.

영진은 텅 빈 사무실로 들어와 진통제 한 알을 삼키고 책상에 이마를 대고 엎드렸다. 진통제가 효과를 발휘하려면 앞으로 삼십 분 정도는 더 고통스러워해야 하리라. 그나마 약 기운이 번지는지 조금씩 통증이 가라앉는 것 같아 그녀는 안도의 한숨을 내쉬었다.

톡톡.

누가 책상을 두드리는 소리에 영진은 소스라치게 놀라 얼굴을 치켜들었다. 그냥 잠시 눈만 감고 있으려고 했는데 까무룩 잠이 들었나 보다.

"많이 아파?"

언제 들어왔는지 상헌이 책상에 반쯤 걸터앉아 그녀를 내려다보고 있었다.

"괜찮아요. 약 먹었거든요."

"음……."

상헌이 난감한 듯 손가락으로 이마를 긁적였다. 뭔가 말을 하려고 하는데 영 쉽지 않은지 그는 내내 망설이고 있었다. 그러다 조금 쑥스러워하는 낯빛으로 작은 종이 가방 하나를 불쑥 내밀었다.

"이게 뭐예요?"

영진이 의아하게 바라보자 상헌은 헛기침을 하며 내용물에 대해 간단히 설명을 했다.

"그게, 흠흠…… 찜질팩이야. 탕비실에 전자레인지 있지? 거기 이 분 정도 덥히면 따뜻해진대. 그거 배에 올려놓으면 통증이 좀 가라앉는다더라."

"……."

영진은 종이 가방을 받아 들면서도 뭐라고 말을 잇지 못했다. 그게 부끄러워서 그런다고 여겼는지 상헌이 답지않게 장황한 설명을 덧붙였다.

"그, 생리통이란 게 엄청 아프다고 언젠가 TV 무슨 의학 코너에서 그러더라고. 심한 사람은 일상생활을 못할 정도라고. 근데 진통제 자꾸 먹는 것도 안 좋다고 하고. 많이 아프면 그냥 조퇴하고 집에 가서 쉬어."

"아뇨, 그 정도는 아니에요. 고맙습니다."

붉어진 얼굴로 영진은 종이 가방만 내려다보았다. 그의 마음 씀씀이가 고마워서 진짜 생리통쯤은 아무렇지도 않게 털어버릴 수도 있을 것 같다. 정말 그럴 것 같다.

영진에게 찜질팩을 건네고 실장실로 들어서며 상헌은 쓸쓸한 미소를 지었다. 회의 시간 내내 어디가 아픈지 안절부절못하는 영진을 걱정스럽게 살피다, 그녀가 아랫배에 손을 가져다 대며 인상을 쓰는 것을 보고는 왜 자신의 물음에 얼굴을 붉혔는지 어렴풋이 깨달았다. 현경 역시 매달 한 번씩 그렇게 힘들어하곤 했었다. 그때마다 뜨거운 찜질팩을 하던 모습이 생각나 고민 끝에 근처 의료용품 가게에서 찜질팩을 사서 건넨 참이었다.

지난 십 년 간 자신만을 해바라기 해온 영진에게 조금만 더 기다려 달라고 뻔뻔스럽게 말했으면서도, 기껏 찜질팩 하나 사서 건네는 것조차 망설이고 망설였다. 아직 영진에게 온전히 마음을 주지도 못한 상태에서 괜히 기대감만 커지게 하는 건 아닌지 염려스러워서.

착잡한 심정으로 그는 의자에 털썩 주저앉았다. 그리 짧다고 할 수 없는 결혼 기간 동안 정작 현경에게는 이런 세심한 배려를 한 적이 없었다. 그저 아파서 어떻게 하냐는 반쯤은 무성의하고 의례적인 걱정을 중얼거렸을 뿐, 손수 찜질팩을 사다 준다거나 약을 사다 주는 성의를 보인 적은 없었다. 그런 게 쌓이고 쌓여 결국 이혼이라는 쓴 결론으로 끝맺음을 했고, 때문에 영진이 걱정돼 찜질팩을 사들면서도 한편으로는 현경에게 많이 미안한 마음이 들었다.

지금 자신이 영진을 살피듯 세심하게 현경을 살폈더라면 어땠을까 하는 생각을 하다 말고 그는 이내 고개를 저었다. 신이 아닌 이상 지나간 과거를 되돌릴 수는 없었다. 지금 현경을 걱정해야 할 사람은 자신이 아니라 현경의 곁에 있는 그 사람이었다.

자신이 영진의 창백한 안색을 걱정하고 예민하게 살핀다는 건, 이미 그의 마음이 영진에게 다가서기 시작했다는 뜻이었다. 더 이상 미적대면서 영진의 진심을, 자신의 뒤늦은 자각을 기만해서는 안 되는 것이다.

상헌은 내내 그를 혼란스럽게 했던 고민의 잔상을 갈무리했다. 조만간 현경에게 연락을 한번 취해봐야 할 듯하다. 해일이 했던 말도 확인을 해봐야 했고, 또 영진에게 차츰 열려가는 자신의 마음에 더 가속도가 붙기 전에 현경이 잘 지내고 있다는 것을 확인하고 싶었다. 물론 그것조차 이기적인 자신의 욕심일 테지만.

반복적으로 이어지는 컬러링을 듣던 상헌은 전화기를 그냥 내려놓았다. 벌써 두 번이나 전화를 했는데 현경은 내내 연락이 되지 않았다. 바쁜 일이 끝난 참에 한 번 만나보려 했는데.

한 시간쯤 지나 그는 다시 전화기를 집어 들었다. 목에 걸린 가시처럼 해일의 말이 내내 머릿속에서 맴돌아서 하루라도 빨리 현경에게 진상을 확인을 하고 싶었다. 한참이 지나도 전화를 받지 않기에 이쯤에서 포기하려는데 현경의 목소리가 갑자기 튀어나왔다.

[여보세요. 상헌 씨?]

"응. 아까 전화했었는데 안 받더라."

[미안. 누구랑 같이 있던 자리라서 못 받았어.]

"저녁 같이 먹을래?"

[갑자기 왜? 무슨 일 있어?]

"아니. 너한테 물어볼 게 있어서."

[알았어. 어디서 만날까?]

"일곱 시에 하프에서 보자."

[그래. 있다 봐.]

직원들이 퇴근을 하는지 바깥이 갑자기 소란스러워졌다. 십여 분 정도 지나 직원들이 모두 나간 듯 사무실이 조용해지자 그는 실장실을 나섰다. 그런데 빈 사무실에 영진이 오도카니 홀로 앉아 있었다.

"아직 안 갔어?"

"네. 막 나가려던 참이었어요."

"음, 그래."

잠시 머뭇거리던 그는 어렵게 입을 뗐다.

"나 지금 현경이 만나러 간다. 확인할 게 좀 있어서."

"……."

영진은 가만히 그를 바라보기만 했다. 뭔가 설명을 바라는 듯한 그녀의 눈빛에 상헌은 작게 한숨을 내쉬었다.

"너한테 말해줘야 할 것 같아서, 그래서 말한 거야."

"……네. 고마워요. 말해줘서."

그다지 기분이 좋지 않을 텐데도 애써 담담한 표정을 짓는 영진을 보자 괜스레 미안해졌다.

"미안."

그가 사과를 하자 영진은 희미하게 웃어 보였다.

"확인할 게 있다면서요. 그럼 만나야죠."

"그래. 나가자."

나란히 회사를 나서서 상헌은 영진을 먼저 보내고 차에 올랐다. 그가 하프에 도착했을 때 마침 현경도 주차장에 들어서고 있었다. 운전석에서 내리던 현경이 그를 발견하고는 손을 흔들었다.

"상헌 씨!"

"그래."

"언제 왔어? 지금 도착한 거야?"

"음. 들어가자."

현경이 익숙하게 팔짱을 끼자 그는 현경이 불쾌해하지 않게 조심스레 팔을 빼냈다.

"아, 미안. 버릇이 되어서."

현경이 콧잔등에 살짝 주름을 잡으며 사과했다.

"다음부터는 조심할게."

"그래."

나란히 레스토랑에 들어서서 두 사람은 늘 앉았던 그곳에 자리를 잡고 앉았다. 커다란 수족관 바로 옆 자리. 갖가지 화려한 열대어들과 은은한 조명으로 인해 몽환적인 느낌마저 드는 수족관이 익숙하게 그들을 맞았다.

"여기는 여전하네."

"그러게."

웨이터가 다가와서 메뉴판을 내밀었다.

"난 티본 스테이크로."

"저도요."

주문을 하고 나자 잠시 어색한 침묵이 흘렀다.

"갑자기 왜 만나자고 한 거야?"

"물어볼 게 있어서."

"뭘?"

현경은 눈을 동그랗게 뜨고 그를 바라보았다. 상헌은 지난번보다 야윈 현경의 얼굴을 보자 마음이 안 좋았다.

"얼굴이 왜 그러니? 저번보다 마른 것 같다."

"아냐, 다이어트 중이라서 그래. 나 일 년 사이에 4kg이나 늘었잖아. 군살이 많이 붙은 것 같아서 요즘 조심하는 중이야."

"그럼 다행이고. 네가 만나는 남자 말인데."

"성민 씨가 왜?"

"외국에서 돌아왔니?"

"응. 삼 주 전에 들어왔어. 왜?"

"좋은 사람이야?"

단도직입적인 물음에 현경은 말간 시선으로 그를 바라보기만 했다. 잠시 입을 달싹이던 그녀는 앞에 놓인 물 컵을 들어올렸다.

"나, 말 이리저리 돌려서 못하는 거 알지?"

"응."

"전에 동창 모임에서 해일이를 만났어. 그 녀석 말이 네가 만나고 있는 남자를 알고 있다고 하던데, 소문이 별로 안 좋다고 하더라."

"무슨 소문이 안 좋다는 건데?"

현경의 얼굴이 눈에 띄게 굳어졌다.

"혹시 그 남자, 너한테 손찌검 하고 그러니?"

"……."

"대답해. 그래?"

"아니."

아니라고는 하는데 눈빛은 불안하게 흔들렸다. 진실성이 결여된 흐린 눈빛, 그에게는 너무 익숙한 눈빛이었다. 이혼하기 전 성민이라는 남자를 만나고 있을 때도 현경은 곧잘 저런 불안한 눈빛을 보이곤 했다. 막연한 불안감이 현실로 다가오는 순간이었다.

"정말이야?"

"그래. 그런 사람이면 애초에 헤어졌지 지금까지 만나고 있을 이유가 없잖아."

"그럼 다행이고. 노파심에서 하는 말인데 만에 하나 그 남자가 폭력적인 성향을 보인다면 이쯤에서 그만둬. 손찌검하는 거 한순간에 고쳐지는 거 아니다. 알았지?"

"걱정하지 마. 내가 알아서 할 테니까. 참, 태진 씨는 잘 지내지?"

현경은 억지로 말꼬리를 다른 쪽으로 돌렸다. 미심쩍은 기분은 여전했지만 그렇다고 더 다그치는 건 명백한 월권행위였다. 이미 이혼한 처지에 전처의 사생활까지 일일이 간섭할 수는 없었다.

"잘 지내고 있어."

"영진이도 잘 지내? 자기네 회사에서 근무하고 있다고 했잖아."

가끔 애교를 부릴 때 현경이 쓰던 자기란 말이 여과없이 튀어나오자 상헌은 가볍게 헛기침을 했다.

"아, 미안. 또 실수했네. 이젠 내 자기가 아닌데. 나 오늘 왜 이러나 몰라."

"괜찮아. 그리고 영진이도 잘 지내고 있어."

"아직도 싱글이야?"

"글쎄."

"참 이상해. 영진이 내가 보기엔 참 괜찮은 여자인데 이상하게 학교 다닐 때도 그렇고 남자 친구 사귀는 걸 못 봤어. 그런데 아직까지 싱글인가 보다. 좋은 사람 있으면 상헌 씨가 소개 좀 시켜주고 그래."

상헌은 씁쓸한 미소만 지었다. 현경이 자신과 영진 사이에 오가고 있는 미묘한 감정의 교류를 알면 어떤 반응을 보일까.

"태진 씨하고도 잘 어울릴 것 같은데."

"알아서들 하겠지. 음식 나왔다, 먹자."

다행히 더 곤란한 질문이 쏟아지기 전에 주문했던 요리가 나왔다. 상헌은 안도의 한숨을 내쉬며 나이프와 포크를 집어 들었다.

알맹이없이 겉돌기만 하는 대화로 식사 시간을 흘려보내고 두 사람은 들어왔던 때와 마찬가지로 나란히 레스토랑을 나섰다.

"상헌 씨, 걱정해 줘서 고마워."

"별말을 다한다. 그리고 현경아."

"응?"

"혹시라도 네 힘으로 어찌할 수 없는 곤란한 상황이 생기면 주변에 도움을 청해. 알았지?"

자신에게 연락하라는 말은 하지 못했다. 어쩌면 이런 식으로 조금씩 책임을 회피해 가고 있는지도 모른다는 생각이 들어 마음이 착잡해졌다.

"괜찮다니까 자꾸 그러네. 성민 씨, 그런 사람 아니야."

현경의 차 앞에 멈춰 선 상헌은 담담한 눈빛으로 현경을 바라보았다.

"가라."

"응."

차에 오를 듯하던 현경이 뭔가가 생각난 듯 다시 뒤를 돌아보았다.

"근데 상헌 씨, 나 뭐 하나만 물어봐도 돼?"

"음."

"혹시…… 여자 생겼어?"

"……갑자기 그건 왜?"

"그냥 느낌이 그래. 뭐랄까 좀 여유로워 보인다고 해야 하나? 어쨌든 지난번과는 느낌이 좀 달라서 물어본 거야."

상헌은 궁금해하는 현경의 눈길을 애써 피했다.

"정말 그런 거야?"

"아직 말할 단계가 아니다. 나중에 이야기할게. 그만 들어가."

"……."

현경은 잠시 아득한 눈으로 그를 보다 차에 몸을 실었다.

"운전 조심하고."

"응. 상헌 씨도 조심해서 들어가."

현경이 먼저 출발하고 나자 그도 세워두었던 차로 향했다. 현경에게 확인을 하고 나면 마음이 편해질 줄 알았는데 오히려 더 혼란스러웠다. 진실을 숨기고 있는 듯한 현경의 태도가 영진을 향해 다가서고 있는 그의 발걸음을 한없이 더디게 만들었다.

정신없이 바쁜 하루를 보내고 퇴근 무렵이 되어서야 겨우 한숨 돌릴 여유를 찾은 영진은 의자에 반쯤 몸을 누이며 한숨을 내쉬었다. 하루 종일 모니터를 보며 작업을 하느라 눈은 뻑뻑해 졌고, 바쁘게 마우스를 눌러대던 손목은 통증이 느껴질 정도로 시큰거렸다.

오늘은 하늘이 두 쪽이 나는 한이 있어도 무조건 제시간에 퇴 근을 할 작정이었다. 스트레스 때문에 가뜩이나 푸석해진 얼굴 에 마사지도 좀 하고 들어가는 길에 백화점에 들러서 저번에 봐 두었던 예쁜 원피스도 살 생각이었다.

사실 예전에는 굳이 신경 써서 예쁜 옷을 살 필요성을 느끼지 못했었다. 옷을 고르느라 낭비되는 시간이 아까웠고 겨우 옷 한 벌에 몇십만 원씩을 주고 사야 한다는 것도 낭비라고 여겼었다. 하지만 이제는 조금 더 외모에 신경을 써야 할 것 같다. 외모가 절대적인 평가 기준이 될 수는 없겠지만, 적어도 상헌 곁에 섰을 때 초라해 보인다는 말은 듣고 싶지 않았다.

RRR— RRR—

내선전화가 울리자 그녀는 번호부터 확인했다.

'232번?'

곧장 실장실 쪽을 바라보았지만 안을 들여다 볼 수 있는 창문에는 블라인드가 내려져 있었다. 영진은 고개를 갸웃거리며 전화기를 집어 들었다.

"여보세요."

[영진아.]

"네."

[퇴근하고 잠깐 시간 좀 낼 수 있니?]

"무슨 일로……."

[어디 같이 좀 갈 데가 있어.]

"그럴게요."

[조금 있다 주차장으로 내려와. 난 먼저 내려가서 기다릴게.]

"네."

전화를 끊고 조금 있자 상헌이 실장실 문을 열고 나왔다.

"나 먼저 퇴근할 테니까 퇴근 시간 되면 알아서들 퇴근해."

"네. 들어가십시오."

수선스럽게 인사를 건네는 직원들을 향해 고개를 끄덕여 주고 상헌은 마지막으로 영진을 바라보았다. 그의 눈에 따뜻한 기운이 소리없이 번져 나갔다.

"한 기사도 퇴근 잘하고."

"……네."

마치 밀어를 나눈 것처럼 영진의 얼굴이 화끈 달아올랐다. 십분 정도 지나 직원들이 서서히 퇴근 준비를 하기 시작하자 영진도 서둘러 가방을 챙겨 들었다. 상헌이 자신을 기다리고 있다는 생각을 하자 자꾸만 마음이 급해졌다. 조금 늦는다고 그가 가버릴 것도 아닌데 이상하게 상헌과 관련된 일에는 늘 이렇게 조바심을 치게 된다.

"저 퇴근합니다. 모두들 수고하셨어요."

영진은 급히 퇴근 인사를 하고 사무실을 빠져나왔다. 미처 지퍼를 다 닫지도 못한 가방을 손에 들고 그녀는 계단을 뛰어 내려가기 시작했다. 주차장에 도착하자 멀리 상헌의 차가 보였다. 그리고 의자에 머리를 기댄 채 편안히 눈을 감고 있는 상헌의 모습도 그녀의 시야에 꽉 들어찼다.

급하게 뛰어온 기색을 보이지 않으려 영진은 제자리에 서서 가만히 숨을 골랐다. 마치 소풍 가고 싶어서 조급증을 내는 어린애처럼 보이면 안 되니까. 겨우 숨이 정상적으로 돌아오자 그녀는 옷차림을 차분하게 가다듬고 차로 다가갔다.

유리창을 두드리자 상헌이 감고 있던 눈을 떴다. 영진은 애써 담담한 표정을 지으며 차에 올랐다. 어쩌면 상헌과의 공식적인 첫 데이트가 될지도 모르기에 가슴이 사정없이 콩닥거리며 뛰었다. 안전벨트를 매는 그녀를 보며 상헌이 웃음기 묻어나는 목소리로 물었다.

"뛰어왔어?"

"네?"

"얼굴이 빨개졌다."

"아, 아닌데……."

당황해서 더듬거리는 바람에 얼굴만 더 붉어져 버렸다.

"오래 기다려도 괜찮은데 뭐 하러 뛰어와? 힘들게."

"아니라니까요."

그가 자신의 속을 빤히 들여다보고 있는 것 같아 영진은 조금 우울해졌다. 아무리 상헌 앞에서 느긋해 보이려 노력을 해도 그는 금세 그녀의 상태를 눈치 채버렸다. 그래서 은근히 속이 상했다.

"그냥 모른 척 좀 해주지."

속으로 웅얼거린다는 게 그만 입 밖으로 흘러나와 버렸다. 아차 싶어서 상헌 쪽을 힐끔 쳐다보자 그는 픽하고 웃었다.

"너 그때 생각나? 예전에 나 군대 있을 때 너하고 태진이가 면회 왔었잖아."

"네."

"그때도 너 지금처럼 그랬었어. 얼굴이 빨갛게 변해서는 더듬거리면서 나한테 인사를 했었는데 그게 왜 그렇게 오래도록 기억이 남는지."

"……."

영진은 상헌이 그런 사소한 일까지 기억하고 있다는 게 놀라웠다. 군대를 간 상헌이 너무 궁금하고 보고 싶어서 태진이 면회를 간다는 소리를 듣고 무작정 따라갔었다. 버스를 타고 가는 동안 얼마나 긴장을 했었던지 나중에 버스에서 내릴 때에는 다리가 후들거릴 지경이었다.

면회 신청을 하고 몇 달 만에 상헌을 보자 그만 눈물이 핑 돌았다. 그래서 겨우겨우 인사말만 건네고 꿀 먹은 벙어리마냥 내내 태진과 상헌이 대화하는 걸 듣고만 있었는데, 그걸 상헌이 기억하고 있었나 보다.

"너한테 이야기는 안 했는데 사실 그때 너 소개시켜 달라는 고참들이 많았었어."

"네?"

"태진이가 편지 보낼 때 동아리 MT 가서 찍은 사진을 같이 보냈었거든. 그때가 아마 너 대학 입학하고 처음 가는 MT였을 거야. 그 사진 보고 고참들이 너 소개시켜 달라고 난리 치는 바람에 내가 태진이한테 신경질내고 그랬었어. 왜 그런 사진을 보내서 사람 고생시키냐고."

"태진 선배한테서 그런 소리는 못 들었는데."

"당연히 말 안 했겠지. 내가 하지 말라고 했으니까."

왜요? 라고 묻고 싶은데 차마 입이 떨어지지 않았다. 상헌이 알아서 말을 해주면 좋겠는데 그는 말을 잇지 않은 채 그냥 시동을 걸어 차를 출발시켜 버렸다.

영진은 아쉬운 마음을 뒤로하고 말없이 창밖만 바라보았다. 조금씩 정체를 보이는 도로를 따라 한참을 달려서 상헌은 백화점 지하주차장으로 차를 몰고 들어갔다. 주차를 하고 엘리베이터에 오르고 난 후에야 영진은 비로소 그에게 물었다.

"뭐 사시려고요?"

"응."

상헌은 짧게 대답을 하고 오층이라고 적힌 버튼을 눌렀다. 잠시 후 엘리베이터가 오층에 멈춰 서자 두 사람은 나란히 내려섰다. 상헌은 성큼성큼 걸어서 남성복을 잔뜩 진열해 놓은 한 매장으로 향했다. 영진은 쭈뼛거리며 그를 따라 매장 안으로 걸어 들어갔다.

"어서 오세요."

매장 점원이 환한 미소를 지으며 두 사람에게로 다가왔다.

"오랜만에 오셨네요."

친숙하게 인사를 건네는 걸로 봐서 상헌이 자주 오는 단골 매장인 모양이다.

"안 그래도 오늘 여름 신상품이 나왔는데 타이밍 잘 맞춰서 오셨네요. 양복으로 보실 거죠?"

"네."

그의 대답이 떨어지기가 무섭게 점원 아가씨는 고급스러워 보이는 양복들을 줄줄이 가져와서 상헌 앞에 내밀었다. 이건 디자인이 어떻고, 저건 소재가 고급스럽고, 또 이건 이태리 직수입 원단이라서 가격이 비싸다는 둥 점원의 말은 끝도 없이 이어지고 있었다.

영진은 그냥 하릴없이 매장 안을 이리저리 둘러보았다. 그때 상헌이 영진을 향해 물었다.

"어떤 게 괜찮은 것 같아?"

"네?"

멍해서 되묻자 상헌이 엷은 미소를 지었다.

"네가 보기엔 어떤 게 나한테 잘 어울릴 것 같으냐고."

그는 마치 당연한 것처럼 그녀의 의견을 묻고 있었다. 영진은 그제야 황망하게 점원 아가씨가 들이밀었던 옷가지들을 살펴보기 시작했다. 사실 그녀가 보기엔 다 그게 그거 같고 별 차이점을 느낄 수가 없었다. 양복들이야 따로 화려한 장식이 있는 것이 아닌 터라 영진은 그 옷들의 차이점이 뭔지도 확실히 알 수가 없었다.

영진이 난감해하는 걸 알아챈 점원아가씨가 그녀에게 차근차근 차이점을 설명해 주었다. 한참 만에야 영진은 그 중에서 제일 마음에 드는 양복 한 벌을 골라 상헌에게 내밀었다.

"이게 제일 괜찮은 것 같은데."

혹시라도 상헌이 마음에 안 들어하면 어쩌나 고민하며 권했
는데 그는 두 번 보지도 않고 그걸로 하겠다며 결정을 내려 버
렸다. 점원 아가씨와 상헌이 바지 기장을 맞추는 동안 영진은
괜히 좋아서 배시시 미소를 지었다. 그가 지극히 사적인 일에
그녀의 동행을 원했다는 건, 서서히 그녀에게 다가오고 있다는
의미였다.

"삼십 분 정도면 수선이 끝날 것 같은데 다른 매장도 좀 둘러
보고 오시겠어요?"

"네, 그러죠. 가자 영진아."

수선을 맡겨놓고 상헌은 영진을 데리고 바로 아래층으로 향
했다. 남성복 매장과는 달리 여성복 매장은 어디부터 구경을 해
야 할지 모를 정도로 화려한 옷들로 가득했다. 영진도 여자인지
라 예쁜 옷들을 보자 자꾸만 눈길이 갔다.

부스들을 구경하던 영진은 오늘 사려고 마음먹었던 원피스와
비슷한 디자인의 옷이 디스플레이 되어 있는 매장이 나오자 그
앞에 멈춰 서서 옷을 만지작거렸다. 자신이 사려고 했던 건 이
런 비싼 브랜드가 아니었지만 그래도 너무 예뻐 쉽게 눈길을 거
둘 수가 없었다. 이참에 그냥 큰맘먹고 하나 사버릴까 고민하는
사이 앞서 가던 상헌이 뒤를 돌아 그녀를 바라보았다.

"그 옷이 마음에 들어?"

"그냥 예뻐서요."

"내가 보기에도 너한테 잘 어울릴 것 같다."

"음."

영진은 고개를 끄덕이며 이걸 진짜 사버릴까 심각하게 고민을 했다. 그러는 사이 상헌이 매장 안으로 불쑥 들어갔다.

"어?"

상헌이 점원에게 뭐라고 말을 하자 점원이 활짝 미소를 지으며 영진에게로 다가왔다.

"들어와서 입어보세요."

"네? 아뇨. 전 그냥 나중에 다시……."

"애인 분이 사주신다고 할 때 얼른 사세요."

애인이라는 말에 영진은 미처 뭐라고 대꾸도 못하고 그냥 점원의 손에 이끌려 매장 안으로 들어서고 말았다. 당황하는 그녀를 보며 상헌이 희미하게 웃었다.

"입어봐. 잘 어울릴 거야."

"다음에 사도 괜찮은데."

혹시라도 가격이 너무 비싸면 사기에 망설여질 텐데. 그렇다고 가격 때문에 상헌 앞에서 못 산다는 소리는 죽어도 하기 싫은데.

망설이는 사이 점원 아가씨는 영진이 보고 있던 원피스를 가지고 와서 그녀에게 내밀었다. 영진은 자의 반 타의 반으로 원피스를 받아 들고 피팅룸으로 향했다. 조금 뒤 옷을 갈아입고 나오자 점원 아가씨는 과할 정도로 심하게 칭찬을 늘어놓았다.

"어머, 너무 잘 어울리신다. 완전히 손님한테 맞춰서 나온 옷

같아요. 남자 친구 분이 보시기엔 어떠세요? 예쁘죠?"

"그러네요."

나지막한 상헌의 대답을 들으며 영진은 커다란 거울 앞에 서서 자신의 모습을 이리저리 비춰보았다. 하늘하늘한 시폰 소재의 원피스가 길고 늘씬한 그녀의 몸매를 한껏 돋보이게 했다.

"이걸로 하시겠어요?"

"네? 그게 좀 더 생각을……."

물론 옷이야 마음에 들었지만 브랜드가 브랜드다 보니 가격이 만만찮을 터였다. 그렇다고 가격이 얼마냐고 물어볼 수도 없어서 난감해하고 있는데 상헌이 지갑을 꺼내서 카드를 내밀었다.

"계산해 주세요."

"네, 손님."

점원 아가씨는 당연하다는 듯 그의 카드를 받아서 카운터로 향했다.

"저기요, 계산은 제가 할게요."

당황해서 점원 아가씨를 부르는데 상헌이 불쑥 그녀의 앞을 막아섰다. 그리고 새삼스럽게 영진을 아래위로 훑어보았다. 자신이 계산을 해야 한다는 생각을 잊어버릴 정도로 깊은 눈빛으로.

"계산은 제가 해야 하는데."

"내가 사줄게."

"하지만……."

영진이 못내 부담스러운 듯 중얼거리자 상헌이 나지막하게 속삭였다.

"괜찮아. 우리 이제…… 이 정도 선물은 주고받을 수 있는 사이잖아."

"……."

콩닥콩닥, 가슴이 뛰었다. 단순히 비싼 옷을 선물 받아서 기쁜 게 아니라 그가 자신에게 뭔가를 해주고 싶어한다는 사실을 알게 되어서 기뻤고, 그의 입으로 두 사람의 관계가 달라졌음을 처음으로 인정했기 때문에 기쁨이 더 컸다.

계산을 마치고 매장을 나서던 상헌이 슬며시 그녀를 향해 손을 뻗어왔다. 망설이던 영진은 수줍게 손을 내밀어 상헌의 손을 맞잡았다. 그것이 그와 그녀의 첫 번째 데이트였다.

[퇴근하고 놀러와라.]

전화기 너머에서 들려오는 굵직한 태진의 음성에 상헌은 건성으로 물었다.

"왜?"

[누구 소개시켜 주려고.]

"누구?"

[와보면 알아.]

어딘지 잔뜩 들뜬 태진의 목소리를 들으며 상헌은 눈으로 바쁘게 서류를 훑어 내렸다.

"조금 늦을지도 모르겠다. 일이 많아서."

[그럼 저녁은 먹고 올 거냐?]

"그래야 될 것 같다."

[영진이한테도 오라고 해볼까?]

은근히 그의 의중을 떠보는 태진 때문에 상헌은 피식하며 웃음을 터뜨렸다.

"내가 데리고 갈게. 이따 보자."

[어? 어.]

뭔가 더 묻고 싶어하는 태진의 마음을 알면서도 그는 그냥 전화를 끊어버렸다. 어차피 조만간 태진에게 영진과의 사이를 말하려고 했었다. 일부러 자리를 만들어서 말을 하는 것보다는 자연스레 알게 하는 편이 더 나을지도 모르겠다.

상헌은 아직도 잔뜩 쌓여 있는 서류들을 보며 한숨을 내쉬었다. 영진과 시간을 보내려고 요 며칠 일찍 퇴근을 했더니 밀린 일이 한두 가지가 아니었다. 당장 내일 견적을 넣어야 할 업체도 두 군데나 되는데 겨우 한 업체의 서류만 검토가 끝났다. 직원들이 어련히 알아서 준비를 했을까 싶지만 그래도 그의 성격상 뭐든지 꼼꼼하게 검토를 해야만 직성이 풀렸다.

현경과 이혼을 한 뒤에는 차라리 일이 많은 게 다행스러웠는데 이제는 수주를 좀 줄여야 하지 않나 심각히 고민을 할 때가 많아졌다. 이 상태로 가다가는 영진과 데이트다운 데이트는커

녕 휴일에도 일에 매달려 있어야 할 지경이었다. 물론 영진과 같은 공간에서 일을 하고 있으니 얼굴을 못 봐 아쉬운 점은 없지만 영진이 해바라기만 한 십 년의 시간을 보상해 주려면 둘만의 시간을 자주 가질 수 있게 배려를 해줘야 할 듯했다.

똑똑.

노크 소리에 상헌은 서류에서 눈을 떼 문을 쳐다보았다. 경일이 두꺼운 서류철을 들고 낑낑거리며 안으로 들어왔다.

"뭐야?"

"미도건설 견적서류 정리한 겁니다."

"거기 내려놓고 나가."

"알겠습니다."

경일이 서류를 책상 한쪽에 내려놓고 돌아섰다.

"참, 한 기사 좀 들어오라고 해."

"네."

경일이 나가고 조금 있자 영진이 문을 열고 들어섰다. 일을 하느라 정신이 없었는지 그녀는 아예 도면을 손에 든 채였다.

"부르셨어요?"

"많이 바빠?"

"조금요."

"퇴근하고 태진이가 오피스텔로 오라고 하는데, 괜찮겠어?"

"글쎄요. 아무래도 많이 늦을 것 같은데."

영진은 난감한 얼굴로 말끝을 흐렸다. 상헌과 마찬가지로 그녀 역시 요 근래 업무에 많이 소홀했던 터라 바쁘기는 매한가지였다.

"나도 좀 늦을 것 같으니까 같이 퇴근하자."

"그럴게요."

영진은 대답하기가 무섭게 바로 돌아섰다. 직원이 일을 열심히 하는 걸 보면 흐뭇해야 할 텐데 이상하게 마음에 들지 않았다. 뭐가 저렇게 급해서 말 몇 마디 나누자마자 곧장 돌아서 버리는지.

"한 기사, 아니, 영진아."

문을 열다 말고 영진이 뒤돌아섰다.

"네?"

"아니다. 됐어."

영진은 의아한 표정으로 그를 보다 실장실을 나섰다. 상헌은 손가락으로 이마를 탁탁 치며 허한 웃음을 흘렸다.

"뭐 하자는 거야, 바쁜 애를 붙잡고. 쯧쯧."

영진과 마주앉아서 느긋하게 커피라도 한 잔 마시고 싶은 욕심을 애써 누르며 그는 다시 서류에 집중했다.

미뤄뒀던 일을 어느 정도 마무리하고 나자 열 시가 가까워져 있었다. 상헌은 보던 서류를 정리하고 옷을 챙겨 입었다. 실장실을 나서자 영진 역시 일이 끝났는지 책상 위를 정리하고 있었다.

"다 끝났어?"

"네. 실장님도?"

"응. 그만 가자. 태진이 녀석 너무 오래 기다렸겠다."

"네."

나란히 사무실을 나서서 차를 타고 태진에게로 향하며 두 사람은 익숙하게 대화를 나누었다. 대화라고 해봐야 그저 학교 때 얘기, 그리고 직원들 얘기가 다였지만 예전과는 달리 대화가 한두 마디에 끊어지는 게 아니라 자연스럽게 이어졌다. 영진도 그렇지만 상헌 역시 서로 어색해지지 않게 노력을 많이 하는 중이었다. 그에게는 결코 익숙한 일이 아니었지만 일단 고치자고 마음먹은 이상 노력을 해야만 했다.

오피스텔 주차장에 차를 세우고 두 사람은 엘리베이터로 향했다. 버튼을 눌러놓고 나서 상헌은 습관처럼 그녀의 손을 꼭 잡았다. 영진이 멈칫하자 그는 나지막하게 속삭였다.

"괜찮아. 어차피 태진이한테도 알릴 생각이었어."

"네."

그렇게 두 사람은 손을 꼭 잡은 채 태진의 오피스텔 문 앞에 섰다. 긴장이 되는지 영진이 한숨을 내쉬자 그는 잡은 손에 조금 더 힘을 주었다.

초인종을 누르고 조금 있자 누가 다다닥 뛰어오는 소리가 들렸다.

"누구세요?"

낯선 여자의 음성에 상헌은 의아한 얼굴로 영진을 바라보았다. 영진도 뭔가 이상한지 새삼 문에 붙은 호수를 확인했다.

"태진 선배 오피스텔 맞는데."

"그러게."

뭐라 대답도 못하고 머뭇거리는 사이 문이 활짝 열리고 하얀 얼굴 하나가 쓱 고개를 내밀었다.

"어?"

뜻밖의 얼굴에 놀라서 당황해하고 있는데 집 안쪽에서 태진의 걸쭉한 음성이 들려왔다.

"왔으면 들어오지 뭐 하고 있어?"

태진은 아주 태연하게 걸어와 명혜의 어깨에 턱하니 손을 올렸다. 상헌과 영진은 기막힌 얼굴로 두 사람을 바라보았다.

"어떻게 된 거야?"

"일단 들어와서 이야기해."

오피스텔에 들어와서도 멍해 있는 두 사람을 보며 태진이 멋쩍은 미소를 지었다.

"인사해라. 내 여자 친구다."

"스위트 미팅에서 아르바이트하는 학생인 것 같은데, 이 아가씨가 네 여자 친구야?"

"응. 그렇게 됐다."

뻔뻔스러운 태진의 얼굴에서 눈을 돌려 명혜를 바라보자 그녀는 눈을 반짝반짝 빛내며 상헌을 마주 보았다. 설마했는데 태진이 맘속에 담아두고 있던 사람이 진짜 이 솜털 보송보송한 아가씨였다니. 상헌은 태진을 향해 어이없어하는 눈빛을 보냈다.

'이 도둑놈. 아직 젖살도 안 빠진 어린 여자애를……'

'그것도 능력 아니겠냐.'

뻔뻔하기까지 한 태진의 눈빛을 받아치며 상헌은 그냥 피식 웃음을 흘리는 걸로 축하를 대신했다.

"그래도 생각보다 일찍 왔네. 난 열두 시는 되어야 올 줄 알았더니."

"일찍 와서 불만이냐?"

"뭐, 딱히 그런 건 아니야. 조금 더 일찍 왔으면 내가 화가 좀 났겠지만."

태진이 키득거리며 웃었다. 그러자 명혜가 얼굴이 빨개져서는 뭐라고 종알거렸다. 두 사람 사이의 분위기가 미묘해서 괜히 덩달아 민망해졌다.

"그나저나 두 사람 지금 손 잡고 있는 거 맞지? 둘 사이에 무슨 변화가 있었던 것 같은데."

워낙 경황이 없어서 미처 손을 잡고 있다는 것도 잊고 있었던 상헌은 빼려고 조몰락거리는 영진의 손을 일부러 더 세게 움켜잡았다.

"너만 여자 친구 생기란 법 있어?"

"다행이네. 괜히 나만 애인 생겼다고 좋아서 실실거리면 미안할 뻔했는데."

"그런 녀석이 애인 자랑하고 싶어서 늦게라도 놀러오라고 그렇게 생떼를 쓰냐?"

"킥킥, 그런가?"

상헌과 태진이 투닥이는 사이 영진과 명혜는 주방으로 들어
가 안주들을 그릇에 담으며 속닥거렸다. 그런 두 사람을 바라보
던 태진이 상헌을 향해 물었다.

"이제야 겨우 영진이 마음 받아주기로 결심했어?"

상헌은 대답 대신 고개만 끄덕였다.

"잘했어. 두 사람이 서로 좋아하면 되지 뭐 다른 거 신경 쓸
필요 있나."

"글쎄, 잘한 결정인지 모르겠다. 내가 영진이 힘들게 할까 봐
걱정스러워."

복잡한 그의 심정을 이해한다는 듯 태진이 상헌의 어깨를 툭
쳤다.

"잘될 거야. 근데 현경 씨가 만나고 있다는 그 남자에 대해서
는 물어봤어?"

"아니라고 하더라. 손찌검 같은 건 안 한다고 했어."

한숨을 내쉬며 상헌은 영진을 바라보았다. 마음속에 현경을
짐처럼 떠안고 있으면서 영진을 붙잡은 게 정말 잘한 짓인지.

"그럼 됐지 뭐. 더 이상 신경 쓰지 마. 영진일 위해서도 그러
면 안 된다. 알았지?"

"알고 있어. 그런데 내내 마음에 걸려."

"됐어. 그쯤 했으면. 바람나서 이혼한 전처 이 정도로 챙겼으

서툰 연인들 235

면 성인 소리는 못 들어도 괜찮은 남자란 소리는 들을 수 있어. 이제 영진이만 신경 써. 불쌍한 걸로 치면 영진이가 열 배는 더 하지. 괜히 인연 끝난 전처한테 신경 쓰느라 영진이 힘들게 하지 마라."

"그래야지."

씁쓸한 미소를 지으며 그는 속으로 한숨을 삼켰다.

"자, 주안상 다 차려놨으니까 와서 드세요."

카랑카랑한 명혜의 목소리가 들리자 태진이 냉큼 주방으로 달려갔다. 무슨 파블로프의 개도 아니고 좋아라 하면서 달려가는 꼴이 아주 가관이었다.

"팔푼이가 따로 없네. 쯧쯧."

상헌은 혀를 끌끌 차며 주방으로 향했다. 네 사람은 서로 농담을 주고받으며 적당히 기분 좋을 정도로 술을 마셨다. 서로의 연인을 바라보는 눈빛이 따뜻해서 그만큼 열기가 더해지는 유쾌한 초여름 밤이 그렇게 조용히 흘러가고 있었다.

13. 그 섬에서 사랑을 고백하다

"자자, 주목하세요."

실장실에서 막 나온 경일의 우렁찬 목소리에 일을 하느라 숙이고 있던 직원들의 머리가 하나둘씩 통통 튀어올라 왔다.

"실장님의 지시사항을 전달하겠습니다. 여름 휴가 일정을 적어서 제출해 주세요. 현재 공사가 진행 중인 실무담당자들은 되도록 휴가가 서로 겹치지 않게 조정해 주시고, 현장과도 사전에 일정을 맞추시기 바랍니다. 더불어, 이번 휴가엔 두둑한 휴가비를 지원하겠다는 실장님의 고무적인 약속도 있으셨습니다."

경일의 말이 끝나기가 무섭게 여기저기서 환호성이 들려왔다. 그들 틈에서 영진 역시 환한 미소를 지었다.

"일정은 내일 오전까지 제출해 주시고, 다들 이제 일합시다."

마치 판사처럼 경일은 박수를 세 번 쳐서 지시사항 전달이 모두 끝났음을 알렸다. 저마다 일정을 맞추느라 머리를 맞대는데 경일이 후다닥 영진에게로 뛰어왔다.

"한 기사, 우리도 일정 잡자."

"뭐? 나랑 같이 휴가 가자고?"

영진의 농담에 경일이 뜨악한 표정을 지었다.

"왜 이래? 알 거 다 아는 처지에. 난 임자 있는 몸이야. 어딜 넘보시나?"

"좋겠다. 애인 있어서."

"그러는 한 기사는 이번 휴가도 방콕이신가?"

"글쎄, 나야 저번에 휴가 당겨서 썼으니 여름 휴가는 며칠 되지도 않잖아. 가고 싶은 곳도 별로 없고……."

말끝을 흐리며 그녀는 무의식중에 실장실을 쳐다보았다. 상헌은 휴가를 언제쯤으로 잡았을까? 마치 그녀의 마음을 그대로 읽은 것처럼 경일이 툭 한 마디 했다.

"실장님 휴가 가실 때 피해서 휴가 일정 잡아야지."

"왜?"

"몰라서 물어? 실장님 안 계시면 사무실 분위기 얼마나 화기애애한데. 아침에 지각해도 눈치 안 보이지, 게다가 근무 중에 잡담을 해도 누가 뭐라고 하겠냐? 반쯤은 휴가 같은 기분이란 말이지. 그런데 하필 그때 휴가를 잡을 얼뜨기가 어디 있어?"

"그런가?"

낮게 웃으며 영진은 잠시 놓아두었던 도면으로 시선을 떨구었다. 그때 내선전화가 요란스럽게 울렸다. 익숙한 번호가 액정에 뜬 것을 보고 그녀는 재빨리 전화기를 집어 올렸다.

"네. 실장님."

[잠깐 들어와라.]

"알겠습니다."

도면을 내려놓고 실장실로 들어서자 창턱에 걸터앉아 있던 상헌이 그녀를 바라보았다.

"부르셨습니까?"

"휴가 일정 잡으라는 소리 들었지?"

"네."

"언제로 할 거야?"

"아직 정하지 못했어요. 생각 좀 해보려구요."

"그래? 음…… 나는 넷째 주 정도로 잡을 생각인데."

"아, 네."

그가 말하는 의도가 뭔지 몰라 영진은 멀뚱하게 그를 바라보기만 했다. 그러자 상헌이 난감한 미소를 지으며 중얼거렸다.

"내 말은, 그러니까 너도 그때로 잡았으면 해서."

"네? 아…… 그러니까 그게 그 말이구나."

영진의 얼굴이 발그레해졌다. 마음속으로는 그와 일정을 맞추고 싶은 생각이 간절했지만 상헌 쪽에서 먼저 제의해 올 거라는 예상은 하지 못했다. 그래서 순간 생각하는 회로가 제멋대로 엉켜 버렸다.

"윤 대리하고 겹치지 않게 잘 조정해 봐."

"그럴게요."

"나가서 일해라."

"네."

씩씩하게 대답하고 돌아서는데 낮은 웃음소리가 들렸다.

"한영진!"

"네?"

"너는 섬이 좋아, 아니면 산이 좋아?"

"둘 다 좋긴 한데 아무래도 섬은 가볼 기회가 별로 없었으니까."

"알았다."

상헌은 고개를 끄덕이고 엷은 미소를 지었다.

"나가볼게요."

"그래."

북 소리처럼 둥둥 울려대는 가슴을 겨우 진정시키며 영진은 실장실을 나섰다. 마치 꿈인 것마냥 정신이 하나도 없었다.

"한 기사, 빨리 와봐."

"왜?"

"나는 넷째 주에 갔으면 하는데, 한 기사는?"

"그게, 사실은 나도 그때쯤으로 생각하고 있었는데."

난처한 얼굴로 중얼거리자 경일이 한숨을 푹 내쉬었다.

"그래? 어쩐다. 잠깐 있어봐."

그는 다급히 어딘가로 전화를 걸어 한참 동안 의견조율을 하더니 싱긋 웃으며 전화를 끊었다.

"됐다. 그럼 한 기사가 넷째 주에 가라. 난 셋째 주에 갈 테니까."

"고마워."

"별말씀을."

소란스러운 가운데 모두의 휴가 일정이 정해졌고 영진은 한껏 들뜬 기분으로 넷째 주가 오기만을 손꼽아 기다렸다.

여행객들을 실은 페리호의 뒤꽁무니로 하얀 물살이 기운차게 뻗어나갔다. 소금기를 잔뜩 머금은 짭짤한 바다 내음과 푸른 바다와 구분이 가지 않는 파랗고 높은 하늘이 여행의 흥을 한껏 북돋았다. 영진은 가슴 한가득 상쾌한 공기를 머금었다.

"커피."

코앞으로 하얀색 종이컵이 쓱 내밀어졌다. 커피를 받아 들며 영진은 신기한 듯 물었다.

"배에서도 커피를 팔아요?"

"그러네, 좋은 세상이야."

상헌은 웃으며 커피를 한 모금 마셨다.

"섬에 도착하기까지 몇 시간 정도 걸려요?"

"한 시간 십 분 정도. 뱃멀미하니?"

금세 걱정스러운 표정이 된 상헌을 향해 영진은 재빨리 고개를 저어 보였다.

"아뇨. 좀 오랫동안 탔으면 해서요. 솔직히 말해서 이런 배 처음 타보거든요."

"아하, 안타깝게도 벌써 반 정도 온 것 같은데?"

"벌써 그렇게 됐구나. 아쉽다."

바닷바람을 맞으며 마시는 커피는 여느 때보다 더 깊은 맛이 났다. 솜씨 좋게 뽑아낸 원두커피가 아닌 설탕이 잔뜩 들어간 걸쭉한 커피임에도.

"다음에 제주도 갈 일 있으면 배 타고 한 번 가보자. 완도에서 출발하면 넉넉잡아 네 시간 정도는 타야 하니까."

"그것도 좋을 것 같아요."

아무렇지도 않게 다음 여행 계획을 말할 수 있는 지극히 평범한 연인 관계……. 얼마나 간절히 바라고 바랐던 일인가. 영진은 가슴 가득 번지는 행복한 여운에 자꾸만 웃음이 났다.

상헌의 말대로 삼십 분쯤 더 가자 페리호의 속도가 현저히 낮아지고 멀리 선착장이 모습을 드러냈다.

"벌써 도착했나 보다. 그만 차로 돌아가자."

"네."

사람들 틈에서 서로 떨어지기라도 할까 봐 손을 꼭 잡은 두 사람은 차를 세워두었던 곳으로 향했다. 섬에서 편하게 움직이기 위해 상헌의 차를 가지고 오긴 했는데 그 혼자 며칠 동안 운전을 해야 하니 미안하기 그지없었다. 이럴 줄 알았으면 진즉에 면허라도 따놓을 것을. 때늦은 후회를 하며 영진은 조수석에 올랐다.

배가 무사히 선착장에 도착하고 나자 여행객들이 우르르 선착장으로 쏟아졌다. 일반 손님들이 다 내려간 후에야 차량 도선을 했던 나머지 여행객들의 차도 한 대씩 내려서기 시작했고 그 행렬 속에 상헌의 차도 섞여들었다.

눈앞에 생소하게 펼쳐지는 낯선 섬의 풍경에 영진은 고스란히 시선을 빼앗겼다. 피서객들로 인산인해를 이루는 유명한 휴양지가 아니라 알음알음 아는 사람들만 찾아오는 곳이다 보니 여느 피서지처럼 인파로 북적이지는 않았다. 그게 마음에 들었다. 괜히 사람들에게 휩쓸려 다니지 않아도 되니까.

"먼저 민박집에 들러서 짐부터 내려놓자."

"네."

좁은 이차선 도로를 십여 분쯤 달려가자 바다에 인접한 조용한 마을이 모습을 드러냈다. 그래도 간간이 여행객들이 들르는 곳이라 그런지 곳곳에 민박이라고 커다랗게 써 붙인 간판들이 보였다. 그중에서 어떤 집을 예약한 걸까.

"민박집 이름이 뭐라고 했죠?"

"빨간 지붕이라고 했지, 아마?"

"빨간 지붕이라……."

영진은 빨간 지붕이라고 적힌 간판을 찾으려고 열심히 눈동자를 굴렸다.

"아, 저 집이다."

"어디?"

"저기 건물 전체가 빨간 집 보이시죠. 저곳인가 봐요."

그녀의 손끝이 가리키는 곳을 바라본 상헌이 희미하게 웃었다.

"빨간 지붕이 아니라 불타는 빨간 집, 뭐 이렇게 이름을 지었어야 하는 거 아닌가?"

"그러게요. 그래도 집이 참 예뻐요."

마치 인형의 집처럼 올망졸망하게 생긴 빨간 집을 보며 영진은 마음이 한껏 들떴다. 집 앞의 작은 주차공간에 차를 세우고 내려서자 주인으로 보이는 사십대 아주머니가 집 안에서 황급히 뛰어나왔다.

"어떻게 오셨어요?"

"예약이 되어 있을 겁니다. 이상헌이라고."

"아, 네. 서울에서 오신?"

"네."

"안 그래도 기다리고 있었어요. 손님들 오신 후에야 제가 일을 나갈 수 있어서. 얼른 들어오세요."

주인 아주머니는 상헌이 트렁크에서 내리는 짐들을 받아 들고 철제 계단을 올라갔다. 삐걱거리는 계단을 따라 이층에 도착하자 마치 원룸처럼 생긴 아담한 방이 모습을 드러냈다.

"작은 방이 두 개고, 주방 겸 거실이 있어요. 욕실도 실내에 있고요. 가스레인지나 밥솥은 다 비치되어 있고, 혹시 더 필요한 게 있으시면 아래층에 말하면 우리 딸아이가 가져다 줄 거예요."

어지간히도 바빴던지 주인 아주머니는 순식간에 말을 쏟아내고는 아래층으로 내려가 버렸다.

"집이 참 예뻐요."

"그러게. 일단 짐 정리부터 하자. 난 나머지 짐들 가지고 올라올 테니까 넌 저쪽 방을 쓰도록 해."

"네."

상헌이 다시 차로 돌아간 후 영진은 자신의 가방을 들고 상헌이 지목한 방으로 걸어갔다. 가운데 거실을 두고 마주 보게 배치되어 있어서 문만 열면 서로의 방이 보였다. 겨우 두 평이 될까 말까 한 방에 바다 쪽으로 난 창문이 있었다. 격자로 된 창문을 밀어서 열자 시원한 바닷바람이 한꺼번에 방 안으로 쏟아져 들어왔다.

"와, 시원하다."

짐 정리하는 것도 깜빡 잊은 그녀는 창문 밖으로 고개를 한껏 빼고 저 멀리 수평선을 바라보았다. 수평선 끄트머리에 뜨문뜨문 떠 있는 작은 점들은 아마 고기를 잡는 어선일 것이다.

"뭐 하고 있어?"

어느새 올라온 상헌이 거실 바닥에 짐들을 내려놓으며 물었
다.

"이 방이 바다 쪽인가 봐요. 그럼 실장님 방은 마을 쪽으로 창
문이 나 있는 것 같은데."

"괜찮아. 방에 있을 시간 별로 없을 텐데 뭐."

"그래도."

"괜찮다니까. 영 답답하면 네 방에 잠시 구경 가도 되고."

상헌은 웃으며 작은 여행 가방을 자신의 방으로 끌고 들어갔
다.

짐을 모두 풀어놓고 준비해 온 재료로 간단하게 점심을 먹은
두 사람은 차 대신 도보로 마을 구경에 나섰다. 뜨거운 햇볕에
새까맣게 탄 꼬맹이들이 낯선 사람들이 보이자 흥미를 보이며
가까이 다가왔다.

"마을 아이들인가 봐요. 되게 귀엽게 생겼다."

눈을 똘망똘망하게 뜨고 마치 신기한 동물 구경하듯 자신들
을 바라보고 있는 게 귀여워 영진은 아이의 머리를 살며시 쓰다
듬었다.

"꼬마야, 너 몇 살이야?"

아이는 대답 대신 손가락 여섯 개를 자랑스럽게 흔들어보였
다.

"여섯 살?"

"응."

"놀러 나온 거야?"

"응."

한참을 유심히 살펴보던 아이는 그새 흥미를 잃었는지 다시 자신이 놀던 곳으로 뛰어갔다. 묵묵히 뒤에 서 있던 상헌이 그녀의 곁으로 다가왔다.

"애들 좋아하는구나."

"예쁘잖아요. 조카라도 있으면 좋을 텐데, 남들 다 있는 조카도 하나 없으니, 저런 애들만 보면 저도 모르게 손이 뻗어나가요."

상헌은 고개를 끄덕이고 다시 걷기 시작했다. 여행지에서 맞는 오후의 한가로움은 정말 꿀맛처럼 달콤했다. 한 시간 정도 느긋하게 마을 구경을 하고 시멘트 덩어리들을 쌓아놓은 방파제 쪽으로 걸어가니 몇몇 여행객들이 길게 낚싯대를 드리우고 있는 게 보였다.

"낚시 할 줄 알아?"

"아뇨. 낚싯바늘에 지렁이 끼우잖아요. 그거 징그러워서."

"갯지렁이는 덜 징그러운데."

"그래도 지렁이는 지렁이예요."

영진이 몸서리를 치자 그는 낮게 웃으며 낚시를 놓고 있는 사람들 쪽으로 걸어갔다.

"많이 잡으셨습니까?"

"어휴, 웬걸요. 오늘은 영 입질이 안 오네요."

"그래요?"

"네. 아무래도 오늘은 그냥 접고 말아야지 싶어요."

처음 보는 사람들과 스스럼없이 대화를 주고받는 상헌의 모습은 서울에서의 모습과는 한참 거리가 있었다. 영진도 그렇지만 그도 그다지 활달한 성격이 아니다 보니 인간관계의 폭이 한정되어 있었다. 그런데 이곳에서는 마음이 한결 여유로워져서 그런지 생판 처음 보는 사람과도 마치 오랜 지인처럼 편하게 이야기를 나누고 있었다.

낯선 곳으로의 여행이 주는 묘미는 바로 이런 자유로움일 것이다. 두 사람이 누구인지, 두 사람을 둘러싼 환경이 어떤지를 알지 못하는 사람들 틈에서 그들은 지극히 평범한 연인이 되어 휴가를 즐기고 있었다. 서로를 바라보는 따스한 눈길을 애써 감추지도 않았고, 어디를 가든 누가 먼저랄 것 없이 손을 맞잡아서 상대방의 온기를 나눠 가졌다. 비록 서울로 돌아가면 이런 자유로움도 끝이겠지만, 여행을 통해 쌓아올린 서로를 향한 마음은 훨씬 더 깊어지고 견고해졌을 것이다.

낚시찌를 보고 있던 상헌의 시선이 자신에게로 향하자 영진은 희미하게 미소를 지어 보였다. 행복을 느끼는 데는 그다지 많은 조건이 필요치 않다. 사랑하는 사람을 바로 곁에서 느끼고, 바라볼 수 있는 것, 그 정도면 충분했다. 영진은 지금 그 두 가지를 모두 누리고 있었고, 그래서 행복했다.

두 사람은 한참 동안 강태공 옆에서 낚시하는 걸 구경하다 어스름 해가 지기 시작하자 다시 민박집으로 돌아왔다.

영진은 들어오면서 산 조개를 넉넉하게 넣어 보글보글 된장찌개를 끓이고 미리 준비해 온 몇 가지 밑반찬으로 조촐한 저녁상을 차렸다.

"실장님, 식사하세요."

마지막으로 수저를 놓으며 상헌을 부르자 욕실에서 씻고 나오던 그가 조금 난감한 얼굴로 말했다.

"근데 그 실장님이란 소리, 우리 둘만 있을 때는 안 했으면 좋겠는데. 꼭 나이 어린 부하직원 데리고 몰래 여행 온 늙다리 상사가 된 것 같아서 기분이 좀 그렇다."

"그래요? 그럼 뭐라고 불러요?"

"차라리 선배라고 불러라. 예전처럼."

"그럴게요. 앉으세요."

구수한 된장 냄새를 맡으며 상헌은 맞은편에 자리를 잡고 앉았다. 오순도순 이야기를 나누며 소박한 저녁 식사를 마치고 인스턴트 커피를 끓여 두 사람은 영진의 방 창문에 나란히 섰다.

"밤이 되니까 꽤 선선하네요."

"아무래도 바닷가니까."

"서울은 아직 꽤 더울 텐데."

"그렇겠지."

향긋한 커피 향이 짭짤한 바다 향과 섞여 콧속으로 파고들었다. 너무 평화로워서 현실이 아닌 것 같은 기이한 저녁이었다.

두 사람이 사이좋게 나란히 앉아 작은 14인치 TV로 밤늦게 방영되는 영화까지 보고 나자 어느덧 자정이 훌쩍 지났다. 욕실에서 말끔하게 샤워를 하고 나온 영진은 자신의 방으로 가기 전 상헌의 방문을 조심스레 두드렸다.

"선배. 자요?"

"아니. 잠깐만."

이내 문이 열리고 민소매 차림의 상헌이 얼굴을 쓱 내밀었다.

"왜?"

"아니, 좋은 곳에 데려와 줘서 고맙다는 인사하려구요. 아까부터 하고 싶었는데 자꾸 까먹어서."

"그래. 나도 오랜만에 맑은 공기 쐬니 좋네. 피곤할 텐데 그만 자라. 내일 아침 일찍 일어나야 하잖아."

"그럴게요. 쉬세요."

막 돌아서던 영진을 상헌이 다시 돌려세웠다. 그리고 조심스럽게 끌어안았다. 이런 식의 직접적인 애정 표현은 처음이라 영진은 바보처럼 가만히 서 있기만 했다. 은은한 애프터 쉐이브 향이 코끝을 간지럽혔고, 가슴 저 밑에서부터 시작된 열기가 머리끝까지 차 올랐다.

잔뜩 긴장해서 숨조차 제대로 쉬지 못하고 있던 영진은 가만히 상헌의 가슴에 머리를 기댔다. 이 정도의 보상쯤은 받아도 괜찮으리라. 지난 십 년간 바라보기만 했으니 조금 더 욕심을 부려도 아무도 지나치다 나무라지 않을 것이다.

"잘 자."

나지막한 상헌의 음성에 영진은 가벼운 한숨을 내쉬며 그의 품에서 벗어났다.

"선배도요."

"좋은 꿈꾸고."

"네."

영진은 붉어진 얼굴을 숨기려 어색하게 손을 들어 인사를 한 후 서둘러 돌아섰다. 방으로 돌아와 자려고 이불 위에 누웠지만 좀체 잠이 오지 않았다. 겨우 문 두 개를 사이에 두고 상헌과 같은 공간 안에 머물고 있는 것이다. 그가 제대하고 나서 가끔 MT를 같이 간 적도 있지만 이렇게 단둘이서 여행을 온 것은 처음이었다. 때문에 두근대고 설레고, 아무튼 몹시 흥분이 되어서 마치 공중에 붕 떠 있는 것 같았다. 한참을 뒤척이던 그녀는 결국 새벽 기운이 창문을 넘어서고 나서야 겨우 잠에 빠져들 수 있었다.

"후우—"

뿌연 담배 연기가 동색의 안개 속으로 사라졌다. 어촌 아침의 풍경은 이른 하루를 준비하는 손길 바쁜 어민들과 희뿌연 안개로 이루어져 있었다. 서울에서였다면 아직 침대 속을 파고들 시간이지만 이곳에서는 해가 수평선을 넘기도 전에 저절로 잠이 깼다.

반쯤 남은 담배를 비벼 끄고 상헌은 뒤를 돌아 빨간 집 이층을 올려다보았다. 이 상쾌한 아침을 함께 나누고 싶었는데 공교롭게도 영진은 너무 깊이 잠들어 있었다. 몇 번의 노크에도 기척이 없어 살짝 문을 열어봤을 때 그녀는 아기처럼 쌔근거리며 자는 중이었다. 아쉽긴 했지만 그렇다고 단잠을 깨울 정도로 급한 용무는 아니라 그냥 혼자서 내려온 참이었다.

　여름 휴가를 영진과 함께 보내기로 결정한 건, 그동안의 미안함을 이렇게라도 보상해 주고 싶어서였다. 남들보다 열 배쯤은 느린 걸음에도 재촉 한 번 하지 않고 묵묵히 기다려 주고, 인색하기 그지없는 자신의 애정 표현을 모자라다 투정하지 않는 너그러운 사람에게 그가 해줄 수 있는 거라곤 고작 이런 것밖에 없었다.

　"일찍 일어나셨네요."

　친숙한 아침 인사에 옆을 돌아보니 주인 아주머니가 손에 바구니를 든 채 걸어오고 있었다.

　"원래 이런 곳이 아침에 좀 소란스러워요. 다들 일을 일찍 시작하니까. 그래서 잠이 깼나 보네요."

　"덕분에 맑은 공기 마실 수 있어서 더 좋은데요."

　"그렇죠? 하긴 서울에서는 이런 공기 마시기 어렵지. 그나저나 잠자리는 편안하셨어요?"

　"네."

　"새댁은 아직 자는 중인가 보죠?"

"새댁······ 아, 영진이 말씀이군요. 많이 피곤했던 모양입니다."

굳이 잘못된 호칭을 고쳐 주는 대신 그는 그냥 웃고 말았다.

"하긴 여리여리하니 몸이 약해 보이긴 합디다. 여기서 좋은 음식 많이 먹여서 가요, 좀 건강해지게. 여자는 그저 엉덩이가 펑퍼짐해야 애도 쑥쑥 낳고 하는데 그렇게 약해서야 어디 아기나 제대로 낳겠어요?"

"후훗, 그래야 될 것 같네요."

몇 마디 더 대화를 나누고 주인 아주머니는 집으로 들어갔다.

수평선에 걸려 있던 해가 제법 높이 솟아오른 걸 보니 시간이 꽤 많이 흘렀나 보다. 아침을 먹고 근처에 있다는 해수욕장이라도 가보려면 지금쯤은 영진을 깨워야 한다. 상헌은 천천히 계단을 올라갔다.

닫혀 있던 현관문을 열자 막 욕실에서 나오던 영진이 놀라서 쳐다보았다. 방금 세수를 마친 듯 말간 영진의 얼굴은 예전 고등학교 시절 그녀의 모습을 떠올리게 했다. 그때 두 사람의 인연이 이렇게 오랫동안 이어질 거라 상상이나 했을까. 마냥 어리게만 보이던 그녀가 팍팍한 그의 가슴속에 온기가 되어 스며들게 될 것을 어찌 짐작이나 했을까.

"어디 갔다 오시는 거예요?"

"응. 아침 공기가 상쾌하기에 나갔다 왔어. 언제 일어났어?"

"좀 전에요. 전 선배 방이 조용하기에 아직 주무시는 줄 알았어요."

"잠자리가 바뀌어서 그런지 잠이 일찍 깨더라고."

"그랬구나."

"간단하게 아침 먹고 나가자."

"네."

두 사람은 커피와 부드러운 빵으로 간단하게 요기를 한 후, 해변에서 먹을 간식거리를 챙겨 들고 집을 나섰다. 걸어가기엔 너무 멀 것 같아 차를 막 타려는데 어제 봤던 꼬맹이가 또 쪼르르 다가왔다.

"안녕, 어제 보고 또 보네."

영진이 인사를 건네자 꼬마 녀석은 불퉁한 얼굴로 거만하게 고개만 까딱했다.

"너 진짜 귀엽다."

"보아하니 딴에는 텃새 부리는 것 같은데? 자기네 동네라고 말이야."

"설마요."

"아냐. 딱 보니까 그거야."

마주 보며 웃음을 터뜨리는데 꼬맹이는 또 저만치로 뛰어가 버렸다.

"확실해, 텃새야. 낯선 사람이 자꾸 얼쩡거리니까 신경 쓰이나 보다."

"은근히 카리스마 있는 꼬마네요."

얼굴에 드리운 미소를 지우지 않은 채 두 사람은 차에 올랐다.

"근처에 해수욕장이 있대. 거기도 볼만하다더라."

"사람들 많은 거 아닐까요?"

"글쎄, 지금은 좀 한가할 것 같아. 휴가철도 거의 다 지났으니까."

"조용했으면 좋겠는데."

이십여 분쯤 차를 달리자 멀리 하얀 백사장이 보이기 시작했다. 상헌의 말대로 휴가철이 끝날 때라 그런지 비교적 한산한 모습이었다.

"사람들이 별로 없네요. 다행이다. 저기 솔숲도 있나 봐요. 나무들이 굉장히 커요."

"쉬기엔 썩 괜찮을 것 같네. 오늘은 그냥 여기서 시간 보내다 저녁에 들어가자."

"그래요."

한적한 백사장을 바라보는 영진의 얼굴은 소풍 나온 초등학생 마냥 잔뜩 들떠 보였다. 바다의 푸른 기운을 받아 반짝이는 두 눈과 가벼운 미소를 머금은 입술이 지금 그녀가 얼마나 행복해하고 있는지를 그대로 보여주고 있었다. 그래서 상헌도 덩달아 그 행복한 기분에 젖어들었다.

상헌과 영진은 텅 비다시피 한 주차장에 차를 세워두고 돗자리와 먹을거리를 꺼내 하얀 백사장을 향해 걸어갔다. 영진은 신고 있던 샌들을 벗어서 손에 걸고 아이처럼 팔짝거렸다.

"자세히 보니까 그냥 모래가 아니라 조개껍질 같은 게 부서진 건가 봐요."

"조심해. 발 다치지 않게."

"그리 투박하진 않아요. 그냥 모래처럼 부드러운 걸요."

바다에 가까워져서인지 짠 내음이 더 짙어졌다. 따로 수영을 할 생각은 없었던 터라 느긋하게 백사장을 거닐고 나서 오면서 봤던 솔숲으로 향했다. 아름드리 나무 밑 평평한 곳에 돗자리를 깔고 두 사람은 한가로운 한낮을 즐겼다.

회사 일에 바빠 제대로 나누지 못했던 서로의 가족들 이야기, 아주 어린 연인과 데이트 하느라 요즘 얼굴 보기도 힘든 태진에 관한 이야기, 이런저런 이야기 끝에 영진이 조심스럽게 물었다.

"저, 현경 언니는 잘 지내고 있겠죠?"

"글쎄, 갑자기 그건 왜?"

"걱정도 되고 또 미안하기도 하고."

뜻밖의 얘기에 상헌은 영진을 똑바로 쳐다보았다.

"뭐가 미안해?"

"그냥요, 이상하게 자꾸 미안한 생각이 들어요."

"그러지 마. 네가 그럴 이유가 뭐 있다고 미안해하니."

"……."

"현경이 하고 나, 너 때문에 헤어진 거 아니잖아. 어쩌면 네 입장에서는 좀 불편할 수도 있을 거야. 나도 그렇지만 현경이도 이미 오래전부터 알아왔던 사이니까. 하지만 그것 때문에 네가 미안해할 이유는 없어. 현경이도 지금 다른 사람 만나고 있고, 어쩌면 그 사람과 결혼도 하게 될 거야. 그러니까 미안해하지 마."

"알았어요."

분위기가 갑자기 무거워진 것 같아 상헌은 자리를 털고 일어 섰다.

"우리 점심 먹으러 가자."

"이 근처에서 먹게요?"

"응. 나는 회 먹고 너는 매운탕 끓여달라고 해서 먹자."

"그래요."

두 사람은 돗자리를 다시 차에 실어두고 쭉 늘어선 횟집 중에 제일 깨끗해 보이는 식당으로 들어가 점심을 주문했다. 신선한 회와 매콤한 매운탕으로 든든하게 점심을 먹은 후 상헌과 영진 은 섬을 돌아보기 위해 다시 차에 올랐다.

차를 타고 가다 괜찮은 곳이 있으면 잠시 내려서 구경을 하 고, 낚시를 하는 사람들이 있으면 얼마나 잡았는지 구경도 하면 서 섬을 한 바퀴 다 돌았다. 하루를 그렇게 다 흘려보내고 노을 이 수평선을 물들일 즈음 다시 해수욕장의 솔숲으로 돌아왔다.

두 사람은 솔숲 군데군데 설치된 나무 벤치 중 바다가 제일 잘 보이는 의자에 자리를 잡고 앉아 저물어 가는 해를 바라보았 다. 빨갛게 물든 노을이 해를 집어삼키는 것을 묵묵히 바라보던 상헌은 가만히 손을 뻗어 영진의 어깨를 감싸 안았다. 바다를 향해 있던 영진의 시선이 자신의 얼굴로 옮겨오는 것을 느끼며 그도 고개를 돌렸다. 붉은 노을빛에 젖은 영진을 애틋하게 바라보던 그는 작은 목소리로 그녀의 이름을 불렀다.

"영진아."

"네."

"한영진."

"네?"

"널 많이 좋아하고 있어. 알지?"

"······."

영진은 말없이 그를 바라보기만 했다. 사랑한다는 말을 못해 줘서 많이 미안했다. 하지만 아직은 그 말을 할 수가 없었다. 가슴속에서 현경에 대한 미안함과 부담감을 모두 덜어내고 난 후에 홀가분한 기분으로, 온 마음을 다해 고백하고 싶었다. 널 많이 사랑한다고, 부족한 내 곁에서 오랜 시간 묵묵히 지켜봐 줘서 정말 고맙다고······ 그렇게 고백하고 싶었다.

"선배를 사랑해요. 아주 많이."

숨소리라고 여길 만큼 아주 작은 목소리로 영진이 그에게 사랑한다 말을 했다. 가슴이 뭐라 설명할 수 없을 만큼 뻐근해졌다. 그는 영진의 부드러운 입술 위에 살포시 자신의 입술을 포갰다. 뜨겁고 열정적인 키스가 아닌 베이비 키스라고 할 만큼 지나치게 점잖은 입맞춤이었다. 하지만 서로의 가슴속에 담긴

속말을 이해하기엔 충분했다. 상헌은 맞닿아 있던 입술을 가만히 떼어내며 붉게 물든 영진의 얼굴을 두 손으로 감싸 쥐었다.

'미안하다. 네가 먼저 사랑한다는 말을 하게 해서.'

비록 말이 되어 입 밖으로 흘러나오진 못했지만 영진 역시 그가 마음속으로 하고 있는 말을 충분히 짐작하고 있을 것이다. 그의 마음을 그 자신보다 더 깊이 이해하고 있는 사람이니.

그는 부드럽게 영진의 뺨을 쓰다듬고 나서 손을 거둬들였다.

"그만 들어가자. 해가 지니까 서늘하네."

"네."

두 사람은 어둑해져 가는 수평선을 다시 한 번 바라보고 동시에 벤치에서 일어섰다. 그는 물론이고 영진도 오늘 이 섬, 이 벤치에서 했던 고백을 영원히 잊지 못할 것이다. 그리고 처음 나누었던 수줍은 입맞춤도…….

"영진아."

낮게 이름을 부르는 소리에 누워 있던 영진은 벌떡 일어나 앉았다.

"네."

"잠깐 문 좀 열어볼래."

그녀는 무릎걸음으로 기어가 문고리를 돌렸다. 반쯤 문을 열자 건너편 방문에 얼굴을 내밀고 있는 상헌이 보였다.

"왜요?"

"잠이 안 와서. 이야기나 좀 하자고."

"그럼 거실로 나갈게요."

"아니, 그냥 거기서 해. 지금 내가 하고 있는 것처럼 너도 이불 가지고 와서 누워봐. 은근히 편해."

영진은 상헌이 하라는 대로 이불과 베개를 끌고 와 그와 똑같은 자세로 바닥에 배를 깔고 누웠다. 마치 바다 위에 떠 있는 두 개의 표류선처럼 멀찌감치 떨어져 있는 게 웃겼지만 나름대로 재미는 있었다.

"편하지?"

"그러네요. 근데 무슨 이야기해요?"

"글쎄. 그러고 보니 별로 할 이야기가 없나?"

"선배 잠 올 때까지 아무거나 이야기하죠 뭐. 제가 난센스 퀴즈 낼 테니까 맞춰 봐요."

"알았어. 내봐."

영진은 경일을 통해서 들었던 재미있는 문제들을 기억해 내려고 곰곰이 생각에 잠겼다.

"아, 생각났다. 길치인 사람이 제일 싫어하는 노래가 뭔 줄 알아요?"

"글쎄."

"번지없는 주막이요."

"아하, 그러네."

"또 있어요. 바보를 한 글자로 고치면 뭐게요?"

"음, 모르겠는데?"

"너!"

무슨 뜻인지 몰라 한참 동안 눈만 껌뻑이던 상헌이 마침내 쿡쿡거리며 웃었다.

"재밌네. 또 해봐."

"그럼 바보를 세 글자로 늘리면?"

"문제가 너무 어려워."

"바로 너!"

"이거야 원. 내가 너무 늙은 건가? 어째 한 문제도 못 맞추겠냐."

"너무 빡빡하게만 살아서 그래요. 사실 저도 윤 대리한테 몇 개 주워들은 게 다지만."

영진은 웃으며 그를 바라보았다. 따스한 눈빛이 허공에서 부딪쳤고 두 사람은 똑같이 엷은 미소를 지었다. 그저 눈빛이 마주치는 것만으로, 또 은근한 미소를 주고받는 것만으로 상대방의 마음을 넉넉히 헤아릴 수 있는 사이, 그런 게 바로 연인일 것이다. 느리긴 했지만 상헌과 영진 역시 그런 친밀한 관계가 되어가는 중이었다.

"여전히 잠이 안 오세요?"

"아직."

"그럼 어쩌지. 내일 운전하시려면 일찍 자야 하는데."

"좀 있으면 잠 오겠지. 너라도 먼저 자."

"의리없게 그럴 순 없죠. 그냥 TV나 봐요, 그럼."

"그럴까?"

이불을 둘둘만 채 영진은 거실로 나가 TV 전원버튼을 눌렀다. 여름철이라 그런지 방송마다 무서운 영화를 틀어대고 있었다.

"어떤 걸로 볼까요?"

"음, 아무거나."

"보자, 어느 게 제일 재밌으려나. 아, 이거 보면 되겠다."

영진은 마음에 드는 채널을 맞춰두고 다시 방으로 돌아와 아까와 똑같은 자세로 누웠다. 한참 동안 영화에 정신을 뺏겨 있다 눈을 돌리니 상헌이 엎드린 채로 잠들어 있는 것이 보였다.

'잠들었구나.'

영진은 덮고 있던 이불을 걷어내고 소리가 나지 않게 조용히 걸어가 TV를 껐다. 도둑 고양이처럼 살금살금 걸어서 방으로 돌아와 이불을 덮고 누우며 영진은 알 수 없는 허전함에 얕은 한숨을 토해냈다.

상헌이 같이 여행을 가자는 말을 했을 때, 어쩌면 지금보다는 좀 더 친밀한 관계로 발전할 수 있지 않을까 하는 부끄러운 기대를 했었다. 하지만 상헌은 아직 그 경계선을 넘을 생각이 없어 보였다.

느리게나마 상헌이 자신에게 마음을 열고는 있지만 왠지 자꾸만 불안했다. 분명 다가서고는 있는데 늘 얇은 장막이 가로막고 있는 듯한 불편한 느낌이 들었다. 그런 불안함을 드러내는 게 싫어 일부러 더 태연한 척 굴었지만 지난번 상헌이 현경을 만나러 간다는 이야기를 한 이후론, 둘이 같이 있을 때 상헌의 휴대전화가 울리면 혹시 현경이 아닐까 괜한 걱정부터 하게 됐다. 초조해하고 싶지 않은데, 어리석게 굴고 싶지 않은데 자신 없는 마음은 자꾸만 그녀를 초라하게 만들었다.

'언제쯤이면 온전히 내 사람이라는 확신이 들까? 도대체 언제쯤이면……'

어둠속에서 어슴푸레하게 보이는 상헌의 실루엣을 바라보며 영진은 불안한 마음을 애써 다독였다.

"**많**이 피곤하죠?"

"아니. 괜찮아."

"그냥 선배 아파트로 가요. 전 지하철 타고 갈게요."

"뭐 하러 그래. 내 차 타고 가면 금세 가는데."

"금세라고 해도 왕복 한 시간은 걸리잖아요. 제가 마음이 불편해요. 그냥 선배 아파트로 가요."

영진이 끝내 고집을 피웠다. 사실 장거리 운전을 했던 터라 피곤하긴 했지만 그렇다고 지하철을 태워 보낼 정도로 힘이 든 건 아니었다.

"그냥 너희 집부터 가."

"싫어요. 아니면 여기서 그냥 내려주세요. 택시 타고 갈게
요."

"후우, 알았어. 그럼 아파트에 차 세워두고 지하철 타는 곳까
지 바래다줄게."

"네."

알고 보면 영진도 은근히 고집스러운 면이 있었다. 고분고분
한 것 같으면서도 한번 아니다 싶으면 끝까지 뜻을 굽히지 않는
다. 이럴 때는 못 이기는 척 한 번 져줘도 좋으련만.

"내일부터 출근하려면 힘들겠다."

"아무래도 그럴 것 같아요. 며칠 쉬었으니 일도 잔뜩 밀려 있
을 테고."

"쉬엄쉬엄해. 요령껏."

"그럴 수는 없죠. 제가 제대로 일 안 하면 회사 이미지에 곧바
로 타격이 오는데."

"그러니까 요령껏 하라고. 가끔 너 보면 너무 고지식해. 설렁
설렁 넘겨도 될 일, 끝까지 붙들고 늘어지잖아."

딴에는 걱정해 준다고 한 말인데 영진은 픽하고 웃었다.

"아닌 것 같아?"

"사실 선배도 만만찮거든요."

"내가?"

"네. 제가 이렇게 깐깐한 사람이 된 거 다 선배한테 영향 받은
거예요. 대충 얼렁뚱땅 일처리 했다가는 뼈도 못 추릴 것 같아

서 얼마나 조심했는데."

"결국 내 탓이란 말이군."

"아니라는 말은 못하겠네요."

두 사람은 동시에 웃음을 터뜨렸다.

차가 막 아파트 입구에 들어서자 상헌은 마지막으로 한 번 더 영진에게 물었다.

"진짜 괜찮겠어? 아무래도 지하철 태워 보내는 거 마음이 불편한데."

"괜찮다니까요. 지하철도…….."

말을 하다 말고 영진이 한 곳을 뚫어지게 쳐다보았다. 의아해하며 영진의 눈길이 머문 곳을 따라가자 눈에 익은 스포츠카가 서 있는 게 보였다. 이 시간에 현경이 왜 여기에 와 있는 걸까. 상헌은 자신도 모르게 이마를 찌푸렸다.

"혹시 현경 언니 차 아니에요?"

"맞아. 무슨 일이지?"

상헌은 급히 빈 공간에 차를 밀어 넣었다.

"차 안에서 잠깐만 기다려."

"네."

그는 영진을 차에 남겨두고 현경의 차를 향해 걸어갔다. 가까이 다가가자 핸들에 얼굴을 묻고 있는 현경의 모습이 보였다. 차 유리를 톡톡 두드리자 현경이 겨우 얼굴을 들었다. 닫혀 있던 차창이 스르륵 내려가고 눈물로 뒤범벅이 된 얼굴이 적나라하게 드러났다.

"왜 그래? 무슨 일이야."

"지금 들어오는 거야?"

"음. 근데 언제부터 기다렸어?"

"여섯 시쯤."

"무작정 찾아오지 말고 전화를 하지."

난감한 표정을 지으며 상헌은 뒤를 돌아보았다. 하필 영진이 있는 데서 이런 모습을 보이게 되다니. 뭔가 이상했는지 영진도 차에서 내려 이쪽을 바라보고 있었다.

"상헌 씨, 나하고 이야기 좀 할 수 있어?"

"……."

"나 너무 힘들어서 그래. 안 찾아오려고 했는데, 생각나는 게 상헌 씨밖에 없어서."

현경이 또다시 울먹이기 시작하자 상헌은 지친 한숨을 내쉬었다. 이렇게 되면 영진에게 양해를 구할 수밖에 없다. 왜 현경이 울면서 여기까지 찾아왔는지 대략 짐작이 되었다. 분명 그 남자와 관련된 일이리라.

"잠깐만 기다려."

그는 뒤돌아서 영진에게로 걸어갔다. 딱딱하게 굳어진 얼굴로 영진이 그를 바라보았다.

"왜 현경 언니가 이 시간에 여기에 있어요? 선배 만나러 온 거예요?"

"응. 힘든 일이 있나 봐. 이야기 좀 하고 싶대."

"……그래요?"

영진은 얕은 한숨을 내쉬며 현경 쪽을 바라보았다. 상헌이 아니더라도 의논 상대는 얼마든지 있을 텐데, 현경은 왜 굳이 그를 찾아온 것일까. 아직까지 두 사람 사이에 질긴 인연의 끈이 존재하고 있는 것 같아 영진의 입가엔 저절로 씁쓸한 미소가 지어졌다.

"알았어요. 전 그만 가볼게요."

"미안해."

돌아서던 영진이 그를 말끄러미 올려다보았다.

"두 번째예요. 선배가 현경 언니 일로 내게 미안하다고 말한 거요. 지금은 괜찮아요. 이해하니까. 근데…… 이런 일이 자꾸 반복되면 나도 모르게 화가 날지도 모르겠어요."

쓴웃음을 지으며 영진은 뒷자리에 놓아두었던 여행 가방을 꺼내 들었다.

"갈게요. 내일 봬요."

"나중에 전화할게."

"네."

상헌은 지하철역을 향해 걸어가는 영진을 착잡한 심정으로 지켜보았다. 그가 현경을 돌려보내는 대신 영진에게 양해를 구한 건, 영진이라면 굳이 세세하게 설명하지 않아도 그의 입장을 이해해 줄 것 같은 믿음 때문이었다. 하지만 쓸쓸히 걸어가는 영진의 뒷모습을 보자 그건 자신의 판단착오가 아니었을까 하는 생각이 들었다. 영진도 쉽게 상처받을 수 있는 여린 감정을 가진 여자일 뿐인데, 무조건 이해해 달라고 할 수만은 없는 것인데…… 뒤늦은 후회가 밀려왔다.

"상헌 씨?"

현경이 부르는 소리에 그는 안타까운 시선을 돌렸다. 애써 담담한 표정을 지으며 현경에게로 돌아가자 그녀는 상헌의 어깨 너머를 힐끔 쳐다보았다.

"혹시, 영진이 아니었어? 맞지?"

"그래."

"영진이가 왜 이 시간에 여기를……."

지금은 가타부타 설명 해주고 싶은 마음이 없어 상헌은 현경의 말을 중간에 싹둑 잘랐다.

"커피 마실래?"

"응?"

"따라와. 이야기하고 싶다며."

상헌이 성큼성큼 걸어서 근처 카페로 향하자 현경도 말없이 그의 뒤를 따라왔다.

은은한 조명이 흐르는 카페에서 두 사람은 처음 만나는 사람마냥 어색하게 마주 앉았다.

"저기, 내가 괜히 찾아온 건가? 그런 것 같은데."

"무슨 일이야? 그 사람하고 문제 생겼어?"

"상헌 씨."

"현경아, 그냥 네가 하고 싶은 이야기를 해. 나한테 질문을 하지 말고."

뭔가 복잡 미묘한 감정을 느끼는지 현경의 얼굴이 미세하게 일그러졌다.

"두 사람 사귀는 거야?"

"······."

상헌은 대답없이 담배를 꺼내 물었다. 어차피 언젠가는 현경도 알게 될 일이었다. 하지만 지금 당장은 영진과의 관계를 밝히고 싶지 않았다. 아직은 불안정한 현경의 처지도 그렇고, 섣불리 입 밖에 내기엔 모든 게 조심스러웠다.

가만히 그의 눈치를 살피던 현경이 억지로 미소를 만들어냈다.

"알았어. 안 물을게. 너무 인상 쓰지 마."

"왜 울고 있었던 거야?"

"힘들어서. 이혼한 전남편 찾아와서 이런 넋두리하는 거 진짜 웃긴 일이란 건 아는데, 나는 왜 힘들 때 상헌 씨 얼굴이 제일 먼저 떠오르는지 모르겠어. 친구들한테 찾아가기엔 자존심이 상해. 괜히 뒤에서 흉보는 것 같고."

자조 어린 미소를 지으며 현경은 붉어진 눈가를 살짝 닦아냈다.

"무슨 문제 생긴 거니?"

"아니, 솔직히 잘 모르겠어. 내내 좋았는데, 적어도 나는 그렇다고 여겼는데 요즘 들어 뭔가 좀 틀어지고 있는 기분이야. 나한테 자꾸 짜증을 내. 예전 같았으면 그냥 웃으며 넘길 일에도 벌컥 화를 내고 오늘도 나하고 먼저 약속을 했는데, 다른 약속이 생겼다고 취소하더라고. 누구하고의 약속이냐고 물었는데 끝내 대답도 않고."

"뒤로 미루기 힘든 중요한 약속이 생긴 거겠지. 남자들은 그래. 애인이나 부인과의 약속은 언제라도 다시 잡을 수 있으니까, 그리고 그 정도는 이해해 줄 거라 믿으니까 다른 약속부터 지키려고 하는 거야. 나도 그랬었잖아."

"그런가? 근데 나는 왜 이렇게 불안한 거지? 그 사람한테 외면당하는 것 같아서 너무 속이 상했어. 언제나 내가 우선인 사람이었는데."

"그만큼 네가 편해졌다는 의미도 되잖아. 너무 안달하지 마. 그래 봤자 너만 힘들어져."

아무렇지도 않게 조언을 해주면서도 한편으로는 기가 막혔다. 불과 일 년 육 개월 전에 똑같은 문제로 현경과 다투었는데 이젠 그 대상이 자신과 현경이 아닌 성민이란 남자와 현경이 되어 있었다. 아쉬움이 있는 건 아니지만, 씁쓸한 건 사실이었다. 전처와 그 애인과의 관계를 카운슬링 해주는 전남편이라니, 블랙 코미디가 따로 없었다.

"결혼은…… 언제쯤 할 생각이야? 아직도 그쪽 부모님이 반대하시니?"

"지금은 많이 누그러지신 것 같아. 아빠가 성민 씨 부모님을 찾아가셨었나 봐. 자존심 빼면 시체인 분이신데 못난 딸이 힘들어하니까 어쩔 수 없으셨던 모양이야. 그 다음부터는 가끔 집에 놀러오라는 말씀도 하시고 그래."

"다행이네."

"부모님한테 너무 죄송해. 이혼한 것도 모자라 이젠 또 다른 문제로 골치를 썩여드리고 있으니까."

"앞으로 잘하면 되잖아. 네가 행복해지는 게 부모님께 효도하는 거야."

"그렇지."

상헌은 반쯤 남은 커피를 마시며 지하철을 타고 돌아가고 있을 영진을 떠올렸다. 아무리 생각해도 오늘 자신의 행동은 결코 잘했다고 할 수 없었다. 차라리 현경에게 말을 하고 양해를 구했어야 했던 걸까.

"상헌 씨, 그만 일어나자. 나 때문에 쉬지도 못하고 너무 미안하네."

"아, 그래."

현경이 먼저 일어나자는 말을 하지 않았더라면 어쩌면 그는 영진과의 관계를 솔직하게 털어놓았을지도 모르겠다. 하지만 그 기회는 순식간에 사라져 버렸다.

두 뼘쯤 거리를 두고 카페를 나선 두 사람이 아파트 주차장으로 돌아오는데 잔뜩 흐려 있던 하늘에서 추적추적 빗방울이 떨어졌다.

'우산이 없을 텐데.'

마음이 급해졌다. 상헌은 걸음을 조금 더 빨리했다. 마침내 현경이 차를 세워두었던 곳에 다다르자 그는 서둘러 인사를 했다.

"조심해서 돌아가."

"응. 오늘 고마웠어."

"그래."

현경이 돌아가는 걸 미처 배웅도 하지 못하고 그는 급히 차로 걸어가 운전석에 올랐다.

"아직 도착 전이겠지."

혹시라도 몰라 그는 영진의 전화번호를 빠르게 눌렀다. 두어 번 신호가 가고 착 가라앉은 영진의 음성이 들려왔다.

[저예요.]

"어디니? 비가 오는 것 같은데 아직 지하철이면 내가 갈게."

[아뇨. 벌써 집에 도착했어요.]

"그래?"

[네. 지금 막 들어온 참이에요.]

"그렇구나. 알았다. 피곤할 텐데 쉬어라."

[선배두요.]

전화를 끊으며 상헌은 알 수 없는 불안함을 느꼈다. 드러내

놓고 화를 낸 것도 아니고, 잔뜩 심술이 난 목소리도 아니었는데도 영진의 기분이 몹시 저조하다는 느낌이 강하게 들었다.

다시 전화를 하려다 말고 그는 그냥 전화기를 내려놓고 말았다. 단순히 전화기를 통해 들려오는 목소리만으로 상대방의 기분을 어림짐작하는 건 오히려 오해가 쌓일 소지가 많았다. 차라리 내일 얼굴을 보면서 자신의 생각이 짧았음을 정식으로 사과하는 게 나을 것이다.

마음을 정한 그는 짭짤한 바다 냄새가 그득하게 밴 여행 가방을 들고 차에서 내려섰다.

띵띵띵띵—

또 한 대의 전동차가 들어오는지 역내에 경고음이 요란하게 울려 퍼졌다. 벌써 몇 대가 지나쳐 갔을까. 영진은 발치에 놓아두었던 여행 가방을 들어 무릎 위에 올려놓았다. 더 이상 여기서 버티고 있을 이유가 없었다. 그가 자신에게 전화를 했다는 건 현경과 헤어져서 집으로 들어갔다는 뜻일 테니까.

처음엔 그냥 지하철을 타고 아무렇지도 않은 것처럼 집으로 돌아갈 생각이었다. 그런데 막상 지하철역에 도착하자 누가 발바닥에 아교칠이라도 해놓은 것처럼 좀체 발이 떨어지질 않았다. 기분 좋았던 여행의 여운이 채 가시지도 않았는데 너무나 당연한 것처럼 상헌의 집 앞에서 그를 기다리던 현경의 모습을 보자 마치 자신이 유부남과 바람을 피우고 있는 것 같은 불쾌한 기분이 들었다. 여행지에서 쌓아올렸던 상헌과의 친밀감이 현경의 등장으로 인해 한순간에 허망하게 깨어져 버렸다.

'후우, 그만 생각하자.'

그렇다고 상헌의 마음을 모르는 것도 아니었다. 만약 자신이 상헌의 입장이었다 해도 똑같이 행동했을 테니까. 그런데도 서운했다. 자신이 아닌 현경을 그냥 돌려보냈으면 좋았을 텐데.

소심한 생각 끝에 쓴웃음이 비어져 나왔다.

'이런 식의 어린애 같은 투정은 곤란해.'

어쩌면 너무 속 편하게 생각했던 건지도 모르겠다. 이혼을 했다고 그전에 갖고 있던 질긴 감정까지 모조리 끊어낼 수 있는 건 아닌데 그걸 섣불리 간과했는지도 모른다. 두 사람이 쌓아올린 시간의 탑이 자그마치 팔 년이었다. 그 긴 시간을 어떻게 일 년이라는 짧은 기간 안에 깡그리 잊어버릴 수가 있단 말인가.

또다시 열차가 들어온다는 안내가 들려오자 영진은 자리를 털고 일어섰다. 내리고 오르는 사람들 틈에 밀리고 치이며 지하철에 오르자 비로소 자신이 상헌에게 했던 말이 떠올랐다. 그런 말까지 할 필요는 없었는데, 순간 짜증이 나서 제멋대로 말이 튀어나와 버린 것이다.

'유치했어, 한영진. 다음엔 그러지 말자. 지금 상헌 선배 곁에 있는 사람은 현경 언니가 아니라 나야. 조급해할 필요도, 괜히 의기소침할 필요도 없어. 기분 좋은 여행의 마지막을 이렇게 망치면 안 되잖아.'

스스로의 속 좁음을 탓하며 그녀는 지하철의 규칙적인 진동에 몸을 맡겼다.

다음날 아침 영진은 평상시보다 몇 배나 더 시간을 할애해 입을 옷을 골랐다. 이것저것 몸에 대보고 또 입고 벗기를 반복하다 결국 지난번 상헌이 사주었던 원피스로 결정을 봤다. 선물을 받아놓고도 회사에 출근할 때는 한 번도 입어보질 못했었다. 자랑하듯 입고 나서기엔 어쩐지 낯이 간지러워 몇 번이나 마음을 먹었다 그냥 포기하고 말았었다. 하지만 오늘은 왠지 꼭 이 옷을 입고 싶었다.

늘 신던 편한 로퍼 대신 제법 높은 하이힐을 신고 집을 나서며 영진은 어젯밤 현경과의 만남으로 인해 남아 있던 감정의 찌꺼기들을 애써 털어내 버렸다. 속에 품고 있어봤자 괜스레 기분만 울적해질 테니까.

스위트 미팅에 들러 커피를 사들고 회사에 도착해 그녀는 유쾌한 목소리로 모두에게 인사를 건넸다.

"좋은 아침입니다."

"어? 한 기사, 휴가 잘 보내고 왔어?"

"네. 별일없었죠?"

"그럼. 근데 휴가 끝나고 오더니 너무 예뻐진 거 아니야?"

"무슨…… 아니에요."

영진은 고개를 절레절레 저으며 의자에 앉았다.

"오호, 한 기사. 출근했네."

자판기 커피를 뽑아 들고 오던 경일이 영진을 아래위로 훑어보며 작게 휘파람을 불었다.

"이 무슨 망극한 경우인가. 우리 한 기사 휴가 다녀오더니 인생관이 바뀐 거야? 옷차림이 엄청 화려한데."

"망극씩이나?"

"그럼, 혹시 휴가지에서 괜찮은 남정네라도 만났어?"

"글쎄."

말끝을 늘어뜨리며 그녀는 싱긋 웃어보였다. 경일은 한껏 미심쩍은 눈초리로 영진을 보다 상헌에게 보고할 서류들을 챙기기 시작했다.

"혹시 지금 실장님한테 보고하러 들어갈 거야?"

"응. 한 기사 휴가일 때 실장님도 휴가였잖아. 보고할 게 한두 가지가 아니다."

"그럼 이것도 좀 같이 갖다드려."

영진은 상헌 몫의 커피를 경일에게 내밀었다.

"그러지 뭐."

경일이 결제서류와 함께 커피를 들고 가는 것을 확인한 후 영진은 휴가 가기 전 작업하던 도면들을 차례차례 꺼내놓았다.

삼십 분쯤 뒤 보고를 끝내고 자리에 앉던 경일이 뭔가가 생각난 듯 영진에게로 바싹 다가앉았다.

"한 기사, 혹시 그 선배 기억나?"

"누구 말이야?"

"이해일이라고 대학 선배였잖아."

"잘 기억이 안 나는데."

"실장님하고 동창이었는데 기억 안 나?"

기억 속에 저장되어 있던 선배들의 얼굴을 하나하나 뒤져 보니 누군가가 떠오를 것 같기도 했다.

"어렴풋이 기억이 날 것 같기도 하네. 근데 그 사람이 왜?"

"며칠 전에 그 선배한테서 전화가 왔었어. 좀 만나자고."

"왜?"

"자기가 이번에 새로 건축 사무실을 차리는데 같이 일할 생각 없냐고."

"스카우트 제의?"

"그런 셈이지. 근데 너한테도 관심이 있나 보더라고. 오늘 저녁에 다시 한 번 만나기로 했는데 꼭 너하고 같이 나오라고 하던데?"

"날 왜?"

"모르겠어. 어쨌든 꼭 너하고 같이 오라고 신신당부했었어. 어쩔래, 같이 가볼래?"

영진은 살짝 인상을 썼다. 스카우트 제의라면 두 번 생각할 것도 없었다.

"싫어. 이직할 생각도 없는데 뭐 하러 쓸데없이 만나?"

"꼭 이직을 해서가 아니라 나중을 생각해서라도 인맥을 터놓는 게 좋지 않겠어? 이 바닥이 다 거기서 거기인데. 연봉도 꽤 높게 제시하더라고."

"그래서 옮기려고? 그럼 배신이지. 나더러 여기로 옮겨오라고 한 사람이 누구인데."

"사실 지금은 옮길 생각이 없는데 솔깃하긴 했어. 내가 원래 귀가 좀 얇잖아. 전에 만났을 때 안 된다고 했는데 매일 전화가 오니까 자꾸 거절하는 것도 참 민망하고. 오늘 가서 정식으로 안 된다고 할 참이거든. 그러니까 저녁 얻어먹는 셈치고 나하고 같이 가자. 어차피 그 선배 하는 걸로 봐서 너한테도 따로 연락할 것 같던데 나하고 같이 거절하면 말하기도 편하잖아."

"별로 가고 싶지 않은데."

"영진아—"

경일은 콧소리까지 내가며 그녀에게 매달렸다. 영진은 한참을 고민하다 어쩔 수 없이 고개를 끄덕였다.

"알았으니까 징그럽게 매달리지 마."

"정말 같이 갈 거지?"

"그렇다니까."

"참, 그리고 실장님한테는 비밀이다. 알았지?"

"그래. 이제 일이나 하자고."

경일이 다시 자리로 돌아가고 나자 영진은 본격적으로 일을 하기 시작했다.

열한 시가 조금 넘었을 때 상헌이 실장실에서 나왔다.

"난 현장에 나갔다 그쪽에서 바로 퇴근할 테니까 그리 알고

급한 일 있으면 전화하도록."

"네. 다녀오십시오."

막 영진의 곁을 스쳐 지나던 상헌이 걸음을 우뚝 멈추었다.

"한 기사."

"네?"

"휴가 잘 다녀왔나?"

"네. 잘 다녀왔습니다."

"옷이 예쁘네."

희미한 미소를 지으며 영진을 바라본 후 그는 사무실을 나섰다.

"이상해. 실장님도 휴가 갔다 뭔 좋은 일이 있었나. 왜 저리 나긋나긋하시냐."

"쓸데없는 소리 그만 하고 일이나 하시죠. 윤 대리님."

"알았어."

그때 영진의 휴대전화에서 삑삑거리며 신호음이 울렸다. 폴더를 열어보니 상헌의 메시지가 와 있었다.

〈커피 직접 안 갖다 줘서 화난 줄 알았다. 같이 저녁 먹자.〉

영진은 다다닥 문자를 찍어서 전송했다.

〈화난 거 아니에요. 그리고 오늘은 선약이 있어요. 내일 같이 먹

어요.〉

조금 있자 다시 문자가 왔다.

〈알았다. 나중에 전화할게.〉

휴대전화를 내려놓고 나서 영진은 가벼운 한숨을 내쉬었다. 화나지 않았다고 했지만 솔직히 서운한 마음이 조금은 남아 있었다. 오늘 굳이 상헌이 선물한 옷을 입고 출근을 한 것도 지금 그가 신경 써야 할 사람은 현경이 아니라 바로 자신이라는 걸 일깨워 주고 싶어서였다. 이렇게 유치한 방법까지 써가며 자신의 존재감을 과시해야 하는 게 속상하긴 했지만 이것이 그녀가 상헌에게 표현할 수 있는 최소한의 불만표시였다.

영진은 밀려 있던 일에 치여 정신없이 시간을 보내었다.

퇴근 무렵이 되자 경일이 일찌감치 가방을 챙겨 들었다.

"한 기사, 퇴근하자."

"오 분만 기다려. 이것만 마무리하고."

조금 남았던 일까지 모두 끝내고 나서 영진은 경일과 함께 사무실을 나섰다. 경일의 차를 타고 약속장소로 향하며 이해일이란 사람에 대한 기억을 새삼 더듬어보았지만 딱히 친했던 사람도 아니라서 별로 기억에 남은 것이 없었다.

"도착했다."

경일의 말에 고개를 들어보니 꽤 유명한 레스토랑 입구에 차가 멈춰 서 있었다.

"여기서 만나기로 했어?"

"응. 근사하지?"

"외관만 봐서는 엄청 그럴듯하다."

"들어가자."

주차장에 차를 세우고 레스토랑 안으로 들어서자 창가 쪽에 앉아 있던 남자가 손을 살짝 들어 아는 체를 했다.

"선배가 먼저 도착해 있었네."

"저 사람이야?"

"그래. 가자."

영진은 경일의 뒤를 따라 남자에게로 걸어갔다.

"왔냐?"

"네, 선배님. 이쪽은 한영진이라고 아시죠?"

"그럼. 오랜만이네."

"반갑습니다."

"나 기억나?"

"네."

가까이에서 보니 그제야 해일에 대한 기억이 겨우 떠올랐다. 학교 때 꽤나 잘난 척 으스대던 사람이었다.

"앉아라."

"네."

영진은 해일의 대각선 쪽에 자리를 잡고 앉았다.

"내가 먼저 주문해 뒀다. 여기는 손님이 많아서 그런지 꽤 오래 걸리더라고. 괜찮지?"

"그럼요."

경일은 아무렇지도 않은 듯했지만 영진은 솔직히 기분이 별로 좋지 않았다. 상대방이 무슨 요리를 좋아하는지도 모르는데 묻지도 않고 멋대로 주문을 해놓았다니, 예의가 없는 사람이 아닌가 하는 생각마저 들었다.

"혹시 상헌이가 내 얘기 안 해?"

"아뇨."

"그래? 홋, 예상외네. 난 또 자랑삼아 떠벌릴 줄 알았더니."

"왜요? 저희 실장님하고 무슨 일 있으셨어요?"

경일이 궁금해하며 묻자 해일은 영진을 힐끔 쳐다보았다.

"한두 달 전쯤인가, 동창회에서 상헌이 녀석을 만났거든. 그때 한영진이 나한테 보내줄 생각 없냐고 물었더니 단박에 없다고 잘라 버리잖아. 그래서 좀 유치하지만 내기를 했었어."

"내기요?"

"체스를 둬서 내가 이기면 한영진을 나한테 넘기고, 상헌이가 이기면 내 차를 주기로 했었거든."

영진의 표정이 미세하게 굳어졌지만, 그걸 눈치 채지 못한 경일은 무슨 재미있는 일이라도 되는 양 쿡쿡거리며 웃었다.

"그래서 이기셨어요?"

"내가? 아니지. 졌으니까 지금 이러고 물밑 작업하고 있는 거 잖아."

"그러셨구나. 저희 실장님은 아무 말씀 없으시던데요."

"하긴 뭐 자기 직원을 걸고 내기를 한 게 딱히 자랑할 만한 일 은 아니지."

겉으로는 우스갯소리인 양 말하지만 실상은 상헌의 행동에 트집을 잡고 싶어한다는 게 너무 빤히 보였다. 그럼에도 바로 앞에서 웃고 있는 해일에게 화가 나는 게 아니라 상헌에게 더 많이 화가 났다. 자신을 겨우 그런 내기의 경품으로밖에 여기지 않았다는 사실이 많이 실망스러웠다.

영진의 얼굴이 딱딱하게 굳어진 걸 본 경일이 아차 싶은지 서 둘러 말꼬리를 돌렸다.

"지난번에 말씀하신 스카우트 말인데요. 죄송하지만 전 별생 각이 없습니다."

"왜? 내가 연봉도 지금보다 높게 쳐준다니까."

"사실 조금 끌리긴 했는데, 여기저기 옮겨 다니는 것보다는 한 곳에서 제대로 경험을 쌓는 게 더 나을 것 같아서요. 선배님 께는 죄송하게 됐습니다."

"그래? 뭐 아쉽지만 어쩔 수 없지. 말이 나와서 얘기인데 한 영진이 넌 어때? 우리 회사로 옮길 생각 없어?"

"글쎄요."

"무조건 지금 받고 있는 연봉보다 20% 더 올려줄게. 진지하게 생각해 봐."

영진은 대답없이 앞에 놓인 물 잔을 들어 한 모금 마셨다. 생각 같아서는 불쾌한 이 자리에서 당장이라도 벗어나고 싶었지만 그렇게 하면 경일의 입장이 난처해질 것 같아 묵묵히 자리를 지켰다.

해일이 멋대로 주문해 놓은 음식들이 거창하게 차려졌지만 그다지 손이 가지는 않았다. 먹는 둥 마는 둥 대충 식사를 끝내고 디저트까지 먹고 나서 세 사람은 레스토랑을 나섰다.

"경일이도 다시 한 번 더 생각해 보고, 영진이 너도 잘 생각해 보도록 해. 이건 내 명함이니까 마음 결정되면 언제라도 연락해."

영진은 해일이 내미는 명함을 받아 핸드백에 대충 쑤셔 넣었다.

"오늘 밥 잘 얻어먹었습니다."

"저도요."

"그래. 그럼 우리 다음에 또 보자고."

지극히 가식적인 미소를 지어 보인 해일이 먼저 주차장을 떠나자 경일이 곧장 영진에게 사과를 했다.

"한 기사, 미안. 괜히 나 때문에 기분 상했지?"

"아냐. 그게 왜 윤 대리 때문이야?"

"그래도……. 해일 선배 좀 생각없이 말하는 경향이 있네. 그런 얘기는 굳이 할 필요 없는데 말이야."

영진은 말없이 한숨을 내쉬었다. 애초에 잘못으로 따지자면 상헌의 책임이 더 컸다. 하지만 이 자리에서 누가 잘못했느냐를 꼬치꼬치 따지는 건 별 의미가 없었다.

"나 그만 들어가 볼게."

"내가 태워다 줄까?"

"아니. 집에 가기 전에 어딜 좀 들러야 해서."

"알았어. 그럼 내일 보자."

경일과 헤어진 영진은 지하철역을 향해 터덜터덜 걸어갔다. 물론 상헌이 불순한 생각을 가지고 그런 식의 게임을 즐겼을 리는 없다는 걸 알고 있었다. 하지만 자신을 내기에 걸고 잠시나마 누군가와 게임을 했다는 사실 자체가 불쾌했다. 자신이었다면 그런 식의 말도 안 되는 게임 따위는 애초에 생각도 하지 않았을 텐데.

마음 같아서는 당장 상헌에게 전화를 걸어 왜 그랬냐고 따져 묻고 싶었다. 좋은 의도였든 어쨌든 상당히 불쾌하다고 그렇게 쏘아붙이고 싶은데 선뜻 전화기로 손을 뻗지 못했다.

'내가 너무 예민하게 구는 걸까. 그저 단순한 게임이었을 뿐인데.'

화가 나면 차라리 확 터뜨리면 좋은데 영진은 그걸 하지 못했다. 지난 십 년간 남몰래 서운해하고 또 혼자서 풀어지고 했던 게 버릇이 되어서 막상 서로 마주 보기로 약속을 한 지금에 와서도 툭 터놓고 불만을 애기할 자신이 없었다. 그래 봤자 싸움밖에 안 날 테니까. 영진은 솔직히 상헌과 목소리를 높여 싸울 자신도 없었고, 그렇게 하고 싶지도 않았다. 그냥 한번 꾹 참고 넘기면 될 일인데 속 좁게 화를 내서 어렵게 얻은 행복을 망치고 싶지 않았다.

결국 그녀는 상헌에게 전화해 화를 내는 대신 하늘에 대고 크게 한숨만 한 번 뱉어내고 말았다.

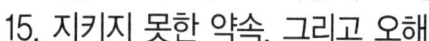

15. 지키지 못한 약속, 그리고 오해

늦여름 밤의 후끈한 바람이 목덜미를 스치고 지나갔다. 코끝에 맴도는 은은한 커피 향과 막 구운 것 같은 달콤한 쿠키 냄새가 여유로운 시간의 흥취를 한껏 더했다. 한낮의 뜨거운 열기를 피해 숨어 있던 사람들이 한꺼번에 쏟아져 나온 듯 밤 열시를 막 넘긴 늦은 시간임에도 도로는 오가는 사람들로 북적였다.

카페의 야외 테라스에 앉아 있던 상헌은 반쯤 남은 커피 잔을 들어올리며 맞은편에 앉아 있는 영진을 지그시 건너다보았다. 옅은 푸른빛 셔츠에 감싸인 영진의 뽀얀 목덜미가 불빛 아래 유난히 도드라졌다.

같이 저녁을 먹고 난 후 이곳에 자리를 잡은 게 삼십 분 전쯤인데 영진은 내내 별말이 없었다. 간혹 그를 바라보는 눈빛 속에서 알 수 없는 헛헛한 기운이 느껴졌고, 웃고 있어도 그리 밝은 미소가 아닌 것 같았다.

　"영진아, 화났어?"

　"왜요?"

　"오늘 내내 나하고 눈을 안 맞추려고 하는 것 같아서."

　"아뇨. 바빴잖아요, 하루 종일."

　"회사에서 말고, 저녁 먹으면서부터."

　"아, 그랬나?"

　평상시 같으면 웃으며 아니라고 할 텐데 오늘은 그것마저 하기 싫은지 영진은 그냥 대충 말을 얼버무렸다.

　"내가 잘못한 게 있니?"

　"……."

　"잘못한 게 있으면 말해. 그렇게 우울한 얼굴 하지 말고."

　영진의 입가에 쓸쓸한 미소가 번졌다.

　"아니에요."

　"영진아, 내가 전에도 말했지? 나 다른 사람 감정 읽어내는 거 잘 못한다고. 네가 말해주지 않으면 내가 뭘 잘못했는지, 뭐가 문제인지 모르고 지나칠 수도 있어. 그러면 안 되잖아."

　영진에 대해서 전부는 아니라도 어느 정도는 파악하고 있다고 자부했는데, 오늘처럼 시무룩한 건 처음이라 어찌해야 할지

난감했다. 화나는 일이 있으면 차라리 속 시원하게 말을 해주면 좋은데 저렇게 내내 아니라고만 하니 답답하기 그지없었다.

"후우."

깊게 한숨을 내쉰 영진이 그제야 그의 눈을 똑바로 쳐다보았다.

"어제 이해일 선배를 만났어요. 누군지 아시죠?"

"……알아. 근데 어떻게 만나게 된 거야? 너한테 만나자고 연락이 왔어?"

"저한테 직접 온 게 아니라 윤 대리를 통해서요."

"스카우트 제의를 했겠군."

"네."

"뭐라고 대답했니?"

영진이 어떤 대답을 했을지 듣지 않아도 알 수 있었다. 그럼에도 모른 척 물은 건, 해일이 그 문제와 관련해 굳이 안 해도 됐을 얘기까지 떠벌렸을 것 같은 불안함 때문이었다.

"거절했어요."

"음."

"근데 그 선배가 전 별로 듣고 싶지 않았던 이야기를 하더라고요. 절 경품으로 내걸고 선배와 체스 게임을 했다고."

상헌은 작게 욕설을 중얼거렸다. 그날 이후 해일에 관한 일은 까마득히 잊고 지냈었다. 영진에게는 접근하지 말라고 그렇게 신신당부를 했는데 이런 식으로 뒤통수를 맞게 될 줄은 짐작도 못했었다.

"오해했겠구나."

"물론 선배가 나쁜 의도로 그런 게임을 했다고는 생각지 않아요. 그럴 만한 이유가 있었겠죠. 하지만 기분이 썩 좋지만은 않네요."

"널 하찮게 여겨서라거나, 만만하게 봐서 그런 건 절대 아니야."

"그랬겠죠."

"내 잘못이다. 솔직히 그날 해일이가 의도적으로 긁어대는 거뻔히 알면서도 어리석게 휘말렸어. 전적으로 내 책임이야."

이유가 어쨌든 영진을 그런 식으로 가볍게 취급한 건 경솔한 행동이었다. 그 일 때문에 내내 찜찜했었는데 결국 이런 식으로 밝혀지게 된 것이다.

"사과할게."

"……네."

사과를 받아들이는 영진의 얼굴이 별로 밝아 보이지 않아 마음 한구석이 쿡쿡 쑤셨다. 매번 미안해할 일을 반복하는 자신이 스스로도 짜증스러웠다. 무슨 말로 화를 풀어줘야 하나 고심하는데 영진이 먼저 자리를 털고 일어섰다.

"늦었는데 그만 일어나요."

"화, 푼 거야?"

조심스러운 그의 물음에 영진은 허한 미소를 지었다.

"화 풀려고 애쓰는 중이에요. 유쾌하지 않은 일을 계속 가슴에 품고 곱씹는 거, 어리석은 짓이잖아요. 그런다고 있었던 일이 없던 일로 바뀌는 것도 아닌데. 시간이 지나면 자연스럽게 풀어지겠죠. 가요."

"그래."

계산을 마치고 카페를 나서며 상헌은 앞서서 걸어가고 있는 영진의 가녀린 어깨를 측은하게 바라보았다. 영진을 향한 마음을 자각하고 더 이상 물러서지 않을 거라 마음먹었을 때 미리 이런 경우들을 대비해 두었어야 했다. 평범한 싱글 남녀가 연애하는 것과는 상황이 판이하게 다르다는 것쯤은 늘 염두에 뒀어야 했는데……. 지난번 현경과의 만남으로 생긴 미세한 균열이 채 치유되기도 전에 악재가 겹친 격이었다.

어떻게든 영진을 다독여 줘야겠는데 그런 일에는 워낙 서툴다 보니 어떻게 해야 할지 막막했다. 현경과 이런 식의 트러블이 생겼을 때는 그냥 무시하는 방법을 택했었다. 어차피 시간이 지나면 자연스럽게 풀어질 테니까. 하지만 지금은 그럴 수가 없었다. 영진이 워낙 겉으로 내색을 않는 성격이라 속으로 골병이 들고 있다는 걸 뻔히 아는데 무작정 알아서 풀리기를 바라고 있을 수만은 없었다. 이럴 때 살가운 말 한 마디라도 해서 착 가라앉은 영진의 기분을 풀어주면 좋으련만 무뚝뚝한 성격에 그게 쉬울 리 없었다. 머릿속에 떠다니는 말은 많은데 정작 입으로 나오는 건 한숨 소리뿐이었다.

"영진아!"

"네?"

묵묵히 걷고 있던 영진이 그를 돌아보았다. 여전히 생기없는 얼굴을 보니 안쓰러움이 더 깊어졌다.

"뭐 하고 싶은 거 없어?"

"뭘요?"

"영화를 보든지 아니면 쇼핑을 하든지, 그도 아니면 드라이브를 하든지."

"갑자기 왜요?"

영진은 의아한 얼굴로 그를 쳐다보았다.

"그냥, 너 이렇게 집에 돌려보내면 안 될 것 같아서. 네 기분 풀릴 때까지 내가 노력봉사 할 테니까 하고 싶은 거 있으면 말해."

"없는데……."

"그러지 말고 잘 생각해 봐."

상헌이 자꾸 채근하자 영진은 난감한 얼굴로 한숨을 폭 내쉬었다.

"그럴 필요 없어요. 피곤한데 뭐 하러 그래요. 내일 출근도 해야 하고."

"대학 때는 날밤 꼬박 새고도 다음날 시험 잘 쳤어. 그때 기분 내서 오늘 밤 꼬박 새워보자고."

그답지 않게 엉뚱한 제안을 하자 영진은 피식 웃음을 터뜨렸다.

"왜 그래요? 적응 안 되게."

"가끔 일탈해 보는 것도 좋잖아."

"음, 그럼 뭘 하나. 영화 보러 갈래요? 나 보고 싶은 영화 있는데."

"그래 그럼. 가자."

궁색하기 그지없는 화해의 제스처를 너그럽게 받아준 게 고마워서 그는 따스한 눈빛으로 영진을 바라본 후 그녀의 손을 잡고 씩씩하게 걷기 시작했다.

"신경 쓰여요?"

"뭐가?"

"내가 화내니까 신경 쓰이냐구요."

"당연한 거잖아. 내가 화내고 있으면 너는 신경 안 쓰이겠냐?"

"선배는 그런 쪽으로 무디잖아요."

"그래서 바꾸려고 애쓰고 있어. 내가 가끔 실수해도 네가 오늘처럼 말을 해주면 고칠 거야. 그러니까 속으로 자꾸 삭이려고만 하지 말고 그때그때 말을 해줘. 알았지?"

마주 잡은 손에 힘이 잔뜩 실렸다. 마음 아프게 하고 싶지 않은데, 찌푸린 얼굴하게 만들면 안 되는데 그게 왜 이리 힘이 든 건지……. 마음먹은 대로만 되면 이렇게 미안해하지 않아도 될 텐데 그게 생각처럼 쉽지 않았다.

"지루할 거예요."

"응?"

"영화 말이에요. 인디영화 쪽이라 꽤 지루할 수도 있어요. 그래도 볼래요?"

"괜찮아."

"보다가 자거나 그러지 말아요. 나 영화 보다가 자는 사람 굉장히 싫어해요."

"알았어."

확실히 영진의 기분이 좋지 않다는 게 실감이 났다. 지난 십 년간 그 앞에서 뭐가 싫다거나 불편하다는 말은 한 번도 한 적이 없었는데, 오늘은 아예 작정한 것처럼 이것저것 투정을 부렸다.

차를 타고 근처 영화관으로 가자 심야영화를 즐기려는 사람들로 꽤 붐볐다. 영진이 보고 싶다는 영화의 표를 사고 나란히 의자에 앉자 영진이 그의 어깨에 살며시 기댔다.

"잠 와?"

"아뇨. 그냥 눈 좀 감고 있으려고."

상헌은 영진이 편히 기댈 수 있게 어깨를 조금 더 낮췄다. 조금 있자 영화가 끝났는지 관객들이 출구에서 빠져나오는 게 보였다.

"영화 끝났나 보다. 그만 들어가자."

"네."

지정된 자리에 앉아 영화가 시작되기를 기다리는데 영진이 작은 목소리로 물었다.

"부탁 하나만 해도 돼요?"

무슨 부탁이냐고 물어보려 고개를 돌렸는데 영진은 그와 눈을 맞추는 대신 텅 비어 있는 스크린으로 시선을 고정시키고 있었다. 뭔가 말하기 곤란한 걸 얘기하려는구나 막연히 짐작이 됐다.

"말해."

"다음부터는 현경 언니가 선배 집으로 찾아오는 일은 없었으면 좋겠어요. 어쩔 수 없이 만나야 된다면 그냥 다른 장소에서 만나요. 제가 지나치게 예민하다고 생각할지 모르겠지만 현경 언니가 선배 집 앞에서 당연하다는 듯이 선배 기다리는 모습, 솔직히 좀 불쾌했어요."

"……."

"안 돼요?"

"알았어. 그렇게 할게."

"고마워요."

마치 마음속에 품고 있던 버거운 짐을 덜어낸 것처럼 편안한 얼굴로 영진은 내내 외면하고 있던 그의 얼굴을 똑바로 쳐다보았다.

"졸지 말고 영화 제대로 보세요. 나중에 확인할 테니까."

"그럴게."

다시 예전의 다정다감한 한영진의 모습으로 돌아온 게 다행스러워 상헌은 어둠 속에 가려져 있는 그녀의 손을 가볍다 잡았다 놓았다. 비어 있던 좌석에 군데군데 관객들이 들어차고 영사기가 돌아가기 시작했다.

영화는 영진의 말처럼 엄청나게 지루했다. 하지만 그는 끝까지 한눈 한 번 팔지 않고 대사 하나까지 모조리 기억하려고 애를 썼다. 그런데 막상 영화가 끝나고 옆을 돌아보니 영진은 태평스럽게 자고 있었다. 어처구니가 없어서 헛웃음을 흘리는데 사람들이 나가는 기척에 깼는지 영진이 부스스 눈을 떴다.

"영화 끝났어요?"

"응. 근데 잔 거야?"

"네."

당연한 거 아니냐는 듯 영진이 작게 하품을 하며 그를 바라보았다.

"영화 보다가 자는 사람 싫어한다며?"

"그런 사람을 싫어한다고 했지 제가 안 잔다고는 안 했어요. 솔직히 좀 지루했잖아요."

"그럼 나는?"

"왜요?"

"네가 싫어한다기에 지루한 거 억지로 참아가면서 끝까지 봤는데."

억울해하는 그에게 영진은 어깨를 으쓱해 보였다.

"잘됐네요. 제가 못 본 부분부터 이야기해 주면 되겠다. 그만 나가요."

영진이 미련없이 자리를 박차고 나가는 걸 보며 상헌은 비로소 자신이 영진에게 제대로 당했다는 것을 깨달았다. 기막힌 한편 영진과 자신 사이에 놓여 있던 껄끄러운 뭔가가 비로소 해소되었다는 느낌이 들었다.

밖으로 나온 그는 엘리베이터 앞에서 자신을 기다리고 있는 영진에게로 걸어가며 짐짓 화난 표정을 지었다.

"한영진, 좀 심했다는 거 알지?"

"뭐가요?"

천연덕스러운 질문에 그는 영진의 어깨에 팔을 걸쳐서 아프게 꾹 내리눌렀다.

"내가 인디영화 싫어한다는 거 알고 있었지?"

"아마도."

"다시는 너하고 영화 안 본다."

"글쎄요. 아마 또다시 보게 될 것 같은데."

"안 봐."

"아뇨. 볼걸요?"

자신만만해하며 영진은 문이 열린 엘리베이터에 날름 올라탔다.

"뭐해요. 얼른 타요. 잘 잤더니 배가 고프네요. 밥 먹으러 가요."

"……."

상헌은 고개를 절레절레 저으며 엘리베이터에 올랐다. 아무래도 한영진이 어떤 여자인가를 제대로 파악하려면 적지 않은 시간을 투자해야 할 듯하다. 이런 장난스러운 모습 뒤에 또 어떤 모습을 숨기고 있는지 궁금하고 또 더 자세히 알고 싶어졌다.

[어이, 친구. 바쁜가?]

"왜?"

[우리 사이가 너무 격조했던 것 같은데 오늘 한 잔 어때?]

능청스러운 태진의 제안에 상헌은 이마에 살짝 주름을 잡았다.

"오늘은 어린 연인께서 안 만나준다고 그러디?"

[그게 아니라 너하고 영진이 사이가 잘 진행되어 가고 있는지 중간 점검이 필요할 것 같아서 없는 시간 일부러 낸 거다. 어쩔 거야? 만나, 말아?]

"알았어. 퇴근하고 네 오피스텔로 가마."

[영진이도 데리고 올 거지?]

"아니. 오늘은 둘이서 마시자. 너하고 진지하게 할 이야기도 있고."

[그래라. 이따 보자.]

전화를 끊고 나서 상헌은 보고 있던 서류를 내려놓았다. 끔찍하게도 지루한 영화를 본 날 이후로 영진과의 관계는 예전처럼 다시 평온함을 유지하고 있었다. 회사에서는 남들 모르게 따스한 눈길을 주고받았고, 퇴근 후엔 여느 연인들처럼 다정하게 손을 잡고 여유로운 시간을 함께 보냈다. 아무것도 걱정할 것 없이 순탄한 생활이 이어지고 있지만 그래도 여전히 둘 사이엔 현경의 존재가 껄끄럽게 남아 있었다. 다행히 요 근래는 별일이 없는지 현경이 그에게 연락하는 일은 없었지만 다시 한 번 현경에게서 연락이 온다면 이번엔 솔직하게 영진과의 사이를 밝힐 생각이었다.

"실장님, 저희 먼저 퇴근하겠습니다."

경일이 문을 삐죽 열고 얼굴을 들이밀었다.

"수고했어. 들어가 봐."

"네. 실장님도 곧 들어가실 거죠?"

"음. 이것만 정리하고."

"그럼 들어가 보겠습니다."

우렁찬 인사와 함께 경일이 문을 닫고 나가자 상헌은 곧장 영진에게로 전화를 걸었다.

[여보세요.]

"나다."

[네. 퇴근 안 하세요?]

"해야지. 친구 만나러 간다고 했지?"

[네. 지금 막 나가려던 참이에요.]

"조심해서 다니고, 위험하니까 너무 늦지 않게 집에 들어가. 알았지?"

[그럴게요.]

"난 태진이 오피스텔에 있을 거니까 혹시 무슨 일 생기면 태진이 집으로 전화해라."

[알았어요.]

다시 한 번 더 조심해서 다닐 것을 당부하고 그는 전화를 끊었다. 그냥 얼굴 보고 이야기를 하면 좋은데 아직 공식적으로 둘 사이를 밝힌 게 아니라서 사무실에서도 내내 이렇게 전화나 메신저로만 대화를 나누어야 했다.

직원들이 모두 퇴근하고 삼십 분쯤 더 지나 그도 사무실을 나섰다. 어차피 태진과 술을 마시면 대리운전을 부르든, 택시를 타고 가든 해야 할 것 같아 상헌은 차는 그냥 주차장에 세워두고 걸어서 오피스텔로 향하기로 했다.

편의점에서 맥주와 안주거리를 잔뜩 사들고 초인종을 누르자 막 샤워를 끝낸 듯한 태진이 현관문을 활짝 열어젖혔다.

"어서 와라."

"오랜만이다."

"그러게. 술 사가지고 왔어?"

"응. 이 정도면 충분하지?"

"될 것 같네. 저기다 놔라."

태진도 일에 많이 치였는지 얼굴이 저번보다 꺼칠해져 있었다.

"너도 일이 많았냐?"

"왜?"

"얼굴이 안돼 보여서."

"그럴 일이 있다. 내 얘기는 나중에 하고 영진이하고는 잘 지내고 있는 거야?"

"그렇지 뭐."

상헌이 거실 바닥에 자리를 잡고 앉으며 무뚝뚝하게 대답하자 태진이 궁금한 듯 옆으로 바짝 다가앉았다.

"진도 얼마나 나갔어?"

"무슨 진도?"

"에이, 몰라서 물어? 만리장성은 쌓았냐는 뜻이지."

"내가 무슨 진시황제냐, 만리장성을 쌓게."

"농담하지 말고. 진지하게 좀 대답해 봐. 이제 영진이하고 관계 확실해진 거지?"

태진의 성마른 다그침에 그는 웃으며 고개를 끄덕였다.

"그렇긴 한데 영진이가 가끔 힘들어해."

"왜?"

"현경이 때문이기도 하고, 또 내 성격 탓이기도 하고."

"네 성격이야 걔가 애초에 모른 것도 아니니까 문제될 거 없고, 현경 씨는 또 왜? 아직도 너한테 연락하고 그래?"

못마땅한 얼굴로 태진은 맥주 캔 하나를 집어 올렸다. 상헌도 물방울이 송송 맺힌 찬 맥주 캔 하나를 따서 시원스레 들이 컸다.

"요즘엔 뜸해. 근데 저번에 영진이하고 휴가 다녀오는 날 하 필 현경이가 집 앞에서 기다리고 있더라고. 그 남자 때문에 속 이 상해서 찾아왔다는데 차마 돌려보내지 못했어. 그 일로 영진 이가 많이 속상해했고."

"당연한 거지. 영진이 입장에서는 현경 씨가 아무래도 껄끄러 울 수밖에 없잖아. 너하고 이혼을 했다고는 해도 너희 둘 살아 온 과정을 다 지켜본 사람인데 말끔한 기분일 수는 없을 테고. 되도록이면 현경 씨하고는 만나지 마라. 네가 더 이상 현경 씨 한테 별다른 감정이 없다고 해도 자꾸 만나는 거 좋게 봐주기 힘들어. 내가 봐도 그런데 영진인 더하지 않겠어?"

"알아. 그래서 조심하려고 애쓰고 있다."

"단순히 조심하는 게 아니라 아예 그쪽이랑은 인연을 끊어. 이혼한 후에 자꾸 만나다 재결합하는 사람들도 많단다. 물론 너 는 생각도 안 하고 있겠지만 현경 씨는 또 모르잖아. 네가 무심 한 거 못 견뎌서 그거 보상해 줄 수 있는 다른 사람 찾아나선 거 고, 엄밀히 따지자면 네가 죽자고 싫어서 헤어지자고 한 게 아 니니 아무래도 문제의 소지가 있어. 그 남자하고 자꾸 트러블 생기면 구관이 명관이라고 또 너한테 돌아오고 싶어할 수도 있 지 않겠어?"

태진의 말도 일리가 있었다. 아마 그래서 영진도 거기에 민감 하게 반응하는 걸 테고.

"이거 하나만 물어보자. 너 현경 씨한테 아직까지 감정이 남아 있는 거야? 미운 감정이든, 그 반대이든."

"아니, 없어. 미워하는 감정도 이혼 서류에 도장을 찍는 그 순간에 이미 다 버렸고, 지금은 그저 안쓰러울 뿐이야. 나 때문에 마음고생 많이 했는데 또 그 남자하고도 문제가 있다니까."

"그거야 네가 신경 쓸 문제는 아니지. 너하고 살기 싫으니까 이혼해 달라고 요구한 사람 아니냐. 그런데 뭐 하러 네가 그런 것까지 신경을 써? 오지랖 넓은 것도 병이다."

"왜 아니겠냐. 내가 생각해도 가끔 한심스럽다."

"알면 고쳐야지. 너 영진이 마음고생 시키면 천벌받는다. 이혼남 주제에 언감생심 영진이 같은 애가 좋아해 주는 것만 해도 감지덕지지."

"그래도 친구인데 나한테 점수를 너무 박하게 주는 거 아니냐?"

상헌이 불퉁대자 태진은 얄밉게 이죽거렸다.

"점수 박하게 먹을 짓만 하니까 그렇지. 한영진을 떠받들고 다녀도 모자랄 판에 어디 감히 마음을 상하게 하고 그래?"

"내가 말을 말아야지."

상헌은 남은 술을 마저 비우고 나서 새로운 캔을 또다시 땄다.

"다시 한 번 말하지만 현경 씨 일, 이제 그만 관심 끊어라. 공연히 딴 데 신경 쓰다 정말 중요한 거 놓치지 말고."

"그래야지."

"그건 그렇고, 진도는 얼마나 나갔냐니까?"

"별게 다 궁금하다. 관심 끊어라. 알면 다친다."

"뭐야, 진도 확 나갔어? 혹시 그새 만리장성까지 쌓은 거야?"

태진은 상헌의 코앞까지 얼굴을 들이밀고 눈을 반짝거렸다. 꼭 뼈다귀 달라고 조르는 강아지를 보는 것 같아 그는 피식 웃었다.

"네 말마따나 떠받들고 다녀도 모자랄 귀한 애한테 어떻게 함부로 손을 뻗겠냐. 고이 모시고만 다닌다."

"엥? 그건 또 경우가 다르지. 그럴 때는 진도를 확 나가줘야……."

"그러는 너는 솜털 보송보송한 명혜 씨하고 진도 잘 나가고 있냐? 설마 벌써 사고 친 거 아니지? 그 어린애를 상대로?"

"무슨……. 욕심대로 했다 겁먹고 도망가면 어쩌라고."

"피차일반이다."

두 사람은 마주 보며 김빠진 한숨을 내쉬었다.

"명혜 씨야 어리니까 그렇다 치고, 영진이는 알 거 다 알 만한 나이인데 차라리 확 저질러서 발목을 잡아버려."

무슨 대단한 노하우라도 전수한 것마냥 태진은 흐뭇한 얼굴로 음흉하게 웃었다.

"너희 둘처럼 오래 알고 지낸 사이일수록 오히려 진도가 더 늦다니까. 설마 영진이가 여동생 같다 뭐 이런 건 아니지?"

"설마……. 어딜 봐서 영진이가 여동생 같겠냐."

"그렇긴 해. 걔가 은근히 매력있게 생겼잖아. 솔직히 영진이가 너한테 눈만 안 멀었으면 아마 여러 남자 울리고도 남았을 거다."

상헌은 동의한다는 뜻으로 고개를 끄덕였다. 영진이 워낙 치고 들어올 빈틈을 안 줘서 그렇지 은근히 추파를 던진 남자도 꽤 될 거라고 어림짐작하고 있었다. 지난번에 만났던 현장 박 기사도 그렇고, 학교 다닐 때도 그가 영진과 친한 걸 알고 어떻게든 다리를 좀 놔달라고 진지하게 상의해 오던 동기들도 제법 많았으니까.

"문제될 거 없잖아. 그냥 얼른얼른 진도 나가서 내년 봄이라도 식 올려 버려. 자꾸 미뤄봤자 좋을 거 없다. 그러다 영진이가 드디어 세상에 눈을 떠서 알고 보니 이상헌도 별거 아니구나 이러면서 딱 배신 때리면 어쩌냐."

"악담을 해라."

"현실을 직시하라는 거지. 세상에 널리고 널린 게 남자인데 너 같은 이혼남만 해바라기 하란 법 있어? 방심하다 뺏기는 수가 있다."

오늘은 아예 작정하고 약을 올릴 모양인지 태진은 연신 그의 신경을 긁어댔다. 사실 그도 불안함이 없는 건 아니었다. 같이 하는 시간이 많아질수록 더 가까이 두고 싶고 영진을 집에 데려다 주고 올 때면 허전함에 자꾸만 뒤를 돌아보게 되었다. 그럼

에도 그가 영진을 조금 더 욕심내지 못하는 건 과거의 잘못을
또다시 반복하고 싶지 않아서였다. 물론 지금은 그렇게 무책임
한 짓을 저지를 만큼 어리석지는 않지만 워낙 깊이 데인 상처라
치유가 쉽지 않았다.

"너희 집에는 이야기했어?"

"아직."

"언제 말씀드릴 거야?"

"곧 알려야지."

"상헌아, 이건 순전히 노파심에서 하는 말이니까 오해하지 말
고 들어. 너희 부모님, 반대하지 않을까? 영진이 하나만 놓고 보
면 빠질 게 없다지만 사실 그 애 집안환경을 설명하기가 좀 애
매하잖아. 양쪽 부모님 모두 다 돌아가셨고 게다가 어머니는 자
살한 거니까 평범한 가정사는 아니지."

"그렇게 따지면 나는 뭐 얼마나 떳떳하다고. 그 문제는 별로
신경 쓸 필요 없지 싶다. 아니, 어쩌면 어머니는 반대하실 수도
있겠지. 그렇다고 내가 물러서지도 않겠지만."

"어지간하면 네가 잘 말씀드려서 영진이한테 직접적으로 상
처 주는 말 듣게는 하지 마. 불쌍한 애잖아. 드러내 놓고 표현을
안 해서 그렇지 걔 속이 어디 한 군데라도 멀쩡하겠어?"

마치 친동생 보살피듯이 영진의 입장을 하나하나 배려하는
태진이 참 믿음직해 보였다. 자신이 해야 할 몫을 먼저 생각해
서 알려주니 그에게는 더없이 좋은 조언자였다. 바로 이런 점

때문에 무슨 문제가 생기면 태진을 제일 먼저 찾게 되었다.

"네 덕분에 많이 배운다. 고맙다."

"내가 원래 좀 똑똑하긴 해. 흐흐흐."

언제 의젓한 모습을 보였나 싶게 태진은 또 금세 평소의 능글맞은 모습으로 돌아왔다.

"더 할 얘기 없으면 이제 진지하게 술을 한 번 마셔볼까?"

"그러자고."

두 사람은 유쾌한 기분으로 건배를 외쳤다. 오랜 친구와의 마음 편한 술자리가 답답했던 마음을 다독여 주었고 어디선가 자신을 떠올리고 있을 영진의 따스한 마음이 그를 흔쾌히 취하게 만들었다.

시끄러운 알람 소리가 귓가를 요란하게 울려댔다. 상헌은 축 늘어진 팔을 억지로 들어올려 옆을 더듬어보았지만 아무것도 잡히는 게 없었다.

"으윽."

무겁게 내리누르는 눈꺼풀을 겨우 치켜뜨고 상헌은 천장을 멍하니 쳐다보았다. 천장의 무늬가 생소한 걸 보니 태진의 집인 모양이다.

"태진아, 태진아."

텁텁한 목으로 태진의 이름을 부르자 옆에서 부스럭거리는 소리가 들렸다.

"태진아, 알람 좀 꺼라. 시끄러워 죽겠다."

"으음, 알았어."

태진은 허우적대며 팔을 휘저어 침대 밑에 떨어져 있던 휴대전화를 집어 들었다.

"그만 울려라. 이제 일어났다."

"몇 시냐?"

"보자, 일곱 시네."

"벌써 그렇게 됐어?"

"그러게 말이다. 우리 언제 침대까지 옮겨와서 잔 거냐?"

"글쎄, 나도 잘 모르겠다."

하품을 하며 상헌은 침대에서 내려섰다. 어지간히도 취했던지 아직까지 머리가 둥둥 울렸다.

"나부터 씻는다."

"그래라."

태진은 정신을 차릴 수가 없는지 다시 침대에 드러누웠고 그는 천천히 욕실로 향했다. 예비용으로 준비되어 있던 칫솔로 양치를 하고 말끔하게 샤워까지 하고 나오자 태진이 침대에 엎드린 채 허공에 대고 손짓을 했다.

"저기 서랍장 보면 사서 한 번도 안 입은 팬티하고 양말 있고, 옷은 니가 대충 골라서 입고 가라."

"넌 출근 안 해?"

"도저히 못 일어나겠다. 오후에 출근하던지 해야지."

"알았어."

태진이 알려준 서랍 문을 열자 포장도 뜯지 않은 속옷이며 양말이 가지런히 정리되어 있었다. 가끔 술을 마시면 오늘처럼 자고 가는 일이 있어서 일부러 준비를 해둔 것 같았다.

양말과 속옷을 꺼내고 태진의 옷장에서 캐주얼한 폴로셔츠와 바지를 꺼내 입은 후 상헌은 오피스텔을 나섰다. 웬만하면 집에 돌아가서 자려고 했는데 마시다 보니 도를 넘어서 버렸다. 혹시나 하는 마음에 휴대전화를 꺼내 보니 부재중 전화가 여러 개 와 있었다. 두 번은 영진으로부터였고 나머지는 현경이었다. 약한 한숨을 뱉어내며 그는 영진에게로 전화를 걸었다.

[여보세요. 선배?]

"응. 전화했었지?"

[네. 어디예요? 전화 안 받아서 걱정했어요.]

"태진이 오피스텔에서 막 나오는 참이야. 술 마시다 그냥 잠들었나 보다."

[그랬구나. 어쩐지 태진 선배도 전화를 안 받더라구요. 출근하는 거예요?]

"가다가 간단하게 해장하고 들어갈 생각이야."

[그러세요, 그럼. 나중에 봬요.]

"그래."

영진과의 통화를 끝내고 나서 그는 잠시 망설였다. 현경에게 전화를 해야 할지 아니면 무시해야 할지 갈등이 생겼다. 한참을 고민하던 그는 전화를 하지 않은 쪽으로 마음의 결정을 내렸다. 태진의 말마따나 이제는 그만 현경에 대한 걱정에서 벗어나야 할 때였다. 자신의 미적지근한 태도로 인해 영진에게 더 이상 상처를 줄 수는 없었다.

회사로 가는 도중 해장국집에 들러 쓰린 속을 달래고 나서 그는 일찌감치 사무실에 도착했다. 건강을 생각해서라도 이젠 이렇게 무식하게 퍼마시는 건 자중을 해야 할 듯하다.

삼십 분쯤 지나자 서서히 직원들이 출근을 하기 시작했다. 큰 소리로 아침 인사를 주고받던 직원들은 상헌이 예고도 없이 실장실에서 나오자 놀라서 물었다.

"벌써 출근하신 거예요?"

"음. 그렇게 됐어. 아홉 시에 회의 시작할 테니까 준비하도록 해."

"네."

영진이 왔는지 지나치듯 한 번 쳐다본 후 그는 다시 실장실로 들어왔다. 평상시라면 지금쯤 출근을 했을 텐데 오늘은 조금 늦나 보다. 과자 사러 간 엄마를 기다리듯 상헌은 내내 영진이 오기를 기다렸다. 딱히 급하게 할 말이 있는 것도 아닌데 이상하게 오늘은 영진이 많이 기다려졌다.

"좋은 아침입니다."

문 너머에서 청아한 목소리가 들리고 곧이어 실장실 문이 열렸다.

"실장님."

"응, 왔어? 들어와."

실장실로 들어선 영진이 손에 든 종이컵을 그에게 건넸다.

"오늘은 커피 대신 스팀밀크예요. 술 마신 후에 커피 별로 안 좋을 것 같아서."

"땡큐."

"많이 마셨나 봐요. 오면서 전화하니까 태진 선배도 비몽사몽 이던데."

"전화했었어?"

"네. 걱정돼서."

그는 고개를 끄덕이고 뜨거운 스팀밀크를 한 모금 마셨다.

"참, 주말에 시간 어떠세요?"

"주말? 괜찮은데 왜?"

영진은 잠시 머뭇거리다 수줍게 배시시 웃었다.

"이번 주 일요일이 선배 생일이잖아요. 아침에 미역국 끓여놓을 테니까 집으로 오세요. 같이 아침 먹어요."

"아하, 맞다. 내 생일이 이맘때였지. 알았어, 아침 일찍 갈게."

워낙 회사 일이 많다 보니 생일이 다가온 것도 잊고 있었다. 그런데 자신조차도 잊고 있던 생일을 영진이 기억하고 있었나 보다. 고마움에 가슴이 훈훈해졌다.

"네. 나가보겠습니다."

돌아서는 영진을 그는 다시 불러 세웠다.

"영진아."

"네?"

"고맙다."

"갑자기 뭐가요?"

"그냥. 다 고맙다고."

갑작스러운 인사치레가 의아한지 영진은 고개를 갸웃하며 어설프게 웃었다. 그냥 한 번쯤은 진지하게 말하고 싶었다. 곁에 있어줘서 고맙다고…….

"나가봐."

"그럴게요."

영진이 나가고 나자 그는 흐릿한 미소를 머금고 다시 일에 몰두했다.

정오가 가까워질 무렵 책상 위에 놓여 있던 휴대전화가 요란하게 울렸다. 서류에서 시선을 떼지 않은 채로 그는 전화를 받았다.

"이상헌입니다."

[……나야.]

착 가라앉은 현경의 목소리가 들리자 그는 비로소 빽빽한 글자들에서 눈을 뗐다. 되도록이면 현경의 일에는 신경을 쓰지 않으리라 다짐했는데 전화기 너머에서 들려오는 유달리 경직된 음성에 저도 모르게 걱정스러운 마음이 일었다.

"그래."

[어제 전화했었어.]

"알고 있어."

[…….]

침묵이 길어졌다. 현경도 아마 느꼈을 것이다. 그가 자신의 투정을 예전처럼 너그럽게 받아주지 않을 거라는 사실을.

"무슨 일이니?"

[별일 아니야. 그만 끊을게.]

미처 뭐라고 말을 하기도 전에 현경은 전화를 끊어버렸다. 다른 때보다 현저하게 가라앉은 목소리가 신경 쓰였지만 애써 다시 전화를 걸지는 않았다. 이제는 적당히 거리감을 둬야 할 때였고, 신경이 쓰인다고 내내 현경을 챙겨줄 수도 없었다. 찜찜한 기분이 들었지만 그는 현경에 대한 걱정을 머릿속에서 억지로 밀어냈다.

단잠을 깨우는 불길한 전화벨 소리가 울린 건 새벽 여명이 막 창문 틈을 비집고 들어올 무렵이었다. 깊이 잠들어 있던 상헌은 잠결에 전화기를 찾아 손을 더듬거렸다.

"여보세요."

[저, 이상헌 씨 되십니까?]

"그런데요?"

낯선 여자의 목소리에 그는 침대에서 몸을 일으켜 세웠다.

"누구십니까?"

[여기 OO호텔입니다. 장현경 씨 잘 아시죠?]

"네."

[그분이 지금 상태가 별로 안 좋아서요. 지금 와주실 수 있겠습니까.]

"무슨 일입니까?"

[어젯밤에 남자 분과 같이 투숙을 하셨는데 다툼이 있었던 모양입니다. 좀 다치셨어요.]

상헌의 눈썹이 불쾌하게 움찔거렸다.

"알았습니다. 지금 갈 테니까 제가 갈 때까지만 옆에 있어주십시오."

[그렇게 하겠습니다.]

전화를 던지듯 내려놓고 그는 착잡한 심정으로 옷을 챙겨 입었다. 남자와 같이 투숙을 했다니 분명 성민일 테고 다툼이 있어서 다쳤다면 어떤 상황이 벌어졌을지 안 봐도 미뤄 짐작할 수 있었다.

상헌은 차키와 지갑을 챙겨 들고 집을 나서서 여자가 알려준 호텔을 향해 차를 몰았다. 한산한 호텔 입구에 차를 아무렇게나 주차해 두고 그는 프런트로 다가갔다.

"장현경 씨가 몇 호실에 투숙했습니까?"

"아, 이상헌 씨 되시나요?"

"네."

"1405호실에 계세요. 지금은 저희 직원이 함께 있습니다. 얼른 올라가 보세요."

엘리베이터를 타고 올라가는 동안 수만 가지 잡생각들이 머리를 어지럽혔다. 절반쯤은 걱정스러운 마음이었고, 나머지 절반은 지독한 불쾌감이었다. 이혼한 전처의 일로 새벽부터 호텔까지 쫓아와야 하다니.

복도 중간쯤에 위치한 1405호실 앞에서 그는 심호흡을 하고 노크를 했다.

"누구세요?"

"이상헌입니다."

곧이어 문이 열리고 유니폼을 입은 호텔 여직원이 얼굴을 쏙 내밀었다.

"들어오세요. 빨리 와주셔서 다행이네요. 지금 손님께서 무척 불안해하고 계시거든요."

"네. 고맙습니다. 같이 있어줘서."

"그럼 저는 그만 내려가 보겠습니다. 혹시 도움이 필요하시면 언제든지 프런트로 연락을 주세요."

여직원이 인사를 하고 나가자 그는 객실 안으로 조심스럽게 발을 들여놓았다. 술병을 집어던졌는지 방 안에 온통 독한 술냄새가 진동을 했다. 엉망으로 어지럽혀져 있는 방을 가로질러 침대가 놓여 있는 곳으로 가니 현경이 몸을 잔뜩 웅크린 채 침대에 덩그러니 앉아 있는 게 보였다.

"현경아."

그의 부름에 현경이 얼굴을 돌렸다. 벌겋게 부어오른 눈과 찢어진 입술을 보니 기가 막혔다.

"맞았니?"

"……."

"대답해 봐."

"나한테 소리 지르지 마. 안 그래도 머리가 깨질 것 같아."

지나치게 담담한 눈빛으로 현경은 그를 바라보았다.

"미안해. 연락 안 하려고 했는데 이 호텔 직원들이 필요 이상으로 친절하네. 굳이 보호자가 와야 체크아웃 할 수 있다고 고집을 부려서 어쩔 수 없이 상헌 씨한테 전화한 거야. 이 꼴로 집에 전화를 걸어서 엄마를 오시라고 할 수는 없어서."

"싸웠어?"

"응."

"왜?"

"이런저런 문제로 다투다 감정이 격해져서 이렇게 된 거야."

"이번이 처음이야?"

"……."

"아니구나."

상헌은 쓴 한숨을 내쉬며 소파에 털썩 주저앉았다.

"상헌 씨 멋대로 단정 짓지 마. 오늘이 처음이야. 그 사람 부모님이 우리 아빠한테 사업 자금을 요구했다기에 너무 화가 나서 내가 해서는 안 될 말까지 했어. 그래서 이렇게 된 거야."

"한심스러운 소리 좀 하지 마. 내가 전에 경고했지. 혹시라도 폭력적인 기질 보이면 당장 때려치우라고."

"그러고 싶지 않았어. 난 여전히 그 사람을 사랑하니까."

고집스러운 현경의 말에 상헌은 고개를 절레절레 저었다. 너무 어이가 없어서 헛웃음이 나왔다.

"도저히 널 이해할 수가 없다. 무식하게 폭력을 휘두르는 남자한테 더 기대할 게 뭐가 있다고 미련을 쓰는 거니."

"나…… 그 사람 아이를 가졌어."

현경의 폭탄선언에 상헌은 놀라서 그녀를 바라보았다.

"아이를 가졌다고?"

"그래. 그래서 헤어질 수 없어. 난 이 아이 절대 포기 못하니까. 내가 왜 그런지는 상헌 씨가 더 잘 알잖아."

"네가 아이 가진 거 알고도 때렸어?"

"아니, 성민 씨는 몰랐어. 나중에 알고 나서 자기도 너무 놀라서 그냥 뛰쳐나가 버린 거야."

뇌가 제 기능을 발휘하지 못했다. 한참 동안 그는 머릿속을 정리하려고 애를 썼다. 지금 당장 그가 해줄 수 있는 건 현경을 병원에 데려가는 일밖에 없었다.

"일단 나가자. 나가서 병원부터 가."

"안 가도 돼."

"혹시라도 아기한테 이상이 있으면 어쩌려고?"

"내 몸은 내가 잘 알아. 우리 아기는 괜찮아."

"그럼 너희 집으로 가. 데려다 줄게."

"싫어. 이 꼴로 집에 들어가면 엄마 아빠가 기함을 할 거야."

"그럼 도대체 어쩔 건데?"

짜증 섞인 물음에 현경은 무기력하게 고개를 저었다. 상헌은 착잡한 심정으로 객실 안을 휘 둘러보았다. 깨어진 술병과 아무렇게나 흩어져 있는 집기들이 전쟁터를 방불케 했다. 이런 곳에 현경을 혼자 두고 갈 수는 없었다.

"저기, 상헌 씨. 날 밝을 때까지만 나 상헌 씨 아파트에 가 있으면 안 될까? 그 다음엔 내가 알아서 할게. 부탁해."

"안 돼."

지난번 극장에서 영진과 했던 약속이 떠올라 그는 단호하게 고개를 저었다. 현경의 편의를 봐주자고 영진과의 약속을 무책임하게 깨버릴 수는 없었다.

"이번이 마지막이야. 다시는 이런 일로 상헌 씨한테 연락 안 해. 지금은 혼자 있는 게 너무 힘들어서 그래. 그러니까…… 나 한 번만 봐 줘. 응?"

눈물을 글썽이는 현경을 보자 그만 마음이 흔들렸다. 한참 동안 고민하던 그는 결국 고개를 끄덕이고 말았다.

"알았어. 일단 내 집으로 가자. 그리고 아침에 집으로 돌아가면 너희 부모님께 솔직하게 말해. 이건 너 혼자서 해결할 문제가 아니야. 네 말대로 어쩌다 실수로 너한테 손찌검을 한 거면 다음엔 절대 이런 짓 못하게 이번 기회에 확실하게 버릇을 고쳐 놔야 하고, 만약 상습적인 거면……."

말을 하다 말고 상헌은 입을 다물어 버렸다. 도대체 언제까지 현경의 뒤치다꺼리를 해주어야 하는지 왈칵 짜증이 일었다. 자신은 분명 그들과 상관없는 제삼자의 입장이고 이래라 저래라 할 권리도, 또 의무도 없었다. 지지부진하게 이런 불쾌한 상황에 끌려다니지 않으려면 현경에게 호의를 베푸는 일도 오늘이 마지막이 되어야 했다.

"상습적인 거면 네 스스로 냉정하게 결정을 해. 누가 네 인생 대신 살아주는 거 아니잖아. 언제까지 이렇게 어린애처럼 굴 거니. 일어나, 나가자."

그는 현경의 재킷과 핸드백을 챙겨 들고 먼저 객실을 나섰다. 비척대며 따라오는 현경을 부축해서 엘리베이터에 오르자 비로소 오늘이 일요일임이 떠올랐다. 시계를 보니 이제 막 여섯 시를 지나고 있었다. 영진과의 약속을 깨고 현경을 집으로 데려가는 것에 깊은 죄책감이 들었지만 임신까지 한 불안한 상태의 현경을 모른 척 외면할 수 없었다.

세워두었던 차 뒷좌석에 현경을 태우고 그는 아파트로 향했다. 일단 현경을 아파트에 데려다 놓은 후 영진에게 가서 사정 설명을 할 참이었다. 가히 듣기 좋은 말은 아니겠지만 영진에게 사실을 숨기고 싶지는 않았다. 그가 알고 있는 영진이라면 불쾌해하기는 할지언정 당장 현경을 쫓아내라고는 하지 않을 테니까.

상헌은 불편한 심기를 억지로 다스리며 희뿌연 새벽길을 달려 아파트 주차장에 차를 밀어 넣었다.

"내려."

먼저 차에서 내린 그는 현경이 내릴 수 있게 도와주려 뒤쪽으로 향했다. 그때 양손에 종이 가방을 든 채 멀리서 그를 바라보고 있는 영진과 눈이 정면으로 마주쳤다.

16. 돌아서는 너

갑자기 눈앞이 뿌옇게 흐려졌다. 비가 오는 건 아닐 텐데 왜 이런 걸까. 영진은 들고 있던 종이 가방의 손잡이를 힘없이 놓아버렸다.

팔이 저릴 정도로 무겁게 들고 왔던 음식들이, 밤잠을 설쳐 가며 어떻게 하면 조금 더 감동적인 생일 이벤트를 선물해 줄까 고심했던 노력들이 순식간에 물거품이 되어 바스라지고 있었다. 자신과의 약속 때문에 생일날 아침부터 괜스레 잠을 설칠까 봐 밤새도록 준비한 음식을 싸들고 새벽길을 달려온 참인데……

"영진아."

상헌의 목소리가 들려왔다. 하지만 입을 떼어 대답할 수가 없었다. 가슴이 답답해서 미칠 것 같은데 기이하게도 입가엔 쓴웃음만 비어져 나왔다.

"언제 온 거야? 들어가자. 일단 들어가서 이야기해."

"……."

어느새 다가온 상헌이 영진의 팔을 움켜잡았지만 그녀는 그의 손을 조용히 떼어냈다. 망부석이 된 것마냥 눈 하나 깜빡할 기력이 없었다. 상헌이 다시 손목을 붙들자 그녀는 멍하니 그 손을 내려다보며 차갑게 쏘아붙였다.

"놔요."

분명 자신의 입에서 나온 소리인데 마치 다른 사람의 목소리인 것처럼 생소했다.

"영진아."

"그만 돌아가야겠어요. 이거 받아요."

영진은 내팽개치다시피 했던 종이 가방을 들어올려 상헌에게 떠넘겼다.

"미역국하고 밑반찬들이에요. 미안한데 생일상은 직접 못 차려줄 것 같아요. 알아서 차려 드세요."

"이렇게 가면 어떡하니."

"그럼요? 세 명 나란히 집에 들어가서 사이좋게 담소라도 나눌까요?"

"……."

"가봐요. 현경 언니 기다리잖아요."

영진은 입술을 앙다물며 돌아섰다. 계속 버티다가는 흥분한 상태에서 상헌에게 히스테리라도 부릴 것 같았다.

"영진아."

상헌이 다시 팔을 잡아챘지만 그녀는 사납게 뿌리쳤다.

"내가 부탁했죠. 현경 언니를 집에서 만나는 일만은 하지 말라구요. 내가…… 내가 선배한테 부탁했잖아요."

담담하게 말하려고 했는데 그만 속상함에 목이 꽉 잠겼다. 서운하고 속상해도 이해하고 참으려고 했는데 왜 이렇게 자신에게 끔찍한 실망감을 안겨준단 말인가.

"그런 거 아니야."

"선배 변명 듣고 싶지 않아요. 지금은 무슨 말을 해도 제대로 받아들여지지가 않을 것 같아요. 그러니까 그냥 놔줘요."

영진은 원망이 그득한 눈으로 상헌을 올려다보았다. 뭔가 설명을 하고 싶어하는 초조함과 안타까움이 가득한 그의 눈을 보고도 치솟는 화가 가라앉질 않았다. 상헌을 만난 이후 처음으로 그가 죽도록 미워졌다.

영진은 돌아서서 빠른 걸음으로 걸어가 지나는 택시를 잡아세웠다. 그리고 미련없이 그곳을 떠났다.

창밖으로 지나는 평화로운 아침 풍경을 뚫어지게 노려보며 영진은 돌아보고 싶은 마음을 억지로 참고 또 참았다. 지금이라도 상헌이 자신을 쫓아와 주지 않을까 하는 헛된 기대 따위 이젠 하고 싶지도 않았다. 기쁜 마음으로 왔던 길이 험한 가시밭길이 되어 그녀를 고통스럽게 했다.

택시에서 내려 열쇠로 현관문을 따고 집안으로 들어서자 기다렸다는 듯 전화가 울려댔다. 영진은 천천히 걸어가 전화기 코드를 빼버렸다. 전화를 건 사람이 누구이든 지금은 말 한마디 내뱉고 싶지 않았다.

겨우 버티고 있던 마지막 인내심이 처참하게 무너져 내렸다.

'내가 원한 건 이런 게 아닌데, 내 사랑은 이렇게 아픈 게 아니었는데…… 너무 힘이 들어. 너무 힘이 들어서 미쳐 버릴 것 같아.'

영진은 어젯밤, 밤새도록 어떻게 하면 좀 더 의미있는 하루를 보낼까 생각하고 또 생각했었다. 예고없이 불쑥 찾아가 아침상을 차려주는 것도 그 계획 중에 포함되어 있었는데, 설레는 마음을 안고 찾아간 그곳에서 그녀를 맞은 건 너무도 당연하다는 듯 상헌의 차에서 내려서던 현경의 모습이었다.

그와 자신이 쌓아올린 신뢰의 벽이 한순간에 허물어졌다. 차라리 고백하지 말 걸, 그냥 바라보는 것으로 만족할 것을……. 그랬다면 이렇게 가슴이 아프지도 않았을 텐데. 내내 뒷모습만 바라보는 게 힘들어서, 한 번 욕심내 보고 싶어서 처음이자 마지막으로 용기를 낸 것인데 그와 마주 보며 사랑한다는 게 이렇게 힘들 줄은 몰랐다.

상헌과 현경이 나란히 서 있는 모습을 본 순간, 자신이 꼭 둘 사이에 억지로 발을 들여놓고 있는 이물질이 된 기분이었다. 그의 사랑을 갈망했던 순수한 자신의 마음이 오물 속으로 처박힌 것 같은 끔찍한 모멸감이 들었다.

내 사람이 아니라 생각했을 때는 두 사람을 바라보는 게 이렇게 힘들지는 않았었다. 그의 뒷모습이나마 몰래 훔쳐볼 수 있음에 만족했고, 가끔 그가 보내주는 미소 한자락에도 행복할 수 있었다. 그래서 겁도 없이 그에게 고백을 했다. 설사 둘 사이에 미처 정리하지 못한 감정의 찌꺼기가 남아 있다고 해도 별문제 되지 않을 거라 자신했었다. 시간이 지나고 자신과의 사랑이 깊어지면 그깟 지지부진하게 남아 있던 감정쯤은 가볍게 무시할 수 있을 거라 확신했었는데 결국 그건 어리석은 자만심이었나 보다.

영진은 두 손으로 얼굴을 감싸고 무너지듯 주저앉았다. 그냥 이대로 땅으로 푹 꺼져 버리고만 싶었다.

집으로 올라온 상헌은 독약처럼 쓴 블랙커피를 마시며 가슴을 묵직하게 내리누르고 있는 지독한 자괴감을 억지로 달랬다. 영진이 그렇게 가버리고 난 후에 한참 동안을 그 자리에 못 박힌 듯 서 있었다. 처음엔 우연이라 치부하기엔 너무 절묘하게 맞아떨어진 기막힌 상황에 당황해 움직이지를 못했고, 그 다음엔 돌아서던 영진을 끝까지 붙잡지 못한 스스로의 행동에 화가 치밀어 꼼짝할 수가 없었다. 그렇게 보내는 게 아니었는데……

순간 머릿속이 휑하니 비어서 바보 같은 짓을 하고 말았다.

"두 사람, 사귀고 있던 거구나."

"……."

"미안해. 나 때문에 영진이가 오해했겠다."

"……."

끝내 아무 말이 없는 그를 보며 현경이 깊은 한숨을 내쉬었다.

"두 사람 관계 미리 알았더라면 오늘 상헌 씨한테 연락하는 일 없었을 거야. 미리 얘기를 해주지 그랬어."

"이야기하려고 했었어. 이젠 너무 늦어버렸지만."

"내가 영진이 한 번 만나볼까? 혹시 오해하고 있는 거라면 내가 설명할게. 그런 거 아니라고."

"됐어. 네가 끼어들 문제 아니야. 설명을 해도 내가 해."

"그래도 내가……."

"됐다고 했지!"

욱하는 마음에 버럭 소리를 지르자 현경은 놀란 눈으로 그를 쳐다보았다. 상헌은 지끈거리는 머리를 손가락으로 꾹꾹 눌렀다. 결국 모든 잘못은 자신에게 있었음에도 그는 비겁하게 다른 사람에게 책임 전가를 하려 했다. 이런 결과가 나온 건 순전히 자신의 실책이었음을 그는 뼈저리게 통감했다.

"우리 일은 우리가 알아서 할 테니까 넌 신경 쓰지도 말고, 관여할 생각도 하지 마."

"그래. 알았어."

잔뜩 풀이 죽은 현경을 힐끔 쳐다본 후 그는 전화기를 집어 들었다.

"전화해."

"어딜?"

"성민이라는 남자한테."

"……."

"전화해서 당장 만나자고 해. 이건 너희 두 사람의 일이잖아. 나 더 이상 네 일에 관여하고 싶지 않고 할 필요성도 못 느끼겠다. 오늘로 끝이야. 매정하게 들리겠지만 힘든 일 있어도 앞으로는 연락하지 마라. 우리…… 이혼했어. 서로를 걱정하고 다독여 줄 만한 사이, 이젠 아니란 말이다. 그동안 내가 네 투정 고스란히 다 받아준 건 너와 무책임하게 보내 버린 아이에 대한 죄책감 때문이었어. 그런데 정작 널 돌봐주려다 영진이를 더 힘들게 한 것 같다. 되돌리기엔 늦어버렸는지도 모르겠지만, 지금이라도 그 애한테 가봐야겠어. 나 더 이상 너한테 신경 써줄 여력없으니까 그만 돌아가. 네가 사랑한다는 남자에게로."

상헌은 차키를 집어 들고 일어섰다.

"정말 미안해, 상헌 씨."

"……."

"상헌 씨!"

"조심해서 가라."

그는 현경을 남겨두고 현관으로 향했다. 신발을 신으려던 그의 눈에 아무렇게나 방치되어 있는 하얀색 종이 가방 두 개가 들어왔다. 영진이 그에게 던지듯 주고 간 음식들이었다. 저걸 전해주려고 새벽잠을 설치며 찾아왔을 텐데 그런 사람에게 자신이 도대체 무슨 짓을 한 건지. 미간에 깊은 주름을 잡으며 그는 사납게 현관문을 열어젖히고 곧장 엘리베이터로 향했다.

차를 타고 가는 동안 상헌은 오늘 자신의 행동을 어떤 식으로 영진에게 이해시켜 줘야 할지 깊이 고민했다. 밀랍인형처럼 창백하게 굳어진 채로 돌아서던 모습이 너무 단호해 보여서 쉽게 이해해 달라는 말을 꺼낼 수가 없을 것 같았다.

영진의 집이 가까워질수록 상헌은 어쩌면 외면당할지도 모른다는 두려움이 점점 더 커지는 걸 느꼈다.

빈 공터에 차를 세우고 계단을 올라가 현관문 앞에 섰지만 선뜻 초인종을 누를 수가 없었다. 한참 동안 망설이던 그는 크게 심호흡을 하고 나서 초인종을 세게 꾹 눌렀다. 그러자 인터폰으로 영진의 목소리가 흘러나왔다.

[누구세요?]

"……나다."

한참이 지나도록 영진은 말이 없었다.

"이야기 좀 하자. 영진아."

여전히 묵묵부답. 상헌은 다시 한 번 초인종을 눌렀다.

"내 얘기 좀 들어줘. 듣고 난 다음에 화를 내도 내라."

[지금은 별로 듣고 싶지 않아요.]

"한영진, 얼굴 한 번만 보자."

다시 또 침묵……. 겨우 철문 하나가 주는 거리감이 마치 천리 길은 되는 것 같다. 무슨 말을 하면 영진이 문을 열어줄까 고심하는데 철컥 소리를 내며 현관문이 열렸다.

[들어와요.]

그가 들어올 수 있게 영진이 한쪽 편으로 비켜섰다. 집 안으로 들어서자 고소한 음식 냄새가 진동을 했다.

"저기 앉으세요. 커피 줘요?"

영진은 그와는 눈조차 마주치지 않은 채 주방으로 향했다.

"잠깐만."

상헌은 급히 영진의 팔을 잡아 세웠다.

"커피, 안 마셔도 돼."

"전 마시고 싶어요."

"……."

처음 보는 영진의 냉담한 눈빛에 그는 잡고 있던 팔을 스르르 놓았다. 영진이 더 이상 자신의 행동을 너그럽게 이해해 주지 않을 것 같은 막연한 두려움이 느껴졌다.

"기다려요. 커피 금방 내올 테니까."

주방으로 걸어가는 영진을 따라 시선을 옮기던 그는 식탁 위에 어지럽게 놓여 있는 갖가지 음식 재료들을 보며 한숨을 내쉬었다. 혼자서 그 많은 음식들을 만들려고 동동거렸을 영진의 모습이 눈에 선했다.

소파에 자리를 잡고 앉아 그는 내내 영진의 움직임을 눈으로 쫓았다. 차라리 화라도 내면 나을 텐데, 영진은 마치 아무 일도 없었던 것처럼 지나치게 평온한 얼굴이었다. 꽉 다물고 있는 입술만 아니라면 평상시의 그녀와 전혀 다르지 않다고 여길 정도였다.

조금 뒤 영진은 커피 잔 두 개를 들고 와 그의 앞에 하나를 내려놓았다.

"별맛 없을 거예요. 커피믹스라서."

"영진아, 오늘 일은……."

"현경 언니는 아직 실장님 집에 있어요?"

"아니. 돌려보냈어."

영진의 입가에 쓴웃음이 번졌다. 그의 말은 못 믿겠다는 듯.

"새벽에 전화가 왔었어. 호텔 직원인데 현경이가 다쳤으니까 와서 좀 살펴봐 달라고. 경황이 없었어. 현경이가 만나는 남자가 손버릇이 안 좋다는 소문을 들었던 터라 가볼 수밖에 없었다."

"그래서요?"

"다투는 와중에 맞았다는데 차마 집으로는 전화할 수 없어서 나한테 연락했다고 하더라."

"왜 실장님한테 전화를 해요? 무슨 자격으로?"

싸늘한 어조로 영진은 반문했다.

"연락할 사람이 나밖에 없었대. 현경이 친구도 별로 없잖아."

"앞으로도 똑같은 일이 생기면 또 실장님한테 연락하겠군요. 당연한 것처럼?"

"아니야. 이젠 그러지 말라고 했다. 오늘이 마지막이었어."

믿지 못하겠다는 듯 영진은 씁쓸한 얼굴로 고개를 저었다.

"아뇨. 현경 언니는 앞으로도 그런 일이 생기면 또다시 실장님께 전화를 할 거예요. 그러면 실장님은 현경 언니가 안쓰럽고 불쌍하다는 생각에 또 달려갈 거구요. 나는 알아요. 실장님 그럴 거라는 거. 내 말이 틀려요?"

"……."

"그럼 전 내내 가슴을 졸이면서 실장님이 내게 다시 돌아올까, 혹시 현경 언니와 재결합하는 건 아닐까 불안해하겠죠. 애초에 실장님이 사랑했던 건 내가 아니라 현경 언니였으니까요."

숨 막힐 것 같은 침묵이 두 사람을 에워쌌다. 한참 동안 그의 얼굴을 바라보던 영진이 손을 들어 눈가에 어린 물기를 닦아냈다.

"두 사람이 어떻게 사랑을 했었는지 너무 잘 알고 있어서 사귀면서도 충분히 이해할 수 있을 줄 알았어요. 이혼을 했어도 그 질긴 감정 고스란히 끊어내지 못할 거다, 그러니 내가 이해를 하자, 수백 번 생각하고 수천 번 다짐했어요. 유치하게 질투 같은 거 하지 말자, 지난 감정들일 뿐이니까 연연해하지 말자 그렇게 내 자신을 세뇌시켰어요. 그래서 지난번에 실장님 아파트에서 현경 언니를 봤을 때도 참을 수 있었던 거구요."

피가 나도록 입술을 꽉 깨물며 영진이 물었다.

"지난 십 년간 제가 실장님한테 뭔가를 부탁한 적이 있었나
요?"

"……아니."

"유일하게 부탁한 게 그거예요. 현경 언니와 실장님 집에서
만나는 것만은 하지 말라는 거요. 그 자리가 마치 자신의 자리
인 것처럼 현경 언니가 서 있는 거, 그것만은 싫다고, 그것만은
절대 이해 못하겠으니까 다시는 그런 일 없게 해달라고 제가 부
탁했었죠. 기억은 하세요?"

"그래."

"그런데, 왜 그랬어요? 고작 그 부탁 하나를 못 들어줘서 날
또 이렇게 힘들게 해야 했어요?"

갈수록 감정이 격해지는지 영진의 입가가 파르르 떨렸다. 명
백한 자신의 잘못이었고, 반론의 여지가 없었다. 어떤 말을 한
다고 해도 자기합리화를 위한 변명에 지나지 않았다.

"미안하다."

"후훗, 벌써 세 번째네요. 현경 언니 일로 내게 미안하다고 말
한 게."

탁 소리가 나게 커피 잔을 내려놓고 영진은 자리에서 벌떡 일
어섰다.

"그만 돌아가 주세요."

"이해해 주면 안 되니? 이번 한 번만 날 좀 이해해 주면 안 되겠어?"

"이해는 해요. 근데 용서가 안 돼요."

"내가 어떻게 하면 되니. 내가 어떻게 해줄까?"

상헌은 착잡한 심정으로 영진을 올려다보았다. 현경과의 관계를 단호하게 끊어내지 못한 건 분명 그의 잘못이지만, 그렇다고 영진이 생각하는 것처럼 두 사람 사이에 정리되지 못한 어떤 감정이 남아 있어서 그런 것은 아니었다. 단지 워낙 오랜 시간 함께했던 사람이었고, 또 그의 잘못으로 인해 힘든 시간을 보냈던 사람이라 도와달라고 내미는 손을 차마 냉정하게 뿌리치지 못한 것뿐이었다.

"영진아, 말을 해봐. 내가 어떻게 했으면 좋겠어?"

"실장님이 해줄 수 있는 건 이제 아무것도 없어요. 그냥…… 기다리세요. 제가 생각을 정리할 동안 아무것도 하지 말고 그냥 기다려요. 실장님을 알게 된 십 년 전부터 한 번도 머릿속에서 실장님을 비워낸 적이 없었어요. 실장님과 현경 언니가 결혼한 후에 비워내려고 죽도록 애를 써봤지만 결국 비워내지 못했구요. 내 머릿속에서 실장님이 차지하고 있는 공간이 얼마나 큰지, 또 얼마나 깊은지 저도 잘 몰라요. 하지만 이젠 비워내 볼 거예요. 깨끗하게. 상처를 도려내듯이 깨끗하게 실장님의 자리를 비워낼 수 있다면…… 더 이상 실장님께 매달리지 않을게요."

"설마 날…… 떠나려는 거니?"

"……."

대답하지 않는 영진의 단호한 얼굴에서 상헌은 불길한 예감을 느꼈다.

"그럴 가능성도 있다는 거군."

"충분히 생각할 거예요. 그게 어떤 결론이든 홧김에 내린 결정은 아니라는 것만 알아줘요. 한순간의 기분에 취해서 결정하기엔, 지난 십 년간 실장님만 해바라기 한 내 자신이 너무 불쌍하잖아요."

말갛던 영진의 눈에 촉촉하게 물기가 차 올랐다.

"돌아가 주세요. 실장님 하고 싶은 얘기 다 했고, 저도 하고 싶은 말 다 했으니까, 오늘은 여기까지만 해요."

상헌은 천천히 몸을 일으켜 세웠다. 이렇게 돌아가고 싶지는 않았지만 영진이 생각할 시간을 달라고 했기에 그냥 돌아설 수밖에 없었다.

그가 막 돌아설 때 영진이 낮은 목소리로 물었다.

"현경 언니를 만나러 갈 때, 나와의 약속은 까맣게 잊어버렸었죠?"

"……."

아니라고 대답해야 했지만, 거짓말을 해서 끝까지 영진을 기만할 수는 없었다. 상헌은 그 순간에 영진과의 약속을 정확히 기억하고 있었다고 확신할 수 없었다. 결국 그는 아무런 대답도 하지 못했다.

"역시 그랬구나. 그래도 아니길 바랐는데. 차라리 거짓말이라도 하지 그랬어요."

세상이 무너진 것 같은 참담한 얼굴로 영진은 그를 바라보았다.

"안녕히 가세요, 실장님."

"이젠 선배라고도 부르지 않을 거니?"

옅은 한숨을 내쉬며 영진은 허공으로 시선을 돌렸다.

"제가 실장님을 선배라고 부른 건 단순한 호칭의 변화가 아니었어요. 오늘 아침의 일로 다시 모든 게 원점으로 되돌아왔죠. 제가 선배라는 호칭을 사용할 수 없게 만든 사람이 바로 실장님이잖아요. 안 그런가요?"

"……"

원망스러운 눈길이 고스란히 얼굴로 쏟아졌다.

"가세요. 잠을 설쳤더니 피곤하네요. 그만 쉬고 싶어요."

마음 같아서는 조금 더 머물며 어긋나 버린 영진과의 관계를 다시 회복시켜 놓고 싶지만 피곤이 깊게 내려앉은 영진의 얼굴을 보니 더 이상 괴롭혀서는 안 될 것 같았다.

"가볼게. 내일 보자."

"네."

그는 내키지 않는 걸음을 떼어 영진의 집을 나섰다. 등 뒤로 현관문이 철컥거리며 닫히는 소리가 들렸고, 상헌은 자신을 향했던 영진의 마음도 그렇게 닫혀가고 있다는 걸 느꼈다.

　RRR— RRR.

　끈질기게 울려대는 전화벨 소리를 무심히 귓등으로 흘려들으며 영진은 깊은 한숨을 내쉬었다. 유리창 너머가 훤해진 것이 이미 오래전이었으니 아마도 출근 시간을 훌쩍 넘어섰을 것이다. 그럼에도 그녀는 꼼짝도 않고 소파에만 앉아 있었다.

　처음엔 미칠 듯이 화가 났고, 그 다음엔 심한 좌절감으로 심장이 너덜거렸다. 상헌에게는 자신의 생각이 정리될 때까지 기다리라고 말했지만, 정작 그녀의 머릿속은 하얀 백지상태였다. 웃기게도 아무 것도 생각할 수가 없었다. 아니, 생각이란 것 자체를 하기 싫은 건지도 모르겠다. 뭐든 생각을 하게 되면 어떤 식으로든지 결론을 내려야 하는데 지금 그녀는 그 결론을 내리는 것이 두려웠다.

　지난 십 년간 한 번도 이상헌이란 사람을 머릿속에서 떠나보낸 적이 없었다. 웃거나 울거나 심지어 아플 때도 내내 그를 머릿속에 심어두고 떠올렸었다. 그런데 그런 사람을 머릿속에서 깨끗이 지워 버릴 수 있을까. 마치 없었던 사람인 것처럼 그와 관련된 모든 기억들을 하나 남김없이 비워낼 수 있을까.

　"후우."

　뻑뻑해진 눈을 내리감으며 영진은 소파에 몸을 웅크리고 누웠다. 피곤해서 죽을 지경인데도 잠이 오지 않았다. 어쩌면 잠을 푹 자고 나면 지금의 이 비참한 기분이 조금은 덜어질지도 모르는데 바싹 곤두선 신경들은 그녀에게 편안한 수면조차 허용하지 않고 있었다.

RRR— RRR—

끊어졌던 전화가 다시 울려댔다. 그냥 무시해 버리고 싶은데 저절로 손이 뻗어가고 말았다.

"……네."

[한 기사? 아직 집이야?]

걱정스러운 경일의 목소리가 들려오자 영진은 억지로 몸을 일으켜 세웠다.

[왜 아직 출근 안 해?]

"미안한데 나 오늘 출근 못할 것 같아."

[왜? 어디 아파?]

"음."

[어디가? 많이 아픈 거야? 약은 먹었어?]

"……."

담담했는데, 상헌이 돌아가고 난 후에도 눈물 한 방울 흘리지 않을 정도로 지나치게 담담했었는데 걱정이 그득하게 담긴 경일의 목소리를 듣는 순간 그만 서러움에 눈물이 울컥했다.

[영진아, 정말 많이 아픈 거야?]

"……어. 많이 아파."

[너 울어? 안 되겠다. 내가 지금 갈 테니까 기다려. 같이 병원

가자.]

"됐어. 오지 마."

목이 꽉 막혀서 제대로 말을 할 수가 없었다. 영진은 울음소리가 새어나올까 봐 이를 악물었다.

[집에 병간호 해줄 사람도 하나 없잖아. 바보야, 많이 아프면 진즉에 나한테라도 연락을 했어야지. 미련스럽게 참고 있냐.]

주책없이 자꾸만 흘러내리는 눈물을 손등으로 닦아내며 영진은 허공에 대고 길게 한숨을 토해냈다.

[영진아, 듣고 있어?]

"안 와도 돼. 병원 가서 낫는 병 아니야. 그냥, 그냥 조금 쉬면 나아질 거야."

[정말 괜찮아?]

"그래, 걱정하지 마. 끊을게."

영진은 전화기를 내려놓은 후 무릎에 얼굴을 묻고 한참 동안 서럽게 울었다. 꾹 눌러 참고 있을 때는 정말 아무렇지도 않은 것 같았는데 한 번 울음이 터지자 걷잡을 수 없을 정도로 서러움이 복받쳤다.

지금 그녀를 가장 힘들게 하는 건, 상헌을 원망하면서도 그의 행동을 이해하려고 애쓰는 자신의 미련한 마음이었다. 차라리 상헌을 미워할 수 있으면 좋을 텐데, 원망하며 돌아설 수 있으면 좋을 텐데 왜 그것조차도 마음대로 할 수 없는 걸까.

한참을 울고 나자 몸속의 수분이 모조리 증발한 것처럼 몸이 힘없이 축 늘어졌다. 영진은 쓰러지듯 소파에 누워 억지로 잠을 청했다. 자고 일어나면 지금의 이 비참한 기분이 어느 정도는 다독여질 것을 기대하며 그녀는 부운 눈을 굳게 내리 감았다.

"한 기사, 괜찮아?"

멍하니 컴퓨터의 모니터를 바라보고 있던 영진은 경일의 목소리에 고개를 치켜들었다. 언제 출근을 했는지 경일이 걱정이 그득한 눈빛으로 그녀를 내려다보고 있었다.

"왔어?"

"아직 아프구나. 얼굴이 엉망이네."

"괜찮아."

애써 담담한 목소리로 대답하며 영진은 경일의 눈길을 피했다.

"커피 한 잔 하자."

"생각없어."

"나하고 이야기 좀 해. 얼른 와."

경일이 축 늘어져있는 그녀를 억지로 일으켜 세웠다. 영진은 얕은 한숨을 뱉어내며 경일을 따라 사무실을 나섰다. 앞서서 걸어가던 경일이 자판기를 그냥 지나쳐 가자 영진은 지친 음성으로 물었다.

"어디까지 가는 거야?"

"조용하게 이야기하려면 여기보다는 비상구가 낫잖아."

"무슨 얘기?"

영진은 주절주절 떠들어댈 만한 마음의 여유가 없었기에 경일이 도대체 무슨 얘기를 하겠다는 건지 궁금해하며 그의 뒤를 따랐다. 경일을 따라 비상구에 도착한 영진은 지친 한숨을 몰아쉬었다.

"난 별로 이야기하고 싶은 마음 없는데."

"한 기사 너, 실장님하고 무슨 일 있었어?"

직접적인 경일의 물음에 영진은 바싹 메마른 눈빛으로 그를 바라보았다.

"그건 왜 물어?"

"어제 실장님 얼굴도 말이 아니었거든. 너 아파서 출근 못한다니까 몹시 침울해하시더라. 실장님답지 않게 하루 종일 안절부절못하시는 것 같기도 하고."

"……."

"실장님하고 너, 뭔가 특별한 관계로 발전한 거야?"

지금은 다른 사람의 궁금증까지 풀어줄 여력이 없어서 영진은 경일의 관심을 단호하게 잘라냈다.

"윤 대리가 날 걱정해 주는 건 고마운데, 지금은 누구하고도 그 문제를 가지고 이야기하고 싶은 마음 없거든. 미안하지만, 그냥 모른 척해줘."

가만히 영진의 얼굴을 바라보던 경일이 고개를 끄덕였다.

"알았어. 그렇게 할게. 나중에라도 의논 상대가 필요하면 말해. 십년지기 친구 그럴 때 써먹어야지 언제 써먹겠냐."

"고마워. 그만 들어가자."

"음."

경일과 나란히 복도를 걸어가던 영진은 막 사무실에서 나오던 상헌을 본 순간 우뚝 멈춰 섰다. 상헌 역시 그녀를 발견하고는 못 박힌 듯 그 자리에서 움직이지 않았다.

"난 먼저 들어가 볼게."

경일이 눈치 빠르게 자리를 피해주자 영진은 천천히 걸어서 상헌에게로 향했다. 하루 사이 많이 꺼칠해진 그의 얼굴을 보자 겨우 다독였던 마음이 또다시 흔들렸다. 상헌과의 거리가 좁혀질수록 고통의 무게는 점점 더 커졌다. 그저 바라보는 것만으로도 좋았던 사람인데, 나지막하게 울리는 그의 목소리만 들어도 심장이 두근대던 사람인데 이젠 눈빛을 마주치는 것조차도 힘겨웠다.

가슴속에 쌓이고 쌓인 말들이 목구멍까지 치밀어 올랐지만 그녀는 단 한 마디도 뱉어내지 못했다. 그의 얼굴을 본 순간 모든 게 부질없다는 생각이 들었다. 십 년간 질기게 끌고 온 그 감정이 사랑이라고 굳게 믿었었다. 하지만 돌이켜 생각해 보면 그건 사랑이 아니라 집착에 가까웠다. 선뜻 받아들이지 못하고 망설이는 상헌에게 자신의 감정을 받아달라고 떼를 썼으면서, 고작 몇 번의 흔들림에 맥없이 주저앉아 버린 그 보잘것없는 감정이 사랑일 리 없었다. 결국 이 정도밖에 되지 않았던 것이다. 그녀가 그를 향해 키웠던 사랑의 크기는…….

쓰디쓴 패배감을 곱씹으며 영진은 상헌을 지나쳐 가려 했다. 하지만 상헌이 먼저 그녀의 손목을 잡아챘다. 영진은 깊은 한숨을 몰아쉬었다.

"놔주세요."

"괜찮니?"

메마른 물음에 영진은 쓴웃음을 지었다.

"괜찮아지려고 애쓰고 있어요."

"아팠다며."

"이젠 괜찮아요."

"……."

상헌의 깊은 눈빛이 고스란히 얼굴로 내려앉는 걸 알면서도 영진은 그의 안타까운 눈빛을 끝내 외면했다. 직원들이 출근을 하는 듯 복도 끝에서 시끄러운 소리가 들려오자 영진은 꽉 막힌 음성으로 말했다.

"놔주세요. 직원들 앞에서 이런 모습 보이면 안 되잖아요."

스르륵, 그녀의 손목을 잡고 있던 상헌의 손에서 힘이 빠져나 갔다. 영진은 씁쓸한 미소를 베어 문 채 상헌의 곁을 스쳐 지나 갔다.

직원들이 모두 퇴근한 늦은 시각, 적막을 깨는 노크 소리가 들려왔다. 사형선고를 기다리는 죄인처럼 상헌은 깊은 한숨을 토해냈다.

"들어와."

그의 짐작대로 영진이 실장실 안으로 들어섰다. 지난 일주일 간 보아왔던 차갑게 경직된 얼굴로 그녀는 그를 향해 천천히 걸어왔다.

"아직 퇴근 안 했구나."

"네."

"같이 나갈까?"

"아뇨."

그와는 눈조차 마주치기 싫은지 영진은 실장실로 들어서면서부터 내내 그의 어깨 너머에만 시선을 두고 있었다.

"결정…… 했어?"

영진은 대답없이 하얀 봉투 하나를 내밀었다. '사직서'라고 적힌 봉투를 내려다보며 상헌은 쓴웃음을 지었다.

"네 결정이 이거니?"

"죄송합니다."

"재고해 볼 여지는 전혀 없어?"

"……."

"이러지 말자, 한영진. 나 너 이렇게 보내고 싶지 않다."

"인수인계는 모두 끝냈습니다. 윤 대리에게 부탁해서 제 자리 대신 채워줄 수 있는 사람도 구해놨고, 그 사람이 다음 주에 면접 보러 올 거예요."

상헌은 뚫어지게 사직서를 노려보았다. 그래도 이렇게까지는 하지 않을 거라고 생각했다. 지나치리만치 자신에게 너그러웠던 사람이라서 이번에도 어쩌면 참고 넘어가 줄지도 모른다고 생각하며, 그렇게 불안한 마음을 달랬었다. 하지만 그건 너무나 안일한 생각이었던 모양이다.

"그동안 감사했습니다. 안녕히 계세요. 실장님."

영진이 돌아섰다. 아무런 미련도 없다는 듯, 그와의 기억이 고스란히 담겼던 십 년 세월은 이제 모두 지워 버렸다는 듯 일말의 망설임도 없이 그에게서 등을 돌렸다.

그는 자리에서 벌떡 일어나 영진의 팔을 붙잡아 자신을 마주 보게 했다.

"영진아, 가지 마. 내가 잘못했다."

"……."

"한영진!"

아플 만큼 영진의 팔을 움켜잡고 그는 간절하게 그녀의 이름을 불렀다. 하지만 영진은 씁쓸한 미소를 지으며 그의 손을 떨쳐냈다.

"너무 지쳤어요. 하염없이 실장님 뒷모습만 바라보는 것도 지쳤고, 혼자서 마음 졸이는 것도 더 이상 하고 싶지 않아요. 눈앞에 보이는 산봉우리가 정상인 줄 알고 열심히 올라왔는데, 도착해 보니 정상이 아니라 겨우 중턱밖에 안 됐어요. 기운내서 더 올라가야 하는데 너무 까마득하고 막막해서 도저히 용기가 안

나요. 여기까지가 제 한계인가 봐요. 이젠……제가 할 수 있는
게 아무것도 없어요. 미안해요."

영진은 가볍게 고개를 숙이고 실장실을 나섰다. 쾅 소리가 나
며 문이 닫히자 피가 모조리 빠져나간 것처럼 맥이 탁 풀렸다.
상헌은 굳게 닫혀 버린 문을 뚫어지게 쳐다보았다. 처음 보는
영진의 낯선 뒷모습이 소름이 끼칠 만큼 냉정해서 그는 돌아서
는 영진을 차마 붙잡아보지도 못했다.

17. 순애보

삼 개월 후.

청소를 하기 위해 열어놓은 창문 틈으로 매서운 겨울바람이 스며들었다. 근 일주일간 비워두었던 집안은 싸늘한 냉기만이 가득했고, 냉장고에 넣어두었던 유효기간이 지난 음식들은 퀴퀴한 냄새를 풍겼다. 영진은 여행 가방을 내려놓기가 무섭게 집안 청소부터 시작했다.

"후우."

버거운 한숨을 푹 내쉰 영진은 말끔히 닦여진 거실 바닥에 털썩 주저앉았다.

회사를 그만둔 후 벌써 삼 개월이란 시간이 흘렀다. 처음 두 달간은 복잡한 머릿속을 정리하기 위해 전국을 속속들이 찾아 다니며 긴 여행을 즐겼고, 나머지 한 달은 새로운 직장을 구하기 위해 동분서주했었다. 다행히 면접을 보았던 회사 중 제일 마음이 동했던 곳에서 출근을 하라는 연락이 와, 마지막 여유를 즐길 겸 여행을 떠났다 막 돌아온 참이었다. 이제 다음 주부터는 당장 새로운 직장으로 출근을 해야 했다.

배터리가 바닥난 휴대전화를 충전기 위에 올려놓자 삐릭 하며 문자가 왔다는 신호가 왔다. 안 봐도 누구인지 알 것 같아 그녀는 메시지를 확인하는 대신 천장을 보며 바로 누웠다. 지난번 통화에서 여행 중이라는 말을 했으니 태진이 안부를 묻고자 문자를 보냈을 것이다.

영진은 눈을 감았다 떴다, 작은 한숨을 들이마셨다 내쉬었다, 이젠 습관이 되어버린 행동을 반복했다. 한숨을 내쉴 때마다 가슴 깊은 곳에서 묵직한 둔통이 밀려왔다.

한참 동안 멍하니 천정을 올려다보던 그녀는 벌떡 일어나 컴퓨터의 전원을 켰다. 모니터에 바탕화면이 나타나자마자 인터넷 접속을 하고 지난 일주일간 쌓인 메일들을 체크했다. 수많은 스팸 메일 사이에 또렷한 이름 세 글자가 그녀의 눈에 와 박혔다.

상헌이었다. 그는 일주일간 정확히 세 통의 메일을 보냈다. 지난 삼 개월간 늘 그랬던 것처럼.

담담한 눈빛으로 '영진에게' 라는 메일의 제목을 보던 그녀는 가볍게 떨리는 손을 마우스로 뻗었다. 딸깍하고 편지읽기를 선택하자 상헌이 보낸 메일 내용이 모니터를 가득 채웠다.

〈여행 갔다는 소리 들었다. 날씨도 추운데 많이 고생하는 건 아닌지 걱정했어.

이 사진 기억나지? 내가 복학하고 처음 같이 갔던 MT에서 찍은 사진이야. 그때 너 MT 내내 배탈 때문에 고생했었잖아. 약국이 없는 시골 동네라 태진이하고 나하고 먼 읍내까지 나가서 네 약 사가지고 왔지. 핼쑥해진 네 얼굴 보면서 참 많이 안타까워했었는데. 그때가 새삼 그립다.〉

사진 속에는 햇볕에 까맣게 탄 상헌이 시원스레 웃고 있는 모습과 우연찮게 카메라에 잡힌 영진의 모습이 담겨 있었다. 사진 속 그녀는 여전히 상헌을 향해 시선을 고정시키고 있었다. 씁쓸한 미소를 지으며 영진은 상헌에게서 온 다른 메일을 열었다.

〈자정이 가까워졌는데 비가 내리네. 우산은 챙겨서 다니는 거니? 감기 걸리지 않게 조심해. 이번 사진은 태진이가 가지고 있던 거야. 우연찮게 발견해서 그 녀석 몰래 빼내온 건데 아마 없어진 거 알면 꽤 화를 낼 것 같다. 나하고 같이 찍은 사진 중에 유일하게 자기가 더 잘생겨 보이는 사진이라고 늘 우쭐해했었거든.

내 졸업식 날이었지 아마? 그날 네가 준 선물 아직까지 잘 간직하

고 있어. 오늘 퇴근하고 난 후에 그 선물을 보면서 그날의 널 떠올렸
었다. 많이…… 보고 싶다.〉

두 번째 메일에 포함된 사진엔 상헌과 태진 사이에서 어색하
게 웃고 있는 그녀의 모습이 담겨 있었다. 상헌의 졸업 선물을
구하기 위해 몇 날 며칠을 종종거리며 다녔던 기억이 떠올라 그
녀는 가만히 한숨을 내쉬었다.
그 다음 메일을 열자 영진의 졸업식 날 찍었던 사진이 제일
먼저 눈에 들어왔다.

〈영진이 네 졸업식 때 찍은 사진.
내가 한참 회사 설립 문제로 바빠서 못 갔었지? 두고두고 참 미안
했었어. 태진이더러 가보라고 했더니 녀석이 기껏 가서는 내 흥만 실
컷 늘어놓고 왔잖아. 얼마나 괘씸하던지. 다음에 기회 되면 꼭 졸업
선물 해줘야지 했는데 아직까지 못해줬네. 만약, 다시 내게 기회를 준
다면 그때 못해준 선물 꼭 해줄게.
오늘은 첫눈이 온다는 일기예보가 있었는데 아직 감감무소식이다.
올해 첫눈은 그리 반가울 것 같지가 않다. 왜일까, 한영진?〉

세 통의 메일을 모두 읽고 난 영진은 편지를 '그'라는 메일함
에 모두 옮겨놓았다. 정확히 삼 개월 전에 만들어진 메일함에는
모두 서른다섯 통의 편지가 보관되어 있었다. 그녀가 상헌에게

이별을 통보한 일주일 후부터 그가 꾸준히 보내온 것들이었다.

맨 처음 상헌의 메일이 도착했을 때는 읽지도 않고 그냥 무시했었다. 그러다 십여 개의 메일이 차곡차곡 쌓인 후에야 비로소 제일 처음 도착했던 메일을 열어보았다.

첫 번째 메일에는 영진 자신도 기억이 까마득한 고등학교 시절의 그녀의 모습이 사진 속에 담겨 있었다. 도대체 그녀의 사진을 어디서 구한 건지 상헌은 편지마다 그녀의 사진 혹은 자신과 같이 찍힌 영진의 사진 한 장씩을 동봉했다. 어떤 때는 너무도 촌스러운 자신의 모습에 얼굴을 붉혔고, 또 어떤 때는 오래전 상헌의 모습을 보며 풋풋한 지난 감정들을 떠올리기도 했었다.

그렇게 이삼 일에 한 번씩 메일이 배달되었지만 그녀는 단 한 번도 답장을 보내지 않았다. 그럼에도 상헌은 꾸준히 영진에게 메일을 보내왔다. 메일이 한통한통 쌓일수록 그의 의도가 무엇인지 어렴풋이 깨달았지만 아직까지는 그에게 답장을 보낼 수가 없었다. 아직까지는…….

"한 주임님, 전화 온 것 같은데요?"

인턴사원으로 일하는 여직원이 요란하게 울려대는 영진의 휴대전화를 들고 사무실에서 나왔다.

"아, 고마워요."

자판기 앞에서 커피를 홀짝이던 영진은 반쯤 남은 커피를 단번에 들이마신 후 전화기를 받아 들었다.

"여보세요."

[한영진 씨 되시나요?]

부드러운 여자의 목소리에 영진은 고개를 갸웃했다.

"네. 그런데요."

[영진아, 나 현경이야.]

느슨하게 풀어져 있던 영진의 입가가 팽팽하게 당겨졌다.

"네. 안녕하세요."

[내가 갑자기 전화해서 놀랐지?]

"조금요. 제 전화번호는 어떻게 아셨어요?"

[태진 씨한테 물어봤어. 안 가르쳐 주려고 자꾸 말 돌리는 거 억지로 부탁해서 알아낸 거야.]

얕은 한숨을 뱉어내며 영진은 손에 들고 있던 빈 종이컵을 휴지통에 던져 넣었다. 입구에서 뱅글뱅글 돌던 종이컵이 매끈하게 휴지통 안으로 빨려 들어갔다.

[오늘 저녁에 시간 좀 내줄 수 있어? 만나고 싶은데.]

"전 현경 언니 별로 만나고 싶지 않은데요."

[알아. 아는데 너한테 꼭 할 얘기가 있어서 그래. 안 될까?]

간곡함이 느껴지는 현경의 음성을 듣자 냉정하게 거절할 수가 없었다. 영진은 지그시 입술을 깨물었다.

"……알았어요. 어디서 만날까요?"

[스핑크스 호텔 커피숍에서 기다릴게. 일곱 시에.]

"네. 그럼 저녁에 봬요."

전화를 끊은 후 영진은 미간을 좁게 구겼다. 현경에게서 연락이 올 거라는 생각은 미처 하지 못했던 터라 갑작스러운 전화가 몹시 당혹스러웠다.

'무슨 이야기를 하고 싶어서 보자고 한 걸까. 혹시……'

불안한 생각을 하다 말고 그녀는 세차게 고개를 저었다. 공연스레 잡다한 가정들을 끌어내 스스로를 피곤하게 만들고 싶진 않았다.

영진은 가볍게 한숨을 내쉬며 눈발이 흩날리고 있는 창밖을 내다보았다. 아침나절부터 내리기 시작한 눈이 이젠 제법 많이 쌓여 거리가 온통 새하얗게 변해 있었다.

'내키지는 않지만 그렇다고 피할 이유도 없잖아.'

잠시 혼란스럽게 엉켜있던 머릿속을 차분히 정리한 후 그녀는 사무실로 다시 들어갔다.

다행히 오후 시간은 딴 데 신경을 쓸 겨를이 없을 정도로 바쁘게 지나갔다. 퇴근 시간, 직원들과 나란히 회사를 나선 영진은 지나가는 택시를 잡아 세웠다.

"스핑크스 호텔로 가주세요."

"네."

미끄러지듯 택시가 출발하자 그녀는 창밖으로 시선을 돌렸다. 요 며칠 추위가 극성을 부리더니 눈이 온 후로는 조금 누그러진 듯하다. 마음속에 일고 있는 찬 기운만 아니라면 훨씬 더 따뜻하게 보냈을 겨울인데.

"첫눈치고는 제법 많이 내리죠?"

"네? 아, 그러네요."

"이런 날은 다들 데이트다 뭐다 해서 바쁜데 아가씨도 데이트
하러 가나 봐요?"

나이 지긋한 택시기사가 룸미러를 통해 빙긋이 미소를 지어
보였다.

"그냥 아는 사람 만나러 가는 길이에요."

"저런, 예쁜 아가씨가 아직 애인도 없어요?"

영진은 대답 대신 쓸쓸하게 웃었다.

"눈길이라 조심해 가느라 조금 오래 걸릴 겁니다."

"괜찮아요. 그냥 천천히 가세요."

기꺼운 마음으로 가는 길이 아니니 좀 오래 걸린다고 해서 조
바심이 날 리 없었다. 차라리 가는 도중 가벼운 접촉사고라도
나서 아예 현경을 만나지 말았으면 좋겠다는 생각도 조금은 있
었다. 하지만 그녀의 바람과는 상관없이 택시는 십여 분 후 유
연하게 호텔 입구에 멈춰 섰다.

"다 왔습니다."

"네. 고맙습니다. 잔돈은 됐어요."

택시에서 내려서며 영진은 화려한 불빛들을 뿜어내고 있는
호텔을 올려다보았다.

'진짜 만나기 싫다.'

자꾸만 뒷걸음질 치는 발을 억지로 돌이켜 그녀는 호텔 안으로 들어섰다. 로비를 거쳐 모퉁이를 돌아가니 원목과 대리석으로 세련되게 꾸며진 커피숍이 모습을 드러냈다. 입구에서 현경을 찾기 위해 두리번거리는데 멀리서 누군가 손을 흔들었다.

"영진아, 여기."

현경을 확인한 영진은 천천히 그녀에게로 걸어갔다. 예전과 다름없이 화사한 현경의 외모를 보자 또 괜한 짜증이 일었다. 이혼을 한 후 상헌은 눈에 띌 정도로 핼쑥해졌었는데 현경은 마치 아무 일도 없었던 것처럼 여전히 아름다웠다.

"왔어?"

"죄송해요. 좀 늦었어요."

"아니야, 나도 방금 전에 도착했어. 앉아."

"네."

현경의 맞은편에 자리를 잡고 앉으며 영진은 애써 담담한 표정을 지었다.

주문을 받기 위해 다가온 종업원에게 차를 주문하고 나서도 영진은 현경과 제대로 눈을 맞추지 않았다.

"날씨가 제법 추워졌지?"

"그러네요."

"직장 옮겼다면서?"

"네."

"적응하기는 쉬워?"

"네."

내내 단답형의 대화만 오가자 현경이 씁쓸한 미소를 지었다.

"나하고 말하기 싫구나."

"……."

"알았어. 그럼 용건만 얼른 끝내고 일어나자."

"네."

"상헌 씨하고의 일, 들었어. 미안해, 괜히 나 때문에 두 사람 사이만 엉망이 된 것 같아서 말이야. 근데 영진아, 이건 알아줘. 난 상헌 씨한테 남은 사랑이 있어서 자꾸 연락했던 건 아니야."

현경은 짧은 한숨을 내쉰 후 영진을 바라보았다.

"너도 알다시피 나한테는 속을 털어놓을 수 있는 친구가 몇 없어. 그나마 그 친구들 대부분이 외국에 나가 있거나 결혼 생활로 바쁜 처지이고. 그러다 보니 자꾸만 상헌 씨한테 연락을 하게 된 거야. 상헌 씨라면 내 고민 진지하게 들어주고 같이 고민해 줄 수 있을 것 같아서. 비록 이혼했다고는 해도 서로 죽도록 증오하면서 헤어진 건 아니니까 가끔 연락해서 안부 정도는 물어도 된다고 여겼거든. 그땐 그게 참 이기적인 생각이었다는 걸 미처 몰랐었어."

주문했던 커피와 유자차가 나오자 현경은 잠시 말을 멈추었다. 김이 모락모락 올라오는 진한 커피를 마시며 영진은 현경의 말이 이어지길 묵묵히 기다렸다.

"상헌 씨하고 네가 사귀고 있다는 거, 몰랐어. 상헌 씨에게 만나는 여자가 있다는 예감은 들었지만 그게 너라고는 생각을 못했었어. 상헌 씨 아파트에서 처음 마주쳤던 날, 두 사람 사이가 평범하지 않다는 느낌은 받았지만 그냥 무심히 흘려 버렸었나 봐. 내 일에만 치이다 보니 미처 주변을 살피지 못한 거지. 진즉에 알았다면 지금 이런 상황까지 오지도 않았을 텐데."

"실장님이 말을 안 했으니 언니가 알 수 없었겠죠."

"아마 나한테 말하기가 쉽지 않았을 거야. 너도 들어서 알고 있지? 우리가 왜 이혼을 하게 된 건지?"

영진은 말없이 고개를 끄덕였다.

"상헌 씨가 나한테 죄책감 비슷한 감정을 가지고 있다는 거 나도 잘 알고 있어. 그래서 믿겠거니 하고 투정 부리듯 자꾸 연락을 했는지도 모르겠고. 하지만 이젠 그러지 않을 거야."

"글쎄요. 전 언니 말에 별로 믿음이 가질 않네요. 그리고 이미 헤어진 마당에 굳이 그런 다짐을 들을 필요도 없구요."

"나, 석 달 후면 아기 엄마가 돼. 아기 낳은 후엔 곧 결혼도 할 거고. 그럼 더 이상 상헌 씨와 너 사이에 끼어들 일 없어."

현경은 보란 듯이 부풀어 오른 배를 손으로 쓰다듬었다. 품이 넉넉한 원피스에 가려진 동그란 배를 보자 마음이 약해졌다. 현경의 잘못도 있지만 근본적인 원인은 상헌과 자신, 두 사람 사이에 있었다. 과거의 환영에 쉽사리 흔들릴 정도로 단단하지 못한 사랑을 한 탓을 남에게 돌릴 수만은 없었다.

"임신…… 축하해요. 행복하시길 빌게요."

"고마워. 그리고 그날 새벽에 있었던 일로 너하고 상헌 씨 사이가 어긋난 거라면 내가 진심으로 사과할게. 그날은 나도 어찌할 수 없는 상황이었어. 변명이라고 해도 좋아. 그래도 꼭 너한테 말하고 싶었어. 난 상헌 씨를 친구로 생각하고 도움을 청했던 거야. 절대 다른 감정 없었어. 그건 상헌 씨도 마찬가지였을 테고. 그 사람, 겉만 냉정해 보이지 사실 그렇지 못하다는 거 너도 잘 알잖아."

"알고 있어요."

"그럼 그 사람한테 한 번 더 기회를 주면 안 되겠니?"

현경이 어떻게든 오해를 풀어주려 애쓴다는 걸 알면서도 마음이 쉬이 풀리질 않았다. 상헌을 사이에 두고 이런 식의 대화를 나누어야 한다는 사실 자체가 몹시 불편해졌다.

"하실 말씀 끝난 것 같은데 전 먼저 일어나 볼게요."

영진이 핸드백을 챙겨 들자 현경이 난감한 얼굴로 물었다.

"정말 상헌 씨하고 헤어질 생각이니?"

"글쎄요."

"그러지 마. 상헌 씨 많이 힘들어하고 있을 거야. 너한테 말도 못하게 미안한데도 선뜻 용기내서 널 찾아오지도 못할 만큼 그 사람 사랑 표현에는 영 서툴러. 네가 이해해 주면 안 될까?"

자리에서 일어나다 말고 영진은 다시 털썩 주저앉았다.

"현경 언니."

"응, 말해."

"실장님과 제 일에 현경 언니가 나서서 이래라저래라 충고하는 거, 그다지 달갑지 않아요. 지금 우리가 헤어져 있는 건 현경 언니 때문이 아니라 서로에 대한 확신이 없었기 때문이에요. 실장님은 절 사랑하는지에 대한 확신이 없었고, 전 그동안 제가 붙잡고 있던 감정들이 단순한 집착인지 아니면 정말 사랑이었는지 확신이 서질 않았어요. 그래서 헤어질 수밖에 없었던 거예요."

냉정한 그녀의 말에 현경은 가벼운 한숨을 내쉬었다.

"내가 괜히 주제넘은 간섭을 했나 보다. 미안해."

"집을 지을 때는 두 가지 방법이 있어요. 기존에 있던 헌집에 새로 벽지를 붙이고 화려하게 색칠하는 방법, 또 하나는 헌집을 말끔히 허물어 버리고 기초부터 다져서 새롭게 집을 짓는 방법, 이렇게 두 가지요. 두 방법에는 각각의 장단점이 있어요. 첫 번째 방법은 빠른 시일 내에 완성된 집을 볼 수 있다는 장점이 있지만, 몇 년이 지나면 또다시 벽지를 새로 붙이고 갈라진 벽을 다시 손질해야 하는 단점이 있죠. 반면, 두 번째 방법은 처음 시작할 때 힘들고 기초 공사에 많은 시간과 자금을 투자해야 하지만 일단 완성되고 나면 수십 년, 어쩌면 백 년은 너끈할 만큼 튼튼한 집을 지을 수 있다는 장점이 있어요."

잠시 말을 멈춘 영진은 현경의 눈을 똑바로 응시했다.

"제가 사랑을 완성해 가는 방법도 집을 짓는 것과 똑같아요. 서로에 대한 절대적인 믿음없이 어설프게 시작된 사랑은 그냥 보기 좋으라고 대충 꾸며놓은 리모델링에 지나지 않아요. 저는 그런 허술한 사랑을 하진 않을 거예요. 실장님과 헤어져 있는 지금이 우리에겐 기초공사를 하고 있는 시점이에요. 전 제 자리에서, 그리고 실장님은 실장님 자리에서 기반을 다져가고 있는 중이고, 그리 멀지 않은 미래에 근사한 집이 완성될 거예요."

말을 끝낸 영진은 계산서를 집어 들고 일어섰다.

"오늘 계산은 제가 할게요. 조심해서 돌아가세요."

고개를 살짝 숙여 인사를 하고 그녀는 현경을 남겨두고 커피숍을 나섰다.

모처럼 한가한 일요일 오전 영진은 일주일간 밀렸던 빨래를 하고 간당간당하게 남은 식료품들을 채워 넣기 위해 근처 마트로 향했다. 밑반찬거리들과 귤을 한 바구니 사고, 라면도 몇 봉사들고 집으로 들어오자 기다렸다는 듯 전화가 울려댔다. 양손에 들고 있던 비닐봉지를 서둘러 내려놓고 그녀는 전화기를 집어 들었다.

"여보세요."

[어이, 한영진. 선배다.]

"네, 태진 선배."

영진은 전화기를 손에 든 채 거실 바닥에 주저앉았다.

[뭐 하나?]

"장 봐오는 길이에요."

[그래? 너 오후에 시간 되지?]

"왜요?"

[나하고 어디 갈 데가 있어. 한 시까지 준비하고 기다려라. 데리러 갈게.]

"저기, 나 할 일 많은데."

그다지 내키지 않아 영진은 말끝을 흐렸다.

[군소리하지 말고 준비해라. 오늘 나하고 같이 안 가면 너 평생 후회할 일 생겨. 알았지? 이따 보자.]

미처 안 된다는 말을 하기도 전에 태진은 날름 전화를 끊어버렸다. 상헌과 헤어진 후 두 달 정도는 태진에게도 연락을 하지 않았었다. 두 사람이 워낙 각별한 사이다 보니 태진을 보면 어쩔 수 없이 상헌이 떠오를 것 같아 일부러 거리감을 둔 것이다. 어느 정도 마음의 정리가 되고 난 후 태진에게 연락을 하자 그는 대뜸 상헌의 욕부터 한바탕 늘어놓았다. 물론 맨 끝엔 어떻게 다시 한 번만 용서해 주면 안 되겠냐는 뉘앙스로 끝을 맺었지만.

그날 이후 태진은 간간이 전화를 걸어 상헌의 안부를 모른 척 흘리기도 했고, 어떤 때는 과장되게 상헌의 욕을 하기도 했다. 그러면서도 어떻게 하면 영진의 마음을 돌릴까 염탐하는 것도 늦추지 않았다. 오늘은 또 무슨 말을 해서 마음을 흔들어놓으려고 그러는지.

"일단 만나보면 알겠지."

얕은 한숨을 토해낸 후 영진은 내팽개쳤던 비닐봉지를 들고 주방으로 향했다. 사 온 식료품들을 모두 냉장고에 정리해 둔 후 그녀는 서둘러 외출 준비를 했다.

시계가 막 열두 시 사십오 분을 지나는데 휴대전화가 울려댔다.

"여보세요."

[나다. 준비 다 했지?]

"네."

[그럼 나와. 지금 집 앞이다.]

"알았어요."

두꺼운 외투를 걸쳐 입고 집을 나서자 태진의 차가 빌라 앞에 주차해 있는 게 보였다. 계단을 내려가 차 문을 열어젖히자 태진이 싱긋 미소를 지어 보였다.

"날씨가 꽤 춥네. 얼른 들어와."

"어디 가려고요?"

"있어. 일단 타."

미심쩍은 얼굴로 차에 오르자 태진은 곧장 차를 출발시켰다.

"점심 먹었어?"

"간단하게 아침 겸 점심 먹었어요. 선배는요?"

"나도 먹었다."

"근데 정말 어디 가는 거예요?"

"음…… 학교."

"학교요?"

의아해하며 되묻자 태진이 그녀를 힐끔 쳐다보았다.

"우리 졸업한 고등학교 말이야. 오늘 일요일이라서 아마 조용하지 싶다."

"뜬금없이 학교는 왜 가자는 거예요?"

"가보면 알아. 혹시 아냐? 내가 거기서 너한테 사랑이라도 고백할지."

"됐거든요."

영진이 불퉁하게 대꾸하자 태진이 킥킥거리며 웃었다.

"나도 너한테 사랑 고백하고픈 마음은 없다. 내 사랑은 오직 명혜 씨 하나밖에 없으니까."

요즘 들어 어린 연인과의 사이가 더 각별해진 듯 태진의 얼굴엔 행복함이 그득하게 묻어났다.

"어련하시겠어요."

"그냥 예전 추억을 한번 떠올려 볼까 해서 가자고 했다. 괜찮지?"

"네. 저도 학교 가본 지 오래돼서 한 번 가보려고 했거든요."

학교 때의 기억을 떠올리면 어쩔 수 없이 따라오는 한 남자의 환영이 있었다. 그래서 또 무거운 한숨이 가슴속에서 솟구쳐 올라왔다. 그런데 그 한숨의 원인을 알고 있는 것처럼 태진이 넌지시 말을 건넸다.

"상헌이 안 보고 싶어?"

"……"

"그 녀석, 너 참 많이 보고 싶어해. 며칠 전에 술이 떡이 되게 취해가지고 얼마나 징징 대는지 내가 아주 죽을 뻔했다."

"술을…… 마셨어요?"

"그래. 요 근래 걸핏하면 찾아와서 술 마시자고 협박이야. 덕분에 건강도 꽤 많이 상했지 싶다."

걱정스럽게 중얼거리며 태진은 힐끔 그녀의 눈치를 살폈다.

"아직도 상헌이가 용서가 안 되냐?"

"노코멘트요."

"이 정도 했으면 그만 용서해 주지 그래. 그 녀석 더 이상 너 속 끓이지 않을 거야. 그건 내가 보장한다."

"역시 노코멘트요."

오늘은 아예 작정을 한 듯 태진은 쉽게 포기하지 않고 내내 상헌의 존재를 떠올리게 만들었다.

"현경 씨도 곧 결혼한다고 하더라. 그럼 너도 신경 쓸 일 없잖아."

창밖으로 시선을 준 채 영진은 무심히 대꾸했다.

"알아요. 며칠 전에 언니 만났어요."

"그래?"

"네."

"뭐라고 해?"

"지금 선배가 한 말과 일맥상통하는 얘기요. 더 이상 실장님께 연락할 일 없으니까 그만 용서해 주라구요."

"현경 씨가 드디어 철이 들었나 보다. 그런 말 하려고 너 찾아오기도 하고."

"글쎄요."

학교가 점차 가까워지자 예전의 기억들이 새록새록 떠올랐다. 무거운 가방을 짊어지고 꾸역꾸역 올랐던 언덕길, 상헌과 처음 만났던 방송제 날, 그리고 그가 보내주었던 따스한 미소······.

"여기는 여전히 그대로네. 저기 담벼락 밑에 개구멍도 있었는데."

"맞아요. 지각하면 거기로 드나드는 남학생들 많았어요."

"나도 자주 애용했던 곳이다."

"익히 들어서 알고 있어요. 태진 선배가 단골이었다는 거요."

"킥킥, 후배들한테까지 소문이 났었나?"

열려진 정문을 통해 운동장으로 들어선 태진은 주차장이라고 적힌 공간에 차를 밀어 넣었다.

"간만에 왔는데 교정 한 바퀴는 돌아줘야지?"

"그럼요."

"자, 내리자."

나란히 차에서 내려서자 매서운 돌개바람이 온몸을 훑고 지나갔다.

"날씨가 더 추워지려나 봐요."

"그러게. 누구 덕분에 추운 날 생고생이다."

"제가 오자고 한 거 아니에요."

"알아. 너 들으라고 한 소리 아니다. 저기로 올라가 볼까?"

태진은 코트 자락을 여미며 큰 아름드리 나무 밑에 놓인 벤치로 향했다. 태진의 뒤를 따라 걸으며 영진은 운동장 곳곳에 설치된 방송용 스피커들을 바라보았다. 학창 시절을 떠올리면 방송반 활동을 빼놓을 수가 없었다. 3학년이 되어 입시에 치이기 전까진 정말 열심히 활동을 했었다. 없는 시간을 쪼개 방송에 틀 음악을 선곡하고 방송제 준비를 위해 자정 무렵까지 종종걸음을 쳤던 게 엊그제 같은데 그게 벌써 십 년 전의 일이었다.

"여기 앉자."

"네."

색이 군데군데 바랜 벤치에 나란히 앉자 태진이 그녀를 똑바로 쳐다보았다.

"한영진!"

"네?"

"너, 내 후배 맞지?"

"그럼요."

"그럼 이 선배가 하는 말, 잘 새겨들을 거지?"

"왜요. 또 무슨 말 하려구요."

태진이 무슨 말을 할지 이미 짐작하고 있었지만 영진은 모른 척 시큰둥한 표정을 지었다.

"우리 불쌍한 상헌이 한 번만 용서해 주라. 제발 부탁이다."

"선배가 왜 이런 이야기를 해요. 정작 그 말을 할 사람은 따로 있는데."

"곁에서 지켜보는 내가 애가 닳아서 그런다. 그 녀석이 어디 그런 말 선뜻 할 사람이냐고."

영진은 피식 웃으며 아름드리 나무를 올려다보았다. 하늘이 또 꾸물꾸물한 것이 한 차례 눈이라도 쏟아질 것 같았다.

"정말 안 되겠냐?"

"태진 선배."

"그래."

"전 실장님께 시간을 준 거예요."

"무슨 시간?"

"실장님 마음속에 있는 한영진이라는 작은 씨앗이 뿌리 깊이 자리를 잡고 무럭무럭 자랄 시간이요. 가벼운 바람에도 쓰러질 어린 나무가 아닌 태풍이 몰아치고 벼락이 내리쳐도 끄떡없이 버틸 수 있는, 지금 이 나무처럼 큰 아름드리 나무가 될 시간 말이에요. 어쩌면 제대로 뿌리조차 내려 보지 못하고 말라비틀어질 수도 있겠지만, 전 그렇게 되지는 않을 거란 자신이 있었거든요."

말간 눈으로 그녀는 태진을 바라보았다.

"자그마치 십 년이에요. 제가 실장님을 해바라기 한 시간이요. 그 시간이면 실장님 마음속을 전부 꿰뚫어 보지는 못해도,

적어도 실장님이 원하는 게 뭔지 정도는 알 수 있어요. 제가 실장님께 이별을 통보했을 땐, 실장님 자신이 뭘 원하는지 제대로 깨닫지 못한 상태였고, 그걸 깨달으려면 적지 않은 시간이 필요할 것 같았어요. 그래서…… 잠시 헤어질 결심을 했던 거구요. 그 시간이 얼마가 될지는 저도 잘 몰라요. 실장님 본인만 알고 있겠죠."

열심히 그녀의 말을 듣고 있던 태진의 입가에 스르르 미소가 번졌다.

"그럼, 너 정말 상헌이 떠날 생각은 아니었구나?"

"그건 모를 일이죠. 실장님이 끝내 자신의 마음을 제대로 들여다보지 못한다면 저도 어쩔 수 없는 거니까. 승률이 반반인 게임인 거죠."

고개를 끄덕끄덕 하던 태진이 갑자기 주머니를 뒤적거렸다.

"보자, 동전이……."

"갑자기 동전은 왜요?"

"커피가 마시고 싶어서. 저기 건물 뒤에 자판기 있었잖아. 내가 가서 뽑아올게. 아, 여기 동전 있네. 조금만 기다려라."

태진이 뭣에 쫓기는 사람마냥 후다닥 건물 뒤편으로 사라졌다. 갑작스러운 그의 행동에 영진은 어이없는 웃음을 흘렸다.

그때 벤치 옆 철제 기둥에 매달려 있던 스피커에서 지지직거리는 소음이 터져 나왔다.

"일요일인데 방송을 하나?"

의아해하며 고개를 갸웃거리는데 스피커에서 어딘지 귀에 익은 듯한 목소리가 들려왔다.

—아아, 마이크 테스트 중입니다.

"정말 방송을 할 모양이네. 들을 사람도 없을 텐데."

이상한 일이라 생각하면서도 옛 추억을 떠올릴 수 있는 기회다 싶어 그녀는 흐릿한 미소를 지었다.

—YSN 특별 방송입니다. 이 방송을 들으시는 분이 계시다면 제 얘기에 귀를 기울여 주십시오. 십 년 전 어느 날, 저는 한 어린 여자 후배를 만나게 됐습니다. 한영진이라고 자신을 소개했던 그 소녀는 하얀 얼굴에 수줍은 미소를 지으며 제게 다가왔습니다. 아마 그날부터였을 겁니다. 그 소녀가 저를 해바라기 한 것이······. 그런 줄도 모르고 저는 다른 곳을 바라보고 있었습니다. 소녀를 참 많이 아프게 한 나쁜 놈이죠.

조용히 방송을 듣고 있던 영진의 눈이 놀라움으로 커졌다.

—제 뒷모습만 바라보던 그 소녀가 어느새 훌쩍 커서 이제 어엿한 숙녀가 되었습니다. 그리고 여전히 제 곁에 머물고 있었죠. 그 사람의 소중함을 미처 깨닫지 못했습니다. 눈만 돌리면 늘 그 자리에 있었기에 언제까지나 그럴 줄 알았습니다. 하지만 그건 저의 착각이었습니다. 그녀가 떠난 후에야 비로소 내 가슴속에 그 사람의 자리가 얼마나 큰지, 또 얼마나 깊이 뿌리박혀 있었는지 깨닫게 되었습니다. 만약 그 사람이 다시 한 번 제게 기회를 준다면 꼭 이 말을 하고 싶습니다.

잠시 정적이 흘렀다. 그리고 스피커에서 나지막한 고백이 들려왔다.

—한영진! 사랑한다. 나 너 없이는 도저히 살 수 없을 것 같다.

순식간에 두 눈에 눈물이 차 올랐다. 영진은 입술을 깨물며 스피커를 올려다보았다. 태진이 이곳으로 자신을 이끌었을 때 뭔가 속셈이 있을 거라는 예상은 했지만, 상헌으로부터 이런 식의 고백을 받을 줄은 몰랐다.

"방송실로 올라가 봐. 상헌이가 기다리고 있을 거야. 자식이 이거 해야 된다고 며칠 전부터 얼마나 나를 괴롭히던지."

어느새 돌아온 태진이 그녀의 어깨를 다독였다.

"이제 그만 못난 내 친구 놈 용서해 줘라. 정성이 가상하잖아. 그 주변머리에 이 정도까지 했는데 네가 한 번만 더 못 이기는 척 용서해 줘."

영진은 말없이 고개를 끄덕이며 자리에서 일어섰다.

"실장님한테 가볼게요."

"그래. 내 할 일은 끝났으니까 난 그만 가볼게."

"고마워요, 태진 선배."

"뭘, 이 정도 가지고. 근데 영진아."

"네."

"이건 확인사살 같은 건데 말이야, 너 정말 억울하지 않냐? 저런 놈한테 십 년이나 꼬박 투자했다는 게?"

영진은 눈가에 자잘하게 맺힌 눈물을 닦아낸 후 단호한 얼굴로 고개를 저었다.

"아뇨. 억울하지 않아요. 전 겨우 십 년을 마음 졸이며 해바라기 했지만, 실장님은 앞으로 삼십 년, 아니, 죽을 때까지 나한테 충성해야 할 테니까요. 그 정도면 제가 손해 보는 건 아니잖아요."

환한 미소를 지어주고 그녀는 돌아섰다.

"생각 잘했다. 한영진, 넌 역시 멋진 내 후배다."

태진에게 손을 팔랑팔랑 흔들어준 후 그녀는 방송실이 있는 건물로 향했다.

추억이 잔뜩 실려 있는 계단을 밟고 올라가 방송실 앞에 멈춰 선 그녀는 크게 심호흡을 하고 방송실 문을 열었다.

창가에 등을 보이고 서 있던 상헌이 문이 열리는 소리에 천천히 고개를 돌렸다. 겨우 삼 개월 남짓한 시간이었는데 마치 삼십 년은 떨어져 지낸 것처럼 참 많이 어색했다. 두 사람은 한참 동안을 서로의 얼굴만 바라본 채 서 있었다.

영겁처럼 기나긴 시간이 흐른 후에야 비로소 굳게 닫혀 있던 상헌의 입술이 천천히 열렸다.

"방송…… 들었니?"

"네."

상헌이 그녀를 향해 걸어왔다. 가까이 다가올수록 꺼칠해진 그의 얼굴이 더 선명하게 드러났다. 두근두근, 심장 소리가 커졌고 저도 모르게 한숨이 새어나왔다.

영진의 바로 앞까지 걸어온 그는 잠시 머뭇거렸다.

"힘들게 해서 미안하다."

"……."

"다시는 너한테 미안하다는 말 안 할게. 오늘이 마지막이야."

그만 다가가서 끌어안아 주고 싶은데 그녀는 선뜻 손을 내밀지 못했다. 좀 더 확실한 말로 그의 마음을 확인하고 싶은 욕심이 생겼다.

"이제 나 혼자 해바라기 하게 만들지 않을 거죠?"

"물론."

"또 한 번 나 힘들게 하면 절대 용서 안 해요."

"두 번 다시 그럴 일 없어."

"사랑한다는 말, 다시 한 번만 해줘요. 제대로 못 들었어요."

"얼마든지."

상헌이 살며시 그녀를 당겨 안았다. 처음엔 아주 조심스럽게, 그러다 팔에 조금 더 힘이 가해졌다.

"사랑한다, 한영진. 널 사랑한다."

"저도 사랑해요."

사랑의 밀어를 속삭이던 두 개의 입술이 수줍게 맞닿았다. 촉촉한 영진의 입술이 살짝 벌어지고 얕은 한숨 소리가 터져 나왔다. 상헌이라는 안락한 집을 떠나 멀고 험한 여행길에 나섰다 이제 겨우 제자리로 무사히 돌아온 것 같은 안도감이 느껴졌다.

부드럽고 깊은 키스를 끝내고 상헌이 그녀를 가슴에 꼭 끌어안았다.

"네가 다시 돌아오지 않을까 봐, 겁이 났어. 다시는 나를 돌아봐주지 않을까 봐."

"기다렸어요. 선배가 나한테 먼저 손을 내밀어주기를. 오래 기다려야 할 줄 알았는데."

상헌은 영진의 반듯한 이마에 입술을 가져다댔다.

"기다려 줘서 고맙다."

"근데, 선배."

"응?"

"스무 번째 메일이요."

"그게 왜?"

"여름 방학 때가 아니라 봄 축제 때였어요."

"아…… 이런. 태진이가 거짓 정보를 흘렸군."

낮게 웃으며 그는 영진의 얼굴을 지그시 내려다보았다.

"고의성이 짙지?"

"아무래도."

"처절한 응징이 필요하겠군."

영진과 상헌은 마주 보며 쿡쿡 웃었다.

"나가자. 나 방송 준비하느라 긴장해서 아침도 못 먹었어."

"그래요? 그럼 우리 나가서 밥 먹어요."

두 사람은 손을 꼭 잡은 채 방송실을 나섰다. 혼자서 올랐던

계단을 사이좋게 나란히 걸어 내려와 한겨울 스산한 바람이 가
득한 교정에 발을 내디뎠다.

영진은 십 년 전 방송제 날을 떠올렸다. 그가 영진을 처음 만
난 날, 그리고 영진이 그를 사랑하게 된 날을. 힘들기만 했던 외
사랑이 겨우 보답을 받게 되었다. 이젠 그의 뒷모습을 보며 아
파하지도, 눈물을 글썽일 필요도 없었다.

"눈이 내리네."

상헌의 말에 하늘을 올려다보니 하얀 눈이 송송히 내리고 있
었다.

"이런 날엔 뜨듯한 우동 국물이 최고인데."

"학교 앞에 분식집 기억나세요? 선배 처음 만난 날, 거기서
우동하고 김밥 잔뜩 사줬잖아요."

"아, 기억난다. 그럼 우리 거기로 한 번 가볼까?"

"네. 그래요."

상헌이 꼼지락대는 영진의 손을 끌어다 자신의 코트 주머니
에 집어넣고 다시 걷기 시작했다. 행복한 미소를 머금은 채 언
덕길을 내려오는 영진과 상헌의 머리 위로 하얀 눈발이 소복이
쌓였다. 마치 새롭게 시작된 두 사람의 사랑을 축복이라도 하는
것처럼.

에필로그

5월의 따사로운 햇살이 쏟아져 내리는 푸른 잔디광장 위에 백합과 장미로 꾸며진 화려한 꽃길이 만들어졌다. 하늘하늘한 레이스와 갖가지 색깔의 풍선들로 예쁘게 장식된 아치형 문 양쪽엔 눈이 부실 정도로 뽀얀 천이 씌워진 테이블과 파라솔이 줄지어 늘어섰고, 신랑신부가 행진을 할 길 위에는 붉은색 카펫과 흰 주단이 길게 펼쳐져 있었다.

결혼식을 주관하는 웨딩업체 담당자들의 바쁜 움직임과는 달리 결혼식을 보기 위해 일찌감치 찾아온 하객들은 오랜만에 만난 친지들의 안부를 물으며 느긋하게 결혼식이 시작되기를 기다렸다.

비어 있던 의자가 하나둘씩 채워지자 태진은 보고 있던 결혼식 진행 안내문을 내려놓고 신랑신부가 준비를 하고 있는 신부대기실 쪽으로 걸어갔다.

그가 막 예쁜 꽃으로 장식된 신부대기실의 문을 열어젖히려는데 안에서 상헌이 걸어나왔다.

"준비는 끝났어?"

"대충."

"영진이는?"

"아직 준비 중이야. 저쪽으로 가자."

상헌은 태진을 데리고 한쪽 구석에 놓인 벤치로 향했다. 몸에 잘 맞게 재단된 턱시도를 입은 상헌을 부러운 듯 바라보던 태진은 벤치에 주저앉으며 물었다.

"기분이 어때?"

"그냥 뭐……."

"그냥?"

"조금 떨리네. 이상하게."

무덤덤한 성격답지 않게 바짝 긴장한 상헌이 웃겨 태진은 피식 웃었다.

"긴장할 거 뭐 있어. 그냥 친지들하고 가까운 친구들만 불러서 단출하게 하는 건데."

"그러게 말이다."

"어쨌거나 드디어 너희 두 사람이 결혼을 하는구나. 부럽다,

자식아."

"고맙다."

두 사람은 마주 보며 엷은 미소를 교환했다. 잠시 헤어짐의 시간을 가졌던 상헌과 영진은 그 다음 해 봄이 되자 본격적으로 결혼 준비를 하기 시작했다. 돌아가신 부모님 대신 영진의 큰아버님께 결혼 승낙을 받았고, 상헌의 부모님께도 허락을 구했다. 큰아버지가 한 번 결혼을 했던 상헌의 과거를 탐탁지 않게 여기는 바람에 큰아버지의 마음을 돌리기 위해 상헌은 수차례 큰집을 방문해 설득을 했고, 두 달 전 겨우 허락을 얻어낸 참이었다.

"넌 명혜 씨 졸업한 후에나 결혼식 올릴 생각이지?"

"아무래도 그래야겠지. 벌써 예식 시간이 다 됐네. 난 주례 선생님한테 가볼 테니까 너도 얼른 가서 준비 끝내라."

"알았다. 수고 좀 해줘."

"오냐."

태진은 상헌의 어깨를 툭 쳐준 후 결혼식 진행을 마지막으로 점검하기 위해 다시 사회자 석으로 돌아갔다.

"신부님, 많이 긴장되시죠?"

"조금 그러네요."

"신랑 분이 너무 잘생기셨어요. 신부님도 예쁘고."

머리 장식을 손보고 있던 신부 도우미의 입에 발린 과한 칭찬에 영진은 희미하게 미소를 지어 보였다. 자신은 어떨지 모르겠지만 턱시도를 입은 상헌의 모습은 정말 멋있어 보였다. 새삼스레 가슴이 설렐 정도로.

"자, 이제 다 끝났습니다."

도우미의 말에 영진은 앞에 놓여 있는 커다란 거울을 향해 걸어갔다. 시원스레 어깨를 드러내는 우윳빛 웨딩드레스를 입고 화사한 신부화장을 한 자신의 모습을 이리저리 비춰보던 그녀는 만족스러운 미소를 지었다.

"어때요. 마음에 드세요?"

"네. 수고하셨어요."

"전 예식 준비 잘되고 있는지 나가서 확인 좀 하고 올게요. 신부님은 쉬고 계세요."

도우미가 가방을 챙겨 들고 나가자 영진은 의자로 돌아와 조심스레 자리를 잡고 앉았다. 별로 떨리지 않을 줄 알았는데 예식 시간이 가까워지자 자꾸만 긴장이 됐다. 가볍게 심호흡을 하며 숨을 고르는데 잠시 밖에 나갔던 상헌이 대기실 문을 열고 안으로 들어섰다.

"준비 다 끝났어?"

"네. 어때요, 괜찮아 보여요? 어색하지 않아요?"

걱정스러운 영진의 물음에 상헌은 웃으며 그녀에게로 걸어왔다.

"괜찮아, 아주 예뻐."

흐뭇한 눈길로 자신을 바라보는 상헌을 향해 영진은 수줍은 미소를 지어 보였다.

"그럼 다행이구요."

"너 많이 긴장되는구나?"

"조금요. 선배는?"

"나도 조금."

비어 있던 영진의 옆 자리에 앉으며 상헌은 가만히 손을 뻗어 그녀의 손을 움켜잡았다. 결혼이란 건 지금까지 여정의 마침표가 아니라 두 사람이 만들어갈 인생의 새로운 출발점이었다. 어쩌면 두 사람의 앞길에는 예측하지 못한 시련도 있을 테고, 또 기쁜 일도 수없이 많을 것이다. 그 모든 과정을 함께해 나갈 거라는 약속을 하기 위해 오늘 이 자리에 섰고, 때문에 많이 긴장되고 또 벅차기도 했다.

—잠시 후 예식을 시작하겠습니다. 하객 분들은 모두 의자에 앉아주십시오.

밖에서 결혼식 사회를 맡은 태진의 음성이 들려오자 상헌과 영진은 서로 마주 보며 환하게 미소를 지었다.

"우리 행복하자. 아주 많이."

"그래요."

"앞으로 잘 부탁해. 한영진."

"저도 잘 부탁해요."

장난스러운 말속에 진실한 마음을 담아 다짐을 한 후 두 사람은 동시에 자리에서 일어섰다. 조금 뒤 진행 상황을 보러 나갔던 도우미가 대기실 안으로 들어서며 큰 목소리로 외쳤다.

"신랑신부 준비 다 끝나셨으면 얼른 나오세요. 곧 예식 시작해요."

"네."

대답을 한 상헌이 영진을 향해 말했다.

"나가자."

고개를 끄덕인 영진은 상헌의 팔에 자신의 손을 가만히 올려놓았다. 이런 날이 오기를 얼마나 소원했는지 그 누구도 알지 못할 것이다. 늘 뒷모습만 보며 가슴 아파하던 그의 곁에 당당히 설 수 있기를 그녀가 얼마나 간절히 원했는지를.

도우미가 열어주는 문을 통과해 밖으로 나서며 영진은 상헌을 처음 만난 날의 기억을 떠올렸다. 그날로부터 정확히 4056일이 되는 오늘, 마침내 그녀는 그의 신부가 되는 것이다.

화려하게 장식된 아치형 문 앞에 멈춰선 두 사람은 서로의 눈을 바라보며 소리없는 맹세를 했다. 모두가 부러워할 만큼 행복하게 잘살자고.

―오늘은 신랑신부가 같이 입장을 하겠습니다. 자, 신랑신부 입장!

우렁찬 태진의 외침과 동시에 두 사람은 미래를 향한 힘찬 첫걸음을 내디뎠고, 그들의 머리 위로 무지갯빛 비눗방울이 살랑살랑 피어올랐다.

세상에는 여러 종류의 사랑이 있습니다. 시냇물이 흘러가듯 잔잔한 사랑, 활활 타오르는 장작불처럼 격정적인 사랑, 또는 상대방과 교감이 되지 않는 시린 짝사랑도 있겠죠.

제가 순애보에서 그리고 싶었던 사랑은 촛불처럼 온은한 사랑입니다. 비록 장작불처럼 강렬한 열기를 내뿜는 사랑은 아니지만 적당히 밝은 빛을 내며 어둠을 밝혀주는 촛불의 은근함과 그 촛불에 녹아내린 촛농의 아릿함을 담은 사랑을 담담하게 써보고 싶었어요. 의도했던 대로 그 느낌이 글에 잘 스며들었는지는 이 글을 읽는 분들의 판단에 맡기고 짧은 후기를 마칠까 합니다.

―오늘보다는 내일이 더 행복하길 바라며 화령―

Thanks to—

가족처럼 포근한 '달콤한 밀회'의 밀회지기 여러분들, 글에 대한 조언을 아끼지 않는 이조영님, 태진과 명혜의 사랑을 담은 『짝사랑 마니아』의 작가 이영채님, 중국에서 열심히 한국어를 가르치고 있을 박나영님, 요즘 열심히 글 쓰느라 두문불출인 김진주님, 열심히 살아가고 있는 단이, 한국 로맨스소설작가협회의 회원들 모두 고맙습니다.

『순애보』가 예쁘게 포장되어 세상에 나올 수 있게 애써주신 편집부 규진 씨, 종민 씨, 지윤 씨, 고맙습니다.

마지막으로 제가 글을 쓸 수 있게 늘 응원해 주는 가족, 친구, 모두 모두 감사해요.

[gate gate paragate parasamgate bodhisvaha]

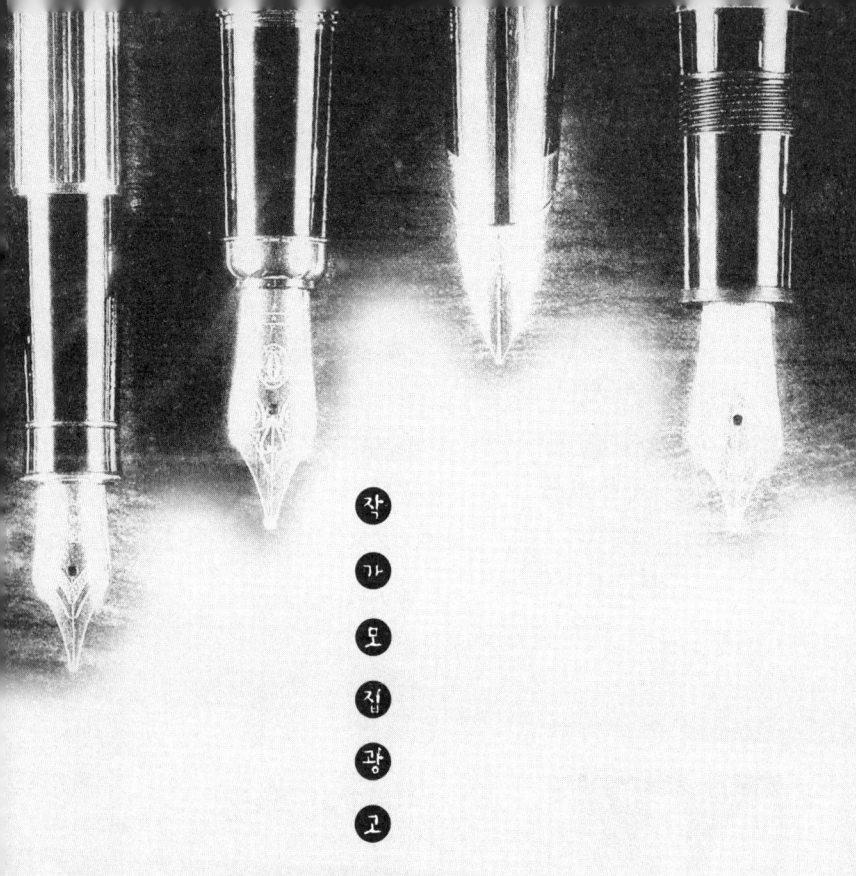

작
가
모
집
광
고

도서출판 청어람의 문은 항상 열려 있습니다.
실력있는 작가 분들의 많은 관심 부탁드립니다.

TEL:032-656-4452 • FAX:032-656-4453
http://www.chungeoram.com
http://chungeoram.egloos.com
e-mail:romance-eoram@hanmail.net